D0888742

BASTEI
LÜBBE
TASCHENBUCH

Über die Autorin

Caroline Vermalle wurde 1973 in der Picardie geboren.
Nach dem Studium der Filmwissenschaften in London
drehte sie Dokumentarfilme für die BBC. 2008 erschien
ihr Romandebüt *Denn das Glück ist eine Reise* – von der
Presse hoch gelobt und ausgezeichnet mit dem P*rix Chronos
de littérature 2011* und dem *Nouveau talent 2009*. Weitere
Veröffentlichungen folgten. Caroline Vermalle lebt mit
ihrer Familie in der Vendée.

Caroline Vermalle

Und wenn es die Chance deines Lebens ist?

Roman

Aus dem Französischen von
Karin Meddekis

BASTEI
LÜBBE
TASCHENBUCH

BASTEI LÜBBE TASCHENBUCH
Band 17206

Dieser Titel ist auch als Hörbuch und E-Book erschienen

Vollständige Taschenbuchausgabe
der bei Lübbe Ehrenwirth erschienenen Hardcoverausgabe

Copyright © 2013 by Bastei Lübbe AG, Köln
Titelillustration: © getty-images/Xavier Richer
Umschlaggestaltung: Pauline Schimmelpenninck,
Büro für Gestaltung, Berlin
Innengestaltung und Satz: Christina Krutz, Biebesheim am Rhein
Gesetzt aus der Garamond
Druck und Verarbeitung: GGP Media GmbH, Pößneck
Printed in Germany
ISBN 978-3-404-17206-1

1   3   5   4   2

Sie finden uns im Internet unter
www.luebbe.de
Bitte beachten Sie auch: www.lesejury.de

Für Ryan

»Bei diesem kleinen Tanz ...
Wie hieß er nur ... wie hieß er denn nur ...?
Nein ... welcher Tanz es war ... daran erinnere ich
mich nicht mehr. Ich erinnere mich hingegen wohl,
dass sie dabei glücklich waren und sich tief in
die Augen sahen, und das war schön.«

BOURVIL

(Le petit bal perdu)

»... die erhabene Ruhe der Dinge.«

SENECA

(Von der Kürze des Lebens)

Dunkelheit. Im Hintergrund hört man Ella Fitzgeralds samtige Stimme Someone to Watch over Me *singen. In der Luft ein schwacher Duft von Gewürzen und Schokolade.*

OSCAR:
Hallo, Engel. Du bist noch immer da?

ENGEL:
Ja, Oscar.

OSCAR:
Gut. *(Pause.)* Riechst du das? Die Frau von oben hat sich eine heiße Schokolade gemacht. Ich weiß nicht, was sie da hineingetan hat, aber es riecht wirklich gut ...

ENGEL:
Zimt.

OSCAR:
Ja, stimmt, Zimt. Nun gut. *(Ein Seufzer.)* Ist es noch nicht so weit?

ENGEL:
Nein, Oscar. Erst morgen.

OSCAR:
Morgen ... gut, morgen also. Ich nehme an, was den genauen Zeitpunkt angeht, versteht der Chef keinen Spaß. Zu früh ist zu früh, und zu spät ist zu spät. Und morgen hat dann meine Stunde geschlagen, ja?

ENGEL:
Genau.

OSCAR:
Gut. *(Ein Seufzer. Ein Löffel klirrt gegen eine Trinkschale. Der Duft der heißen Schokolade wird intensiver.)* Weißt du, da wir gerade darüber sprechen, möchte ich dir etwas sagen, Engel. Es ist nicht etwa so, dass ich etwas dagegen hätte zu gehen, weißt du. Und ich bin auch keiner von denen, die herumnörgeln. Aber trotzdem habe ich das Gefühl, dass es ein wenig zu früh ist, wenn ich morgen gehen soll.

ENGEL:
Wie oft habe ich das schon gehört, mein kleiner Oscar. Es ist immer entweder zu früh oder zu spät. Nur die Weisen verstehen, dass der gewählte Augenblick genau der richtige ist. So ist das Leben.

OSCAR:
Die Weisen, die Weisen. Ich bekomme Komplexe, wenn du so sprichst. Weißt du, morgen ist Weihnachten. Ich

dachte mir, es könnte vielleicht eine ... eine ... wie heißt es noch gleich ... eine Gnadenfrist geben.

ENGEL:
Nein.

OSCAR:
Du musst zugeben, Spaß versteht ihr nicht. *(Pause.)* Na gut. *(Pause.)* Ich weiß, du hast es mir bereits gesagt. Erkläre es mir trotzdem noch einmal, damit ich es auch wirklich richtig verstehe: Sobald ich dort bin, habe ich alles vergessen? Keine Erinnerungen mehr, an gar nichts?

ENGEL:
Dort, wo du hingehst, brauchst du nichts von dem, was du heute hast. Morgen werden deine Erinnerungen vollkommen ausgelöscht sein. Warum solltest du dich erinnern wollen?

OSCAR:
Weil ... es gibt Erinnerungen ... an denen man hängt, du weißt doch, wie das ist. Es gibt da vor allem eine Geschichte ... eine Geschichte, an die ich gerne denke, einfach so, weil sie mir jedes Mal ... Jedenfalls liegt sie mir sehr am Herzen. *(Er hängt einen Augenblick seinen Gedanken nach und lächelt traurig.)* Außer mir kennt niemand die ganze Geschichte. Für immer verloren ... *(Pause.)* Das ist verrückt, nicht wahr? Von allem, was ich habe ... Sicher, es ist nicht viel, wenn ich es recht bedenke, doch ich sage dir, wenn ich irgendetwas dorthin mitnehmen könnte ...

ENGEL:
Man nimmt nichts mit.

OSCAR:
Ich weiß, ich weiß, aber ich sage es dennoch. *Wenn* ich eine einzige Sache mitnehmen könnte ... nun, dann wäre das die Erinnerung an diese Geschichte ... *(Ein tiefer Seufzer.)* Wenn es aber so bestimmt ist, kann man nichts machen.

ENGEL:
Es ist so bestimmt.

Ella Fitzgerald verstummt. Die Nacht ist hereingebrochen, und der Duft der heißen Schokolade ist verflogen. Oscar ist in melancholisches Schweigen versunken.

ENGEL:
Oscar?

OSCAR:
Hm?

ENGEL:
Wir haben noch Zeit, bevor der morgige Tag anbricht. Möchtest du mir deine Geschichte erzählen?

OSCAR:
Ich bin kein guter Erzähler.

ENGEL:
Doch, bestimmt.

OSCAR:
Hm, wenn du darauf bestehst. Also, pass auf. Hm. *(Er räuspert sich.)* Ich muss sie mir zuerst wieder genau ins Gedächtnis rufen. Ich weiß nicht, ob ich mich an alles erinnern kann.

ENGEL:
Mir würde auch eine Zusammenfassung genügen.

OSCAR *(empört)*:
Eine Zusammenfassung! Eine Zusammenfassung, sagt er zu mir! Das hieße doch, Perlen vor die Säue zu werfen! Diese Geschichte muss man richtig *auskosten*. Und wenn du mich ständig unterbrichst ...

ENGEL:
Tut mir leid. Ich höre dir jetzt zu *(mit einem Schmunzeln in der Stimme)*. Auch wenn mir nicht entgangen ist, dass du mich ein Schwein genannt hast.

OSCAR:
Ja, ja, wegen dir verliere ich ständig den Faden. Das ist gemein. *(Er räuspert sich erneut.)* Auf die Ufer der Seine in Paris fiel der Schnee ...

Auf die Ufer der Seine in Paris fiel der Schnee, und zwei junge Frauen schauten zu, wie die Flocken durch die Luft wirbelten. Die kalte Fensterscheibe in der obersten Etage eines Stadtpalais auf der Île Saint-Louis war an zwei Fleckchen beschlagen. An dem einen zeichnete sich der Kussmund der 25-jährigen Pétronille ab. Ihre hübschen kastanienbraunen Locken fielen ihr bis auf die Schultern, und sie zupfte an ihrer Strickjacke herum, unter der sich ihre Kurven abzeichneten. Die andere beschlagene kleine Stelle zitterte jedes Mal, wenn ihre ältere Schwester Dorothée seufzte. Sie war 31 Jahre alt, blond und schlank, und ihre strahlenden blauen Augen spiegelten Entschlossenheit wider. Dorothée zupfte normalerweise nicht an ihren Strickjacken herum. Das hatte sie sich erst vor sechs Monaten angewöhnt, als sie schwanger und ihr Bauch immer dicker wurde.

»Es gibt Leute, die haben einfach Glück im Leben«, sagte Dorothée seufzend. »Sieh nur diese Aussicht hier ...«

Notre-Dame, das Panthéon, der Tour Montparnasse, der Eiffelturm – dieses weltberühmte Bild von Paris wie die Ansicht auf den Postkarten, die an den Ufern der Seine verkauft wurden. Pétronille seufzte ebenfalls. Wenn sie den Eiffelturm erblickte, lief ihr immer ein Schauder über den Rücken. Nein, kein richtiger Schauder, sondern vielmehr der Hauch eines winzigen Flügelschlages, wenn ein Vogel sich in die Lüfte emporschwingt. Gleichzeitig blitzte die Erinnerung an einen flüchtigen Augenblick auf: das Glück der kleinen Dinge. Wenn Pétronille sie in eine Flasche hätte füllen können, hätte sie sie gesammelt. Sie hätte sie daheim in ihrer kleinen Wohnung aufbewahrt, dort unten in einer der tausend dunklen Straßen, die die Hauptstadt durchzogen, dort, von wo man nur in die Fenster anderer Wohnungen sah. Hier in dieser großen Wohnung inmitten der grauen Dächer, die der Schnee allmählich weiß färbte, war das anders. Von hier aus konnte man beobachten, wie das Herz von Paris schlug, wenn man sich die Zeit nahm, genau hinzuschauen. Leider war sie hier in einer fremden Wohnung.

»So«, sagte Pétronille, »wir müssen gehen. Wenn er nach Hause kommt und uns hier sieht, gibt es richtig Ärger.«

Pétronille sammelte die Verpackungsreste ein, die auf dem alten Parkettboden herumlagen, und stopfte sie in einen großen schwarzen Müllbeutel. Sie bewunderte noch einmal, was sie gerade ausgepackt hatte: ein kleines, nur knapp 30 Zentimeter hohes Gemälde. Ein stilles winterliches Dorf, ein paar kahle Bäume, Gestalten, die die Kälte zur Eile antrieb, und links unten, fast ein wenig verschämt, die zur Seite geneigte Signatur des Künstlers: Alfred Sisley.

»Du hast doch gesagt, dass er immer bis tief in die Nacht im Büro bleibt«, widersprach Dorothée, die noch immer ihre Nase am Fenster platt drückte.

»Ja, aber was, wenn er ausgerechnet heute beschlossen hätte, früher nach Hause zu gehen? Komm.« Pétronille stellte den Müllbeutel neben die Konsole nahe der Eingangstür, auf der sich wichtig aussehende Post stapelte.

Dorothée schlenderte durch die Wohnung und betrachtete die erlesene Einrichtung.

»Es ist trotzdem nicht gerecht. Dieser Typ hat einfach alles. Er ist reich und ein hervorragender Anwalt; er besitzt eine traumhafte Wohnung, guten Geschmack ... Ist das nicht zu viel Glück für einen einzigen Menschen?«

Pétronille sagte kein Wort, doch es erfüllte sie mit Stolz, dass ihre Schwester das Gemälde des Impressionisten bewunderte, das an der Wand lehnte. Dann wanderte Dorothées Blick zu den Fotos in den silbernen Rahmen auf dem marmornen Kaminsims. Sie zeigten Leute aus der feinen Gesellschaft und viele VIPs: ein Fußballstar, ein Minister und Dany Simonet, derzeit eine der beliebtesten Schauspielerinnen Frankreichs. Dorothée nahm das Schwarz-Weiß-Porträt des Mannes in die Hand, der auf allen diesen Bildern zu sehen war.

»Sag bloß, das ist er«, rief sie mit großen Augen aus.

Pétronille warf einen Blick auf das Foto: Ende 30, markante Gesichtszüge, lockiges braunes Haar, gebräunter Teint und die Miene eines jugendlichen Filmhelden vergangener Zeiten. Ein angedeutetes schüchternes Lächeln und strahlende Augen, dunkel wie Bitterschokolade. Das war er. Rechtsanwalt Frédéric Solis. Pétronilles Chef.

»Ja, ich weiß, aber deswegen brauchst du trotzdem nicht gleich ...«, wiegelte Pétronille lächelnd ab, als würde sie das gar nicht berühren.

»Der Typ sieht ja bombig aus!«, platzte Dorothée heraus. »Du und deine Heimlichtuerei! Da fällt mir gerade ein: Weißt du, dass in deinem Horoskop für Dezember steht, dass du um den 22. herum jemanden kennenlernen wirst? Es heißt doch, dass sich die tollsten Männer meist in ihre Sekretärinnen verlieben. Ich kann ihn mir jedenfalls gut als Schwager vorstellen.«

»Auch wenn dir es jetzt das Herz bricht, aber ich habe ihn bereits bei meinem Einstellungsgespräch im September kennengelernt. Und ich bin nicht seine Sekretärin.«

Pétronille legte großen Wert darauf, als persönliche Assistentin und nicht als Sekretärin bezeichnet zu werden. Vor allem, da sie schon einige Jahre studierte, ohne dass allerdings der Abschluss in Sicht war. Und besonders ihrer Schwester Dorothée gegenüber, deren Lebenslauf wirklich beeindruckend war. Sie war nämlich Leiterin einer Marketingabteilung und hatte schon im Alter von Pétronille eine persönliche Assistentin gehabt. Sogar jetzt in ihrem Mutterschaftsurlaub hatte Dorothée nichts von ihrer natürlichen Autorität eingebüßt, die ihre jüngere Schwester von jeher tief beeindruckte.

»Jetzt reg dich doch nicht wegen so einer Lappalie auf, Nini«, erwiderte Dorothée. »Du weißt schon, was ich meine.«

»Außerdem«, flüsterte Pétronille, »bin ich gar nicht sein Typ.«

»Woher willst du das wissen?«, flüsterte nun auch Dorothée. »Und warum sprichst du so leise?«

Auch wenn es vollkommen unsinnig war, beruhigte es Pétronille zu flüstern. Ihr Chef würde furchtbar wütend werden, wenn er Dorothée hier antraf.

»Seine letzte Freundin war Model«, sagte Pétronille.

»Weißt du, diese Frau, die Werbung für Chanel macht ...
Sie war diesen Sommer auf dem Cover der Vogue.«

»Du machst wohl Witze! Marcia? Das Topmodel, Marcia Gärtener?«

»Hm.«

»Und, ist er noch mit ihr zusammen?«

»Hm, nein, ich glaube nicht.«

»Na also ...«, trällerte Dorothée.

Pétronille konnte gerade noch die Bemerkung zurückhalten, dass die beiden sich vor acht Monaten endgültig getrennt hatten. Eigentlich sollte sie so etwas gar nicht wissen. Sie versuchte sich auf die Unterlagen zu konzentrieren, die sie aus Frédérics Arbeitszimmer holen sollte. Allmählich verlor sie den Überblick über all das, was sie hier zu erledigen hatte.

»Reinigung, Gemälde, Abfall, Post, Reisepass, ach ja, die Geburtsurkunde für seinen neuen Reisepass ...«

Sie ging auf das Arbeitszimmer zu und ließ die immer noch fassungslose Dorothée zurück, die auf ihrem Handy herumtippte. Als Pétronille mit drei Akten unter dem Arm wieder aus dem Zimmer kam, drehte sie sich suchend im Kreis: Ein Möbelstück fehlte. Ja, sie hätte schwören können, dass hier noch letzte Woche ein Sekretär mit feiner Intarsienarbeit aus dem 18. Jahrhundert stand. Seltsam. Ihre Schwester, die sich im Wohnzimmer über ihr Smartphone beugte, kicherte.

»Worüber lachst du?«

»Sieh mal«, sagte Dorothée und zeigte ihr ein Foto von Frédéric Solis und Marcia Gärtener, das Paparazzi geschossen und ins Internet gestellt hatten. Er versteckte sich hinter seiner Ray-Ban, doch sie strahlte. »Erinnert dich das nicht an etwas?«

»Nein – außer dass mein Chef gleich in seiner Wohnung auftauchen und mich rausschmeißen wird, weil ich meine Schwester dorthin eingeladen habe, ohne ihn zu fragen. Nein, sonst fällt mir nichts dazu ein.«

»Mann, er sieht doch aus wie Ken! Barbie und Ken!«

Pétronille kicherte und winkte ihrer Schwester, ihr zu folgen. Auf Zehenspitzen durchquerten sie das Schlafzimmer, und Pétronille öffnete den Kleiderschrank. Sie nahm den Smoking heraus, den sie in die Reinigung bringen sollte. Dorothée lachte laut. »Fehlt nur noch die Discokugel!«

Ebenfalls lachend legte Pétronille sich den Smoking über den Arm.

»Sieh mal. Wer, glaubst du, ist das …?«, fragte Dorothée sie dann in ernstem Ton.

Sie deutete auf einen Bilderrahmen aus Holz, der auf einer modernen Kommode stand. Das Foto, das sich im Laufe der Jahre leicht gewellt hatte, zeigte die Profilaufnahme einer Frau mittleren Alters. Sie hielt sich sehr gerade und trug das von grauen Fäden durchzogene Haar zu einem ordentlichen Knoten hochgesteckt. Der Fotograf musste sie in ihrer bescheiden eingerichteten Wohnung überrascht haben. Eine trotz aller Zerbrechlichkeit starke Frau, die ein wenig schüchtern wirkte und argwöhnisch in die Kamera blickte. Sie hatte die gleichen glänzenden dunklen Augen wie Frédéric. Diese Frau gehörte nicht in die Welt der Berühmtheiten auf dem Kaminsims, dachte Pétronille. Sie war auch sensibel genug, um zu begreifen, dass sie durch die Entdeckung dieses kleinen Bildes eine unsichtbare Grenze übertreten hatte. Daher zog sie ihre Schwester schnell aus dem Schlafzimmer. Ehe Pétronille die Tür schloss, sah sie sich noch einmal um und warf, einer Ahnung folgend, einen Blick aus dem Fenster. Genau in diesem Augenblick hielt ein Taxi vor dem hochherrschaftlichen Stadthaus. Ein Mann in einem beigefarbenen Mantel stieg aus und trat auf den weiß verschneiten Bürgersteig.

»Mist! Verdammter Mist! Er kommt!«

Mit dem Smoking über dem Arm hastete Pétronille los und sammelte ihre Sachen ein. Dorothée, aus schwesterlicher Solidarität ebenso aufgeregt, folgte ihr auf dem Fuß. Mit ihrem vorgewölbten Bauch stieß sie gegen die antike Konsole, die auf etwas wackeligen Beinen stand, und die Post darauf fiel zu Boden. Vier Hände ergriffen hastig Umschläge, Akten, Müllbeutel, Mützen, Mäntel, Handschuhe, Smoking, Handtaschen, Handys und Schlüssel.

»Oje, er lädt niemals jemanden zu sich nach Hause ein. Es wird ihm gar nicht gefallen, dass ich dich mit in seine Wohnung genommen habe. Und das auch noch heute, nachdem der Sisley im Wert von einer halben Million geliefert wurde ... Verdammter Mist, und obendrein läuft in drei Wochen mein Jahresvertrag aus. Und den wird er ganz bestimmt nicht verlängern, wenn er dich hier sieht. Wie blöd muss man eigentlich sein ...«

Dorothée, die bei der Erwähnung des eine halbe Million teuren Gemäldes zunächst erschrocken innegehalten hatte, blitzte ihre Schwester verschmitzt an.

»Bleib du hier. Ich gehe voraus. Er hat mich doch noch

nie gesehen, nicht wahr? Ich nehme einfach den Aufzug. Er weiß ja nicht, aus welcher Etage ich komme.«

»Gute Idee«, stimmte Pétronille ihr zu. »Wir treffen uns an der Metro. Beeil dich!«

Sie schloss die Tür hinter ihrer Schwester und atmete tief durch. Typisch Dorothée – eine clevere Frau. Als sie klein war, spielte Dorothée gerne Detektiv, und Pétronille war ihre Gehilfin. Aber sie sagte immer »Gefiehlin«.

Pétronille schaute in den großen Spiegel mit dem vergoldeten Rahmen. Sie kämmte sich und schlüpfte in ihren Mantel. Vor jeder Begegnung mit Frédéric kämpfte sie mit Lampenfieber. Und sie errötete dauernd.

2

Mitten auf der Île Saint-Louis, im kleinen Garten des imposanten Stadthauses an der Ecke Quai d'Anjou und Rue Poulletier, waren die Blumenbeete schon ganz weiß. Die große Haustür knarrte leise, als Frédéric Solis sie aufstieß. Als er eintrat, kam ihm die Eingangshalle fremd vor. Selbst die prächtige Wendeltreppe und der Luftzug der zufallenden Tür schienen anders als sonst, als wäre alles aus dem Gleichgewicht geraten. Plötzlich fiel ihm ein, warum. Heute hatte er sich ausnahmsweise entschlossen, früher nach Hause zu gehen. Es sah alles so anders aus, weil es noch hell war. Während die Schneeflocken auf den Schultern seines Kaschmirmantels schmolzen, wartete Frédéric, bis der Aufzug schließlich im Erdgeschoss hielt. Eine charmante junge Blondine stieg aus dem engen, aber dennoch vornehm wirkenden alten Aufzug, und grüßte ihn mit einem selbstbewussten Lächeln. Eine sehr attraktive Frau, dachte Frédéric, als er ebenfalls lächelnd ihren Gruß erwiderte. Ihre Gesichtszüge kamen ihm irgendwie bekannt vor, aber ... Ah, sie war schwanger. Ohne Hast kehrte er um und hielt ihr die schwere Eingangstür auf. Dorothée dankte ihm für seine Aufmerksamkeit. Frédéric blickte der schwangeren Frau einen Augenblick hinterher, bis sie im Schnee verschwand, und spürte einen Stich im Herzen. Dann vergaß er die Fremde wieder und kehrte federnden Schrittes zum Aufzug zurück. Ein hochgewachsener Mann mit einer sportlichen Figur und stets tadellos elegantem Auftreten. In dem Aufzug, der ihn zu seiner Wohnung fuhr, wirkte er jedoch immer, als wäre er in einen zu kleinen Käfig gesperrt worden.

Auf dem Treppenabsatz traf er Pétronille. Sie errötete, als sie ihm stotternd erklärte, dass die Lieferung von Sotheby's früher als erwartet eingetroffen sei und sie in der Wohnung auf den Sisley gewartet habe.

Frédéric bedankte sich höflich, und seine ernste, klare Stimme hallte durch das marmorne Treppenhaus. »Haben Sie es schon gesehen?«

Seine Assistentin schien nicht zu verstehen, was er meinte.

»Das Gemälde«, sagte er und musterte Pétronille mit seinen schönen Augen.

»Ach so, ja, ja, ich habe es gesehen«, stammelte Pétronille. »Es ist sehr schön. Nun, ich meine, es ist eine gute Investition. Herzlichen Glückwunsch.«

Frédéric lächelte. *Eine Investition.* Eine weitere, eine von vielen. Das glaubten die Leute jedenfalls. Umso besser.

»Schönen Nachmittag, Pétronille«, sagte er freundlich.

Frédéric wartete, bis seine Assistentin im Treppenhaus verschwunden war, ehe er die Wohnung betrat. Er ging ein paar Schritte über das Parkett und legte die Schlüssel auf die Konsole. Und dann sah er es.

Sein kleines Gemälde lehnte schüchtern an der Wand –

eine graue ruhige, poetische Schneelandschaft. Frédéric setzte sich auf den Boden, um dem Bild ganz nahe zu sein. Er schaute sich jeden einzelnen Pinselstrich genau an. Am liebsten wäre er mit den Fingern die Ölfarbe nachgefahren, doch seine Hand verharrte mitten in der Bewegung in der Luft wie ein Drachen an diesem Stück des Himmels, das ein Mann während eines Winters vor 150 Jahren betrachtet hatte. Jetzt gehörte dieser Himmel Frédéric ganz allein. Die dunkle Gestalt, die einen schmutzigen, vereisten Feldweg entlangging. Besonders faszinierten ihn die Fußstapfen. Nirgendwo sonst sieht man die Schritte der Menschen besser als im Schnee. Die Spuren dieses Fremden würden von jetzt an seine Wände und seine frühen Morgenstunden mit Leben erfüllen – von der Hand eines Künstlers an einen Zweig der Ewigkeit gehängt. Und er hätte ihn gerne gefragt: »Kennen Sie diesen Maler, der mich so sehr bewegt?«

Ja, Frédéric hätte sicherlich geweint, wenn nicht all diese Menschen auf dem Kaminsims gestanden hätten. Der Rechtsanwalt Frédéric Solis, einer der aufsteigenden Sterne von Dentressengle-Espiard-Smith, der renommiertesten Anwaltskanzlei von Paris. Rechtsanwalt Frédéric Solis, spezialisiert auf Scheidungen in der High Society, Experte für gebrochene Herzen, elegant, unerbittlich und teuer. Sehen Sie ihn sich an, diesen brillanten Rechtsanwalt, der so heftig mit den Tränen kämpft, dass sie den Blick auf das leicht verschwommene impressionistische Gemälde des großen Alfred Sisley kaum trüben. Nur die unscheinbare Dame in dem Holzrahmen hätte es verstanden, aber sie sah ihn nicht, denn sie war ganz allein im

Schlafzimmer. Frédéric gab sich der Betrachtung des herrlichen Himmels noch stundenlang so intensiv hin, wie er den inzwischen dunklen Himmel über Paris niemals betrachtet hatte. Und dann hörte er, wie die Farben des Weges seinen Namen riefen.

3

»Frédéric? Frédéric! Frédériiiic!!«

Frédéric war sieben Jahre alt und lag zusammengerollt in seinem Bett in dem kleinen Zimmer am Ende des Flurs. Er blickte auf die Tapete, die sich an einer Stelle von der Wand löste, während er auf dem goldenen Anhänger mit dem Bild der Jungfrau Maria herumkaute, den er an einer Halskette trug. In Wahrheit schaute er nirgendwohin, sondern er lauschte. Seit drei Tagen hatten sich die Geräusche im Haus verändert. Er wunderte sich auch über die geröteten Augen seiner Mutter, die Anwesenheit der Großeltern und das verlegene Schweigen der Erwachsenen. Frédéric lauschte, ob er nicht die knarrend sich öffnende Tür und dann die ernste und zugleich heitere Stimme seines Vaters hörte. Die melodischen Silben einer langen Geschichte, die alles erklären würde. Die Geräusche, die er vernehmen würde, wenn sein Vater zurückkehrte. Nun wartete er bereits seit drei Tagen auf ihn, und noch immer hörte er diese Geräusche nicht. Dabei war an diesem Tag Weihnachten. Weihnachten 1979.

Wie seine Mutter und auch sein Vater war Frédéric ein Einzelkind. Sein Vater arbeitete bei einer Firma, die Schreibwaren herstellte. Er entwarf Kalender. Er war ein sanfter, kultivierter und heiterer Mann. Pünktlich. Oft war er ein wenig geistesabwesend und zog sich in seine eigene Welt zurück, vor allem, wenn Frédéric wieder einmal etwas angestellt hatte. Er überließ es seiner Frau, ihn zu bestrafen, doch er war immer da, wenn man ihn brauchte. Und er liebte Weihnachten sehr. Ganz besonders das Schmücken des Christbaums. In diesem Jahr hatten sie den Christbaum am 5. Dezember gekauft, fünf Tage später als im Jahr zuvor. Im letzten Jahr rieselten an Weihnachten die Tannennadeln nämlich zu Tausenden von dem verdorrten Baum, sobald Frédéric gegen einen Zweig stieß. Sie hatten darüber gelacht und sich vorgenommen, im nächsten Jahr etwas geduldiger zu sein. Während seine Mutter am 5. Dezember die Krippe aufstellte, schmückten Frédéric und sein Vater in jenem Jahr den Christbaum mit roten und grünen Kugeln sowie mit glitzernden Girlanden, die von Jahr zu Jahr immer mehr von ihrer Pracht einbüßten. An diesem Morgen wusste Frédéric, dass der Christbaum im Esszimmer in der Dunkelheit blinkte. Auch der Christbaum wartete auf seinen Papa.

»Frédéric! Kommst du runter, mein Junge?« Seine Großmutter hatte seit jeher eine sanfte Stimme, doch seit drei Tagen war sie noch sanfter.

Frédéric stieg aus dem Bett und durchquerte in seinem Flanellpyjama mit den zu kurzen Ärmeln den kalten Flur. Dann betrat er die Küche. Seine Mutter toastete Brot und wandte ihm dabei den Rücken zu. Seit drei Tagen wandte sie ihm oft den Rücken zu. Er sah nur ihren wie immer tadellos hochgesteckten Knoten. Frédérics Großmutter, die vom Alter schon ein wenig gebeugt war und einen Morgenmantel aus Molton trug, gab ihm einen Kuss. Es kratzte ein bisschen. Sein Großvater, der wie aus dem Ei gepellt aussah, saß mit strenger Miene schweigend am Tisch vor seinem Malzkaffee.

»Guten Morgen, Frédéric, mein Junge.« Der alte Mann starrte auf den ramponierten Kettenanhänger. Opa war ein tiefgläubiger Mann und würde ihn sicherlich dafür tadeln, doch Oma warf ihm einen einschüchternden Blick zu.

»Oma hat dir ein Brot gemacht. Setz dich hin«, stammelte sein Großvater deshalb nur und räusperte sich. »Der Weihnachtsmann hat dich wieder verwöhnt. Wir schauen uns den Christbaum an, sobald du aufgegessen hast.«

Seine Mutter gab ihm einen Kuss. Frédéric spürte, dass sie stärker geschminkt war als sonst und das Make-up dick aufgetragen hatte. Frédéric wollte ihr ins Gesicht sehen, aber seine innere Stimme riet ihm, es lieber nicht zu tun. Langsam aß er sein in heiße Schokolade getunktes Brot, und der Kakao rann ihm das Kinn hinunter. Die drei Erwachsenen sprachen darüber, wann die Messe begann, über die Heizung, die höher gestellt werden musste, und über Opas Rückenschmerzen. Es war kein Gespräch wie sonst, denn man hörte immerzu das Ticken der Wanduhr in den Pausen zwischen den Sätzen. Und noch immer diese Tür, die sich nicht öffnete.

Bald wurde es Zeit für Frédéric, seine Nase auf die Glastür zu drücken, die die Küche vom Esszimmer trennte. In dem Dämmerlicht, das nur das Blinken der Girlanden durchbrach, sah er das kleine Jesuskind in der Krippe liegen. Es war viel größer als die anderen provenzalischen Krippenfiguren, die es auf dem braunen Papier umringten, fast doppelt so groß wie die Kuh. Frédéric dachte, dass es ein riesiges Jesulein war wie die Kampfroboter in Goldorak, die ganze Städte zertrampelten, während die Menschen unter ihren Füßen alle laut schrien. Dann wanderte sein Blick zu den Paketen unter dem Christbaum. Frédérics Herz tat einen Satz, aber gleich darauf fiel ihm wieder die Tür ein, die geschlossen blieb, und das Herz wurde ihm schwer.

Das Licht wurde angeknipst, und die drei Erwachsenen setzten sich nebeneinander auf die Couch und lächelten Frédéric an. Dem Jungen fiel auf, dass der Kalender mit den schönen Bildern, die ihm so gut gefielen, nicht mehr neben dem Christbaum hing. Da jetzt aber nicht der rechte Zeitpunkt war, darüber nachzudenken, nahm er das kleinste Paket in die Hand. Er begann, das Papier aufzureißen, und während er noch immer sein Geschenk betrachtete, hörte er sich leise sagen: »Sollen wir nicht vielleicht warten, bis Papa kommt, ehe wir die Geschenke auspacken?«

Seine Mutter öffnete den Mund, stieß einen leisen Schrei aus und lief in die Küche. Frédéric kam es so vor, als würde sie beinahe wanken. Seine Großmutter folgte ihr und schlang die Arme um ihre Schultern. Der Junge vernahm ihre Schritte auf der Treppe und ab und zu ein Schluchzen.

Er war mit seinem Großvater allein. »Dein Vater kommt nicht«, sagte der.

Frédéric riss langsam den Rest des Papiers von dem Paket und entdeckte ein Majorette-Auto. Es war violett mit grünen Flammen auf den Seiten. Dieses Modell hatte er noch nicht. Er hatte es in der Spielwarenabteilung im Supermarkt gesehen. Es war fantastisch. Frédéric hätte es gerne im Esszimmer über die Fensterbank und unter dem Tisch über den Boden sausen lassen und ein Wettrennen mit seinen anderen Autos veranstaltet. Dann hätte dieses hier gewonnen. Stattdessen lauschte er, was sein Großvater zu sagen hatte. Im Augenblick sprach er nicht, aber Frédéric wusste, dass sein Opa gleich etwas sagen würde, denn er fuhr sich mit seinen alten Händen nervös über die Oberschenkel.

»Dein Vater hat etwas sehr Schlimmes getan, und ... und jetzt sitzt er weit von hier entfernt im Gefängnis. Er kommt nicht mehr zurück. Du musst sehr tapfer sein, mein Kleiner. Du wirst das schaffen, nicht wahr?«, sagte er und legte dem Jungen eine Hand auf die Schulter.

Frédéric nickte zögernd und senkte den gelockten Kopf.

»So, so«, fuhr sein Großvater fort und klopfte ihm auf die Schulter. »Das ist wirklich ein schönes Auto, das du da bekommen hast.« Der alte Mann fuhr sich wieder mit den Händen über seine Oberschenkel.

Frédéric spürte, wie Tränen seinen Körper erfüllten, aber seltsamerweise nicht die Augen. Er rollte sein Auto ein paar Zentimeter unter dem Christbaum über den Boden, doch das Auto wollte nirgendwohin. Der Junge, der seinem Opa gerne eine oder zwei oder auch tausend Fragen gestellt hätte, spürte, dass der keine Fragen mehr beantworten wollte. Frédéric nahm sich vor, all diese Fragen später seiner Mutter zu stellen.

4

32 Jahre später spürte dieser Junge, der neben seinem Sisley auf dem Boden hockte und auf die Lichtreflexe schaute, die die Touristenboote auf der Seine an die Decke seiner großen Pariser Wohnung warfen, wie jene Fragen, die er niemals gestellt hatte, immer noch gegenwärtig waren. Er hat es zu etwas gebracht, der Sohn des Mannes, der Kalender entwarf, dachte Frédéric, immer noch in seinem Kaschmirmantel. Und als er es zu etwas gebracht hatte, wurde ein anderer Mensch aus ihm. Größer. Wie das Jesulein war er zu groß für seine Familie und ihr Schweigen geworden. Also verließ er sie alle, sobald sich die Möglichkeit bot. Dennoch hatte er seine Mutter geliebt. Natürlich ohne es ihr jemals zu sagen. Sogar auf ihrer Beerdigung sprach er diese Worte nicht aus. Als sie starb, war er 21 Jahre alt und somit reif genug, um es zu sagen. Sie hätte wissen sollen, dass er sie bewunderte, weil sie so viel für ihn getan hatte, nicht wahr? Sie hatte ihn ganz alleine großgezogen, nie mehr geheiratet und ihn all die Jahre vor den traurigen Dezembermonaten beschützt. In ihrer Familie war es ein ungeschriebenes Gesetz, dass man jedes Wort auf die Goldwaage legte. Anstatt zu sprechen, hatte er härter für die Schule und später fürs Studium gearbei-

tet als alle anderen, jeden Tag und jede Nacht. Er würde es weiterhin tun aus Liebe zu den Gemälden der großen Meister und weil ihm seine Karriere wichtig war. Frédéric hatte sich geschworen, niemals Kinder zu haben. Es war besser, der Nachwelt Scheidungen berühmter Leute zu hinterlassen als Weihnachtsgeschenke mit bitterem Nachgeschmack.

Mit steifen Gliedern stand er auf und knipste das Licht an. Warum trübten gerade heute Abend so traurige und wirre Gedanken sein Glück? Er wedelte mit der Hand durch die Luft, als wollte er Fliegen verscheuchen. Frédéric betrachtete die beiden anderen Schätze seiner Sammlung, und ihr Anblick beruhigte ihn. An einer Wand des Salons hing eine etwa zehn Zentimeter große quadratische Skizze des Impressionisten Camille Pissarro: ein mit Bleistift und Tusche auf Karton gezeichnetes Feld im Winter mit zwei Bauern. Die Spuren ihres Alltags, ihrer Füße und ihrer Mühsal im Schnee. Und im Eingangsbereich über der Konsole das Triptychon von Utagawa Hiroshige: drei Frauen im dichten Schneegestöber. Ihre Schritte im Schnee, flüchtige Spuren eines kleinen Spaziergangs. Hiroshige war kein Impressionist, aber dieses Bild hatte Claude Monet, der dessen Holzschnitte sammelte, inspiriert. Eines Tages würde Frédéric über das nötige Geld verfügen, um einen Monet, einen Caillebotte, einen Gauguin, einen größeren Sisley oder ein Gemälde von Pissarro zu erwerben. Die Freuden eines Sammlers, alle Schätze der Welt in Reichweite, was für eine herrliche Erfindung der Menschen! Während die meisten sich mit Kleinigkeiten begnügten, leistete Frédéric Solis sich den Luxus großer

Meisterwerke. Er war bereit, die schmerzlichen Opfer zu bringen, die diese Begeisterung für impressionistische Winterlandschaften verlangte.

Schließlich zog Frédéric den Mantel aus und hängte ihn in den Garderobenschrank neben der Tür. Die Briefe lagen auf der Konsole, als wollten sie seine Aufmerksamkeit auf sich lenken. Er zögerte, denn er wusste, was es für Briefe waren. Mahnungen. Die Opfer, die er für seine Gemälde bringen musste, waren noch nicht groß genug. Auf der Wohnung lastete eine Hypothek, seine Konten waren überzogen, und er hatte begonnen, seine Antiquitäten zu verkaufen. Die Gläubiger mussten warten. Er war der Rechtsanwalt Frédéric Solis, und das Geld würde schon wieder fließen. Seufzend nahm er ein Einschreiben zur Hand. Diese Forderung musste er sicherlich begleichen.

Frédéric öffnete den Umschlag und las den Brief durch. Links oben stand das Firmenlogo einer Notariatskanzlei. Frédéric schüttelte den Kopf und starrte ungläubig auf den Brief. Das war wirklich eine gute Nachricht! Er wurde aufgefordert, sich bei besagtem Notar einzufinden, damit eine Erbschaftsangelegenheit geregelt werden konnte. Eine Erbschaft! Ein paar Minuten lang verharrte Frédéric unbewegt. Dann lächelte er übers ganze Gesicht und atmete tief durch. Dieser überraschende Glücksfall würde bestimmt dazu beitragen, dass er einen Teil seiner Schulden begleichen konnte. Eine Erbschaft! Welch ein Tag! Champagner!

Erst nach dem zweiten Schluck Champagner wurde ihm bewusst, dass er den Namen des Verstorbenen gar nicht kannte. Ein Mann war gestorben und ernannte ihn zu seinem Erben, und Frédéric konnte sich überhaupt nicht an ihn erinnern. Er las den Brief noch einmal durch und suchte den Namen des Verstorbenen: Fabrice Nile.

Fabrice Nile. Eine ganze Weile dachte er angestrengt nach – FabriceNileFabriceNileFabriceNile – und ging im Kopf die Namen seiner Mandanten und Bekannten durch. Er blickte auch suchend zum Himmel von Paris, an dem mittlerweile die Nacht vollends heraufgezogen war, ohne dass irgendein Gesicht vor seinem inneren Auge auftauchte. Schließlich dachte er an jenen Weihnachtsmorgen zurück, doch auch damals gab es niemanden dieses Namens.

Frédéric trank noch einen Schluck Champagner. Morgen würde er zu dem Notar gehen und erfahren, um wen es sich handelte. Er würde wohlhabend nach Hause zurückkehren, und sein Steuerberater würde endlich aufhören, ihm ständig zu erklären, dass er am Rande des Ruins stand. Er müsste nicht länger an Menschen aus der Vergangenheit denken, und alles wäre gut.

Ja, alles wäre gut.

Währenddessen ging Madame Boule, die alte Concierge des Stadtpalais, hinaus, um die Abfalltonnen zu kontrollieren. Sie gab acht, dass sie auf den schneebedeckten Steinplatten im Garten nicht ausrutschte. Madame Boule fluchte. Diese Sekretärin des Rechtsanwalts war ja eine nette Person, aber sie warf die Müllbeutel einfach nie in die richtige Abfalltonne. Egal wie oft sie sie darauf hinwies, es war zwecklos. »Hab ich's mir doch gedacht! Der schwarze Müllbeutel beim Altpapier.« Madame Boule warf den Müllbeutel in die richtige Abfalltonne, und als sie in ihre Loge zurückkehrte, zog sie die Strickjacke eng um ihre Brust.

Am nächsten Tag würde die Müllabfuhr kommen und einen an Frédéric adressierten Brief mitnehmen, der unbemerkt von der Konsole in den schwarzen Müllbeutel gefallen war. Warum gerade dieser Brief und nicht der des Notars? Das Schicksal ist eben mitunter ein Schelm!

5

»Soll das ein Scherz sein?« Frédéric sah nicht so aus, als wäre er zu Scherzen aufgelegt. Der Notar, ein Hänfling um die fünfzig mit Hornbrille und abgesplitterten Fingernägeln, spürte das.

»Hören Sie, Monsieur Solis, ich weiß auch nicht, was ich dazu sagen soll. Der Nachlass umfasst nur das, und Sie sind der Alleinerbe. Seien Sie doch froh, dass Sie zumindest keine Erbschaftssteuer darauf zahlen müssen.«

Mitten in dem mit Akten vollgestopften Büro beugten sich die beiden Männer über eine einfache Pappschachtel. Darin lagen zwei Fahrscheine und zwei Eintrittskarten: ein Fahrschein für eine Zugfahrt und einer für eine Bootstour, eine Eintrittskarte für den Garten in Giverny und eine für das Musée d'Orsay. Sie waren alle für festgesetzte Termine im Dezember ausgestellt. Außerdem gehörte noch eine Plastikröhre dazu, die ein Blatt Zeichenpapier im DIN-A3-Format enthielt. Auf das Blatt waren mit schwarzer Tusche Skizzen und winzige Kritzeleien gezeichnet. Eine rote Linie, die sich zwischen den Zeichnungen hindurchschlängelte und an einem roten Punkt endete, der einem Kreuz ähnelte, stach inmitten der dunklen Farben hervor. Weder der Notar noch Frédéric wollten sich lächerlich machen, und daher schwiegen sie. Hätten sie sich ein kindliches Gemüt bewahrt, hätten sie gerufen: *Hurra, eine Schatzkarte!*

Da sie jedoch erwachsene Menschen waren, verfielen sie in Schweigen.

»Ich muss zugeben, dass ich in meiner gesamten Laufbahn ...«, stammelte der Notar schließlich. »Nun, diese Dokumente sind dennoch interessant.«

Er fuhr mit dem Finger die rote Linie auf dem Papier entlang, als wollte er eine alte Zeichnung auf ihre Ausführung hin prüfen. War es dieses Blatt, das seine grauen Augen strahlen ließ?

»Wissen Sie nicht, was für eine Bedeutung das haben könnte?«, fragte er mit scheinbar gleichgültiger Miene. »Man könnte meinen, es handelt sich um ein Rätsel, diese Worte da ... Vielleicht ist es eine Art Rollenspiel.«

Frédéric zog das Testament mit zusammengebissenen Zähnen unter der Schachtel hervor und las es aufmerksam durch.

»Fabrice Nile war ein Freund der Familie, sagten Sie?«, fragte der Notar ihn.

»Ich habe nichts dergleichen gesagt«, erwiderte Frédéric schroff. »Sind wir fertig?«

»Ja, die Formulare sind ausgefüllt, und alles ist unterschrieben.« Der Notar starrte noch immer wie gebannt auf die geheimnisvollen verschnörkelten Zeichen. »Jetzt sind Sie Besitzer eines schönen ... nun, sagen wir, Dokuments. Und je zweier Fahrscheine und Eintrittskarten. Damit wäre alles geregelt.«

Frédéric musste unter den Ellbogen des Notars hindurchgreifen, um ihm das Blatt zu entziehen. Denn dieser versuchte noch immer, es zu entziffern, als wollte er sich sämtliche Details einprägen. Frédéric steckte es wieder in die Rolle und verschloss die Schachtel mit dem Deckel. Er hatte bereits seinen Kaschmirmantel ergriffen und wollte nun gehen. Die beiden Männer schüttelten einander die Hand und wechselten schnell die obligatorischen Höflichkeitsfloskeln. Die Hand schon auf der Türklinke, hielt Frédéric kurz inne und wandte sich noch einmal um. »Monsieur Nile und ich standen uns zum Zeitpunkt seines Todes nicht mehr so nahe, und ich wurde daher nicht über seine Beerdigung informiert. Würden Sie mir sagen, wo er beigesetzt wurde?«, fragte er, als ob es ihn Überwindung kostete.

Der Notar schlug die Akte auf, die oben auf dem Stapel neben ihm lag, und teilte ihm mit, dass der Verstorbene in Nantes beerdigt worden sei. »Oh, es tut mir leid für Ihren ... Ihren Freund«, fügte er seufzend hinzu, fast als spräche er mit sich selbst. »Wenn man bedenkt, wie ein Mensch enden kann. Angesichts all unseren Besitzes glauben wir, das Elend liege für uns in weiter Ferne. Letztendlich ist es aber viel näher, als man glaubt, und mitunter genügt schon eine Kleinigkeit ...«

»Worauf wollen Sie hinaus?«, unterbrach Frédéric ihn.

»Wann haben Sie Monsieur Nile zum letzten Mal gesehen?«, fragte der Notar argwöhnisch.

»Vor langer Zeit.«

»Wussten Sie, dass er seit vielen Jahren obdachlos war?«

»Ich ... Nein, das wusste ich nicht«, antwortete Frédéric in nüchternem Ton.

»Wir hatten Einsicht in seine Sozialamtakte. Eigentlich ist das streng vertraulich, aber da Sie zur Familie gehören ...«

»Ich ...«, begann Frédéric, doch dann biss er sich auf die Zunge und schwieg.

Der Notar starrte ihn an und fuhr fort. »Monsieur Fabrice François Marius Nile, geboren am 24. Juni 1965 in Montigny-lès-Metz, von Beruf selbstständiger Kraftfahrzeugmechaniker, verstorben am 8. November 2012 im Krankenhaus Saint-Nicolas in Pontoise infolge einer Lungenentzündung. Am 7. Juli 1987 hat er Corinne Billot geheiratet, die am 12. Februar 1996 verstarb. Fabrice Nile hatte keine Kinder, keine Geschwister, und seine Eltern sind verstorben ... Seit 1997 war er arbeitslos gemeldet, und seit 1998 hatte er keinen festen Wohnsitz mehr. Aufgrund gesundheitlicher Probleme, die mit seiner Alkoholsucht zusammenhingen, lag er mehrmals im Krankenhaus Saint-Nicolas in Pontoise ...«

»Ich danke Ihnen, Monsieur, und wünsche Ihnen noch einen schönen Tag.«

Unabsichtlich schlug Frédéric die Tür hinter sich zu, das heißt, er hatte zumindest nicht vorgehabt, sie so laut zuzuschlagen.

6

Eine halbe Stunde später spazierte Frédéric mit der Schachtel unter dem Arm durch den verschneiten Jardin de Bagatelle. Er war mit John Witherspoon, einem Mandanten, zum Essen verabredet und hatte noch ein wenig Zeit.

Der Jardin de Bagatelle gehörte zu den schönsten Parks von Paris. Versteckt in einem ruhigen Winkel im Bois de Boulogne zwischen den schicken Avenues des 16. Arrondissements und den hochherrschaftlichen Stadthäusern von Neuilly, zogen diese Wege nur selten Touristen und nie die großen Massen an. Prächtige Rosensträucher, Pfauen und eine Orangerie, aus der leise Klänge klassischer Musik drangen – ein Geheimtipp vornehmer und empfindsamer Flaneure. Im Sommer war Frédéric mit Marcia oft am Morgen zu diesem Park gefahren. Marcia sah zu jeder Jahreszeit hübsch aus, doch im Sommer im Jardin de Bagatelle war sie einfach bildschön. Marcia ... Weder diese schmerzliche Erinnerung noch das bevorstehende Treffen mit John, auf das er sich unbedingt konzentrieren musste, konnten Frédéric von der Schachtel und von Fabrice Nile ablenken.

In einer abgelegenen Ecke des Rosengartens setzte Frédéric sich auf eine Bank. Er drehte sich nach allen Seiten um, um sich zu vergewissern, dass niemand ihn beobachtete. Doch dann kam er sich albern vor. Der Park war beinahe menschenleer. Er öffnete die Schachtel und nahm die Fahrscheine und Eintrittskarten heraus.

Als Erstes schaute Frédéric sich die Zugfahrkarte an, die für den 15. Dezember ausgestellt war. Der Zug fuhr um 10:57 Uhr am Gare Saint-Lazare ab und erreichte um 11:31 Uhr das Ziel Eragny-Neuville. Auf der Fahrkarte standen die Nummer des Zuges, des Wagens und des Sitzplatzes.

Eragny. Frédéric lächelte. Beim Notar war er so überrascht gewesen, dass ihm der offenkundige Bezug zwischen den einzelnen Fahrscheinen und Eintrittskarten nicht aufgefallen war: die impressionistischen Maler. Natürlich wusste er, dass man in Giverny Claude Monets Garten besichtigen konnte. Und dass das Musée d'Orsay die weltweit größte Sammlung impressionistischer Werke besaß. Was sich hinter den Fahrscheinen für den Zug und das Boot verbarg, war weniger offensichtlich. War es wirklich Zufall, dass sie Frédéric nach Eragny und Vétheuil führen sollten? Zu diesen beiden Städten an den Ufern der Seine, in die Gegend, die die Künstler, die dort wohnten, gemalt hatten, ob nun Renoir, Monet, Pissarro, Sisley, Gauguin oder andere?

Der zweite Fahrschein berechtigte ihn zu einer Bootstour am 18. Dezember mit Abfahrt in Vétheuil, mit der Gesellschaft »Seine-Rundfahrten«. Als Frédéric die Abfahrtszeit suchte, entdeckte er auf der Rückseite des Fahrscheins eine handschriftliche Notiz mit roter Tinte:

Erinnere dich an die große Liebe,
die den Winter tief in ihrem Inneren verbarg.

Er drehte den Zugfahrschein und die beiden Eintrittskarten um und sah, dass auf allen etwas geschrieben stand. Auf die Rückseite der Eintrittskarte für den Garten von Claude Monet in Giverny für den 22. Dezember hatte jemand notiert:

Fange rechtzeitig den Zauber deines Teiches ein,
oder du herrschst bald über ein Meer welker Blüten.

Was bedeuteten diese Rätsel? Es ergab alles keinen Sinn. Auf der Eintrittskarte für das Pariser Musée d'Orsay für den 24. Dezember stand:

Die erhabene Ruhe der Dinge.

Frédéric nahm die Zugfahrkarte erneut zur Hand und fand auch dort einen Text auf der Rückseite:

Ein großer Aufbruch zu neuen Impressionen.
Folge dem Weg der Abgewiesenen.

Seine Miene hellte sich auf. Endlich konnte er die Botschaft entziffern. Die »neuen Impressionen«, zumal auf der Rückseite einer Zugfahrkarte, spielten auf Monets Bild *La Gare Saint-Lazare* an, das eindeutig impressionistisch war. Und die Abgewiesenen waren die Impressionisten selbst, die von der Jury des angesehenen Salons abgewiesen worden waren, der allein über die künstlerische Qualität in jener Epoche entschied. Monets Freunde hatten stattdessen im sogenannten inoffiziellen »Salon der Abgewiesenen« ausgestellt.

Anschließend nahm Frédéric die Schatzkarte unter die Lupe. Er entdeckte keinen tieferen Sinn, der ihm möglicherweise bei der ersten Betrachtung entgangen war. Die Zeichnungen schienen keinen Bezug zu den Impressionisten zu haben.

Er sah ein Spielzeug-Modellauto. Einen Totenkopf wie auf einer Piratenflagge. Margeriten in einem Blumentopf. Die Hand eines alten Mannes. Notenlinien. Das Profil einer Frau in einem herzförmigen Rahmen. Wolken. Eine Brücke auf dem Lande. Eine Folge von Spielkarten mit drei Königen und einem Joker. Ein paar Wörter: Wahrheit, Toleranz, Garten, Liebe. Andere Zeichnungen und Symbole, die Frédéric nicht zu deuten vermochte. Und jener rote Weg zwischen all den Bestandteilen der Karte, der zu dem Kreuz führte.

Frédéric legte alles wieder zurück in die Schachtel und schloss sie behutsam. Dann blies er auf seine von der Kälte geröteten Hände, um sie zu wärmen. Sein weißer Atem stieg in den grauen Himmel auf. Als er den Kopf hob, sah er eine Elster über den Park fliegen. Er steckte die Hände in die Manteltaschen. Auf dem Weg standen zwei junge Frauen, die gekleidet waren, als sei es gerade mal Herbst, und kicherten beim Anblick des gut aussehenden Mannes auf der Bank. Frédéric wandte den Blick ab. Zwei kleine Rotkehlchen hüpften durch den Schnee. Sie pickten im selben Rhythmus in den gefrorenen Boden und gruben ab und zu ein paar Erdkrumen aus. Ihre Füße hinterließen winzige Spuren. Und Frédérics Leben entfernte sich zusehends.

Unmerklich und geräuschlos war es aus den Fugen geraten. Frédéric hatte Karriere und Lebensweg so verfolgt, wie er es sich vorgenommen hatte. Und jetzt bat ihn auf einmal ein ihm unbekannter Mann, noch dazu ein toter Mann, mit einem bestimmten Zug zu fahren. Ein paar Tage später mit einem Boot. Anschließend sollte er sich einen Garten ansehen. Er lockte ihn mit impressionistischen Landschaften und einer Schnitzeljagd. Der Tote verfügte einfach über seine Zeit und legte Termine für ihn fest. Das war verrückt!

Frédéric hasste diesen Mann. Für wen hielt er sich denn, dieser Marionettenspieler, der mit seiner Fantasie sein Spiel trieb und alle Fäden verwirrte? Dieser Fabrice Nile, dieses Phantom, dem ein Geruch nach Nachtlagern auf Parkbänken anhaftete? Der ihn zu diesem unberechenbaren Abenteuer aufforderte?

Es begann zu schneien. Die eisigen Schneeflocken fielen auf Frédérics Gesicht, und er bemerkte, dass er seit einer Weile auf einen Abfallkorb aus grünem Drahtgeflecht starrte, der neben den Blumenbeeten stand. Ein Parkangestellter würde ihn bald leeren. Frédéric seufzte. Ja, er könnte sein sonderbares Erbe einfach in den Papierkorb werfen. Er stellte es sich bildlich vor: die leere, zusammengefaltete Pappschachtel; die Fahrscheine und Eintrittskarten, die auf den Boden des Papierkorbs fielen; die Plastikrolle, die herausguckte, wodurch der Deckel des Papierkorbs einen Spaltbreit aufklaffte. Wenn er das alles in den Papierkorb warf, wäre die Angelegenheit Fabrice Nile erledigt, mitsamt seinen Zügen, seinen Malern und seinen Überraschungen. Frédéric würde wieder sein gewohntes Leben führen. Und er würde seine Nächte damit verbringen, über zwei Wörter nachzugrübeln, die so winzig waren wie die Fußspuren der Vögel: *Und wenn ...?*

Es gab natürlich noch eine dritte Möglichkeit. Frédéric nahm sein Handy aus der Tasche und wählte mit eiskalten Fingern Pétronilles Nummer.

»Pétronille. Würden Sie bitte etwas für mich recherchieren? Fabrice Nile, N-i-l-e, Fabrice. Er ist kürzlich verstorben und wurde in Nantes beigesetzt. Weitere Details schicke ich Ihnen per E-Mail zu. Ich muss alles wissen, was Sie über ihn in Erfahrung bringen können.«

Pétronille versicherte ihm, sie werde sich bemühen, Informationen über den Mann zu finden. Dann fragte sie ihn schüchtern, ob sie wohl die drei Tage vor Weihnachten Urlaub bekommen könne, weil ihre Eltern ihren 40. Hochzeitstag feierten. Frédéric erklärte ihr jedoch, er fände es nicht in Ordnung, dass sie ausgerechnet jetzt Urlaub nehmen wolle, während im Fall Witherspoon so viel zu tun sei. Sie war enttäuscht, doch Frédéric brachte für ihre Befindlichkeiten keinerlei Verständnis auf. Schließlich bezahlte er Pétronille aus eigener Tasche. Er arbeitete 70 Stunden pro Woche und brauchte jemanden, der sich um seine persönlichen Angelegenheiten und seinen privaten Terminkalender kümmerte. Pétronille machte ihre Arbeit recht gut, aber ihre zahlreichen familiären Verpflichtungen gingen ihm allmählich auf die Nerven. Frédéric würde sie zur Eile antreiben müssen, damit sie schnell etwas über diesen Unbekannten herausfand. Er wollte wissen, was es mit diesem mysteriösen Fabrice Nile auf sich hatte, ehe er in den Zug stieg. Das wäre in vier Tagen.

Frédéric nahm Schachtel und Rolle und eilte zu dem Restaurant auf der anderen Seite des Parks. Er musste Fabrice Nile vergessen und sich konzentrieren. Diese Scheidung drohte kompliziert zu werden. John Witherspoon, ein amerikanischer Finanzmann, der sich in Paris niedergelassen hatte, war um die sechzig, sexistisch, Serien-Geschiedener und der geborene Feinschmecker. Frédéric hatte ihn bei seiner dritten Scheidung vor sieben Jahren als Anwalt vertreten. John, der trotz seiner Seitensprünge fast noch über sein gesamtes Vermögen verfügte, hatte anderen Millionären gegenüber die Talente des jungen Anwalts gelobt und ihn unter seine Fittiche genommen. Er ebnete ihm auch den Weg zu Dentressengle-Espiard-Smith, denen er all seine privaten und geschäftlichen Angelegenheiten anvertraute. Für die vierte Scheidung hatten Frédéric und John schon alles so unbekümmert in die Wege geleitet, als wäre es der reinste Spaziergang. Um die Einzelheiten zu besprechen, waren sie im La Roseraie verabredet, einem Restaurant im Jardin de Bagatelle, das zu den besten in der Hauptstadt gehörte. Frédéric gab sein Erbe an der Garderobe ab und ging zu Witherspoons Tisch.

Das Essen schmeckte ausgezeichnet, aber das Gespräch wollte nicht recht in Gang kommen. Iko, die neue Freundin von John, war ebenfalls dabei. Die wunderschöne, akademisch gebildete Japanerin mit den großen mandelförmigen Augen schenkte Frédéric ein reizendes Lächeln, als er eintraf. John war nicht besonders gut gelaunt und schimpfte über Gott und die Welt. Er beklagte sich über die schlechte Qualität des Service, der überall in Paris zu wünschen übrig ließe, und über die Kellner, die ihr Metier nicht mehr verstanden. In Frankreich dauere alles zu lange, und die Beamten seien unausstehlich. Die Arbeitslosigkeit sei allein deshalb so hoch, weil niemand arbeiten wollte, und das stetig wachsende Gefühl von mangelnder Sicherheit sei unerträglich. Vor ein paar Tagen war Ikos Nerzmantel in der Garderobe eines Sternerestaurants gestohlen worden. Der Inhaber wollte keine Verantwortung übernehmen. Eine Schande sei das. »Ach, übrigens, Solis, wo wir gerade darüber sprechen, könntest du wohl in den nächsten Tagen einen kurzen Brief an dieses Restaurant schreiben, damit sie begreifen, dass man sich mit Witherspoon nicht anlegt, *damn it*.« Und ohne Frédérics Antwort abzuwarten, setzte er sein Gejammer fort, wobei es jetzt um seine zukünftige Exfrau ging. Er verkündete, sie werde bei dem Treffen am nächsten Samstag schon erfahren, mit wem sie es zu tun habe.

Doch Frédéric hörte ihm schon nicht mehr zu. Hätte er aufmerksam verfolgt, was sich am Tisch zutrug, hätte er bemerkt, dass John Witherspoon mit bösen Blicken beobachtete, wie seine Freundin seinem Anwalt schöne Augen machte. Da Frédéric nur an seine Pappschachtel dachte, entging ihm das. Zudem beunruhigte ihn die Geschichte über den in der Garderobe gestohlenen Nerzmantel. Was, wenn ihm jemand sein Erbe stahl? Nur er allein und niemand sonst konnte Anspruch auf die Zeichnung, die Fahrscheine, die Eintrittskarten und das Gemälde des Impressionisten erheben. Frédéric ärgerte sich über sich selbst, dass er sich zu der Vermutung hinreißen ließ, am Ende des Abenteuers würde ein Meisterwerk auf ihn warten. Das war absurd und mehr als unwahrscheinlich. Wenn er es sich jedoch ehrlich eingestanden hätte, träumte er, der Rechtsanwalt Solis, der vor einem Pfeffersteak saß, während sein wichtigster Mandant über seine Scheidung sprach, genau davon. Frédéric hatte es eilig, die Schachtel wieder an der Garderobe abzuholen. Als der Kaffee nach einer gefühlten Ewigkeit serviert worden war, verabschiedete er sich von seinen Gastgebern.

»Wir sehen uns dann am Samstag, Solis, mit meiner Frau und ihrem Anwalt. Und diesmal werden wir die Dinge vorantreiben, nachdem es heute ein bisschen schleppend verlief, right?«, sagte John, ehe er sich von Frédéric verabschiedete.

Frédéric drückte ihm die Hand und ging zur Garderobe. Die Pappschachtel stand noch da, und nichts fehlte. Er sprang in ein Taxi. Als er jedoch die Tür zuwarf, fiel ihm ein, dass er den Termin mit Witherspoon an diesem Samstag hatte. Am Samstag, dem 15. Dezember. Für diesen Tag war die Zugfahrkarte ausgestellt.

7

In farblich nicht zusammenpassendem Slip und BH stand Pétronille in einer Umkleidekabine. Sie versuchte, ein blaues Kleid anzuprobieren, das unglücklicherweise wohl eine Nummer zu klein war. Pétronille hatte sich beklagt, dass sie für die Feier anlässlich des 40. Hochzeitstages ihrer Eltern nichts anzuziehen hätte. Bis dahin war noch reichlich Zeit, aber Dorothée, die schon genau wusste, was sie an dem Tag tragen würde, meinte, sie sollten sich besser schon heute darum kümmern. Dorothée war keine von denen, die alles auf den letzten Drücker erledigen. Und Pétronille hörte immer auf Dorothée.

Ihr Handy zeigte 13:08 Uhr, sie hatte jetzt Mittagspause. In dieser Woche hatte sie bereits Überstunden angesammelt, dabei war es erst Mittwochmittag. Dennoch fühlte Pétronille sich in der Boutique in der Avenue Montaigne so erbärmlich, als hätte sie sich aus Frédérics Portemonnaie bedient. Die Suche nach dem passenden Outfit hatte sie schon genug Zeit gekostet. In dieser Boutique musste sie etwas finden – jetzt oder nie. Das Kleid musste einfach passen.

Während Pétronille sich noch immer mit ihrem Kleid herumquälte, fragte sie sich, warum sie ein so schlechtes

Gewissen hatte. »Erst wenn Sie aufhören, ständig andere beeindrucken zu wollen, werden Sie sich selbst entfalten.« Das hatte Pétronille in irgendeinem Horoskop gelesen, und es war ihr im Gedächtnis haften geblieben, weil es tatsächlich stimmte. Sie hatte mit dem Jurastudium begonnen, um ihren Vater zu beeindrucken, obwohl sie am liebsten Konditorin geworden wäre. Um ehrlich zu sein, hatte sie auch Dorothée nur in Frédérics Wohnung mitgenommen, weil sie ihre Schwester beeindrucken wollte. Und mehr als alle anderen wollte sie Frédéric beeindrucken. Weil Frédéric etwas an sich hatte, was andere dazu anspornte, ihn beeindrucken zu wollen, und weil sie bis jetzt weit davon entfernt war, beeindruckend zu sein. Weil er gut aussah. Weil ihm alles gelang und – weil sie in ihn verknallt war! Pétronille bemühte sich nach Kräften, diesen peinlichen Gedanken zu verscheuchen, vor allem jetzt, da sie halb nackt in der Umkleidekabine stand. Nein, nein, nein, ich bin nicht in Frédéric verliebt.

Der zweite Grund für ihr furchtbar schlechtes Gewissen war dieser Fabrice Nile. Sie hatte noch nichts über ihn herausgefunden.

Ein Arm war in die Luft gereckt, das Kleid hatte sich über ihrer Brust verheddert, während der andere Arm versuchte, den Reißverschluss auf dem Rücken noch weiter herunterzuziehen, obwohl er bereits ganz geöffnet war. Den Kopf hatte sie in den Nacken geworfen aus Angst, den blauen Seidenstoff mit ihrem Make-up zu beschmieren, und die Augen hielt sie geschlossen, während sie betete: »Bitte lass die Nähte nicht platzen, bitte lass die Nähte nicht platzen.« In exakt dieser Haltung stand Pétronille da, als ihr Handy klingelte. Sie öffnete die Augen, verrenkte sich nun komplett, um an ihre Handtasche zu gelangen, und schaffte es schließlich, eine Hand so weit zu befreien, dass sie ihr Handy zu fassen bekam. Der Anrufer war Frédéric.

Zwar war es technisch ein Ding der Unmöglichkeit, dass Frédéric sie in der engen Umkleidekabine dieser schicken Boutique in verwaschener Unterwäsche und mit den Abdrücken der Kniestrümpfe auf den bleichen Waden sehen konnte. Aber *falls doch*, rang Pétronille sich zu der Entscheidung durch, nicht abzunehmen. Mit dem großen Zeh zog sie ihre Jeans näher heran und legte sie dann vorsichtig auf das Handy, um das Klingeln zu dämpfen.

»Alles klar, Nini?«, rief Dorothée, die draußen schon ungeduldig wurde.

»Hm, ich weiß noch nicht, aber ich bin optimistisch«, erwiderte Pétronille, der es endlich gelang, das Kleid über die Brust zu zerren. Jetzt stellten ihre Hüften ein weiteres Problem dar. Und Frédéric. Und schon kündigte das Piepen des Handys eine Nachricht auf der Mailbox an. Es war ein einziger Kampf. Pétronille hielt die Luft an und versuchte noch einmal, das Kleid herunterzuziehen, was wie durch ein Wunder tatsächlich gelang. Mittlerweile war das Kleid völlig zerknittert, und Pétronille standen Schweißperlen auf der Stirn. Sie schaute in den Spiegel. Oje, oje, oje. Schließlich beruhigte sie sich wieder. Sie zog den Bauch ein, streckte die Brust heraus, schlang ihr Haar zu einem Knoten, bog den Oberkörper nach hinten, winkelte ein Bein an, zog eine Schnute, betrachtete sich im Profil, stemmte eine Hand in die Hüfte, zog sie wieder weg, tat so, als würde sie über ein imaginäres Kompliment lachen, stellte sich auf die Zehenspitzen, löste den Knoten und drehte den Kopf so weit nach hinten, dass sie ihren Po in Augenschein nehmen konnte. Drei Kilogramm. Vier, um ganz sicherzugehen. Noch zehn Tage bis zu dem Fest. Das war zu schaffen. Sie musste nur sofort mit der Diät beginnen und durfte heute nichts mehr essen.

»Und?«, fragte Dorothée.

»Perfekt. Ich nehme es«, rief Pétronille aus der Umkleidekabine.

»Lass mal sehen.«

»Nee, nee, warte ... gleich ... «, widersprach Pétronille.

Doch Dorothée hatte den Vorhang bereits zur Seite geschoben und schaute ihre Schwester mit großen Augen an.

»Okay, das sieht im Augenblick vielleicht nicht so gut aus, aber ich bin auch nicht richtig geschminkt, und außerdem habe ich gerade ein Sandwich gegessen. Ich weiß, das Kleid ist ein bisschen eng, aber es gefällt mir trotzdem. Ich muss jetzt los. Frédéric hat angerufen.« Pétronille schickte sich an, das Kleid auszuziehen.

»Warte«, sagte Dorothée. »Bevor du keine passenden Schuhe dazu gefunden hast, kannst du nicht gehen ...«

»Verdammt, die Schuhe ...«

Normalerweise kaufte Pétronille gerne neue Schuhe, denn Schuhe passten immer, egal, wie viel sie gerade wog. Doch bei dem Gedanken an Frédérics Nachricht verkrampfte sich ihr Magen. Offenbar hatte Dorothée verstanden, dass sie so schnell wie möglich wegwollte, und Pétronille hatte – sofern es da überhaupt noch eine Steigerung gab – ein noch schlechteres Gewissen. Dieser Augenblick gehörte allein ihr und ihrer Schwester, und Pétronille hatte nichts anderes im Kopf als ihren verdammten Job. Glücklicherweise konnte sich Dorothée ebenfalls gut in ihre Schwester hineinfühlen.

Sie setzte sich neben sie in die Umkleidekabine und sagte leise: »Nini, du kaufst dir doch so gerne Schuhe. Was ist denn los?«

Pétronille holte tief Luft. Eingezwängt in das blaue Kleid, aus dem das Etikett oben am Rücken herausguckte, sprudelte auf einmal alles aus ihr heraus, und sie lud ihren ganzen Frust bei Dorothée ab. Dass sie durch die Seminare an der Uni und den Halbtagsjob bei Frédéric die ganze Woche *und* am Wochenende wie eine Verrückte arbeitete. Dass sie ständig irgendwelchen Mist machen musste, den eine Praktikantin von 16 Jahren ebenso gut erledigen konnte, wie zum Beispiel fotokopieren, die Verwaltung seiner Kunstsammlung, die Aktualisierung seiner Webseite, Spesenabrechnungen, die Organisation seiner Reisen, die Zusammenstellung der Unterlagen für den Steuerberater, seine Anzüge in die Reinigung bringen, ein neues Ladegerät für sein iPhone kaufen (»Drei Stunden hin und zurück zum Apple Store, kannst du dir das vorstellen?«). Dass Frédéric ihr so blöde Aufgaben aufhalste, wie diesen unausstehlichen Mandanten Witherspoon anzurufen, um Termine zu bestätigen, obwohl dafür eigentlich seine Sekretärin bei Dentressengle-Espiard-Smith zuständig war (»Dabei verdient sie vermutlich dreimal so viel wie ich!«). Sie rackerte sich dermaßen ab, dass sie kaum noch richtig schlafen konnte und oft keinen Appetit hatte. (»Man sieht das zwar nicht sofort, aber ich lasse oft Mahlzeiten ausfallen.«) Frédéric bemerkte immer nur, wenn mal etwas nicht klappte. Obendrein errötete sie jedes Mal, sobald sie vor ihm stand, und das war wahnsinnig peinlich und überhaupt nicht beeindruckend. Sie erzählte Dorothée von seiner Weigerung, ihr ein paar Tage Urlaub für die Überraschungsparty zum 40. Hochzeitstag ihrer Eltern zu geben. Und auch von ihrer Idee, zu der Gelegenheit eine Hochzeitstorte aus 80 kleinen Windbeuteln und Krokant zu backen, doch dazu würde sie niemals Zeit finden. Und jetzt die Nachforschungen über diesen Fabrice Nile: Die hatten ihr gerade noch gefehlt.

Ein Mann – noch dazu ein *Toter* –, der wie aus heiterem Himmel aufgetaucht war und über den ihr Chef alles wissen wollte. Zudem schien es sehr wichtig zu sein. Pétronille wusste nicht einmal, warum sie Informationen über ihn einholen sollte, denn er tauchte in keiner von Frédérics Akten auf. Sie hatte keinerlei Anhaltspunkte. Nichts bei Google, nichts in den Zeitungen, und in den Telefonbüchern fand sie ihn auch nicht. Die Recherchen bei Facebook brachten ebenfalls keine Ergebnisse. Man hätte fast meinen können, dieser Mann hätte niemals existiert. Außerdem hatte sie offiziell keinerlei Befugnis, vertrauliche Informationen einzuholen, da es sich nicht um einen laufenden Fall handelte. Morgen früh musste sie den Bericht abliefern. Aber bis jetzt hatte sie noch gar nichts herausgefunden.

Dorothée, die sich geduldig alles anhörte, ohne ihre Schwester zu unterbrechen, sagte schließlich: »Hör zu. Ich schlage dir einen Deal vor. Du vergisst das alles, sagen wir mal für ...« Sie schaute auf die Uhr. »... 44 Minuten. In diesen 44 Minuten schaltest du dein Handy aus, denkst ausnahmsweise einmal nicht an deinen Job und suchst dir hier in diesem Geschäft die tollsten Schuhe aus, die du finden kannst. Ich meinerseits helfe dir dafür bei deinem Bericht über diesen Fabrice. Wir schreiben ihn gemeinsam. Also, möchtest du meine *Gefiehlin* sein?«

»Okay«, murmelte Pétronille verhalten lächelnd. Sie legte den Kopf auf die Schulter ihrer Schwester. »Du bist die beste Schwester, die man sich nur wünschen kann.«

Dorothée nahm Pétronilles Handy und schaltete es aus. »Jetzt zeig mir mal, wie das Kleid sitzt«, forderte sie ihre Schwester auf.

Pétronille zog es noch einmal richtig an und warf sich in Pose. Dorothée musterte sie mit ernster Miene und sagte dann mit einem strahlenden Lächeln: »Beeindruckend!«

44 Minuten später verließ Pétronille mit fantastischen Pumps in einer Einkaufstüte und mit wertvollen Ratschlägen von Dorothée die Boutique. Was den Bericht betraf, der am nächsten Tag vorliegen musste, sollte sie nur sagen, dass sie eine vielversprechende Spur verfolge, es aber noch verfrüht sei, darüber zu sprechen. Und gleich morgen würde sie in Pontoise in dem Krankenhaus, in dem Fabrice Nile die letzten Wochen seines Lebens verbracht hatte, mit den Recherchen beginnen. Pétronille hatte sich einiges vorgenommen, aber sie würde es schaffen.

Jetzt war ihr schon etwas leichter ums Herz. Kurz bevor sie an der Metrostation ankamen, schaltete sie das Handy wieder ein. Als sie Frédérics Nachricht abhörte, ließ sie die Schultern sinken. So ein Mist! Er bat sie, etwas zu tun, was sie besonders hasste. Sie sollte John Witherspoon anrufen und ihm eine schlechte Nachricht überbringen. Er würde mit Sicherheit verärgert reagieren. Frédéric sagte den Termin für Samstag ab und bat sie, ein neues Treffen für Montag zu vereinbaren. Wie sehr sie diesen Witherspoon verabscheute! Er behauptete, Frédéric sei wie ein Sohn für ihn. Seinen richtigen Sohn konnte man wirklich nur bedauern. Pétronille hatte keine Lust, Witherspoon jetzt anzurufen. Sie würde den Anruf später vom Büro aus tätigen.

In dem Augenblick, als Pétronille das Drehkreuz in der Metro passierte, wurde ihr bewusst, dass Frédéric zum ersten Mal einen Termin mit einem Mandanten absagte.

8

Frédéric schaute auf die Uhr: Es war 21:46 Uhr. Er saß in einem modernen Sessel. Das Smokinghemd hatte er noch nicht zugeknöpft, sein Blick war auf den Sisley gerichtet. Auf dem Display des Smartphones, das auf seinem Oberschenkel lag, wurde die E-Mail von Pétronille angezeigt. »Ich habe eine Spur ...« 21:47 Uhr. Wann würde er den Mut aufbringen, Dany anzurufen, um ihr für heute Abend abzusagen?

In dem Jahr, als Dany Simonet vom *Télé Star* für ihre Rolle in einer Krimiserie auf TF1 zur »beliebtesten Schauspielerin Frankreichs« gewählt worden war, hatte sie sich von ihrem 35-jährigen Ehemann scheiden lassen. Das war sechs Jahre her. Jetzt sah man ihr strahlendes Botox-Lächeln auf allen Partys, von denen sie und ihr neuer Ehemann, der 20 Jahre jünger war als sie, die meisten gaben. Frédéric hatte sie bei ihrer Scheidung als Anwalt vertreten und ihren Ehevertrag aufgesetzt. Seitdem bestand sie darauf, dass er auf jedem ihrer Feste an ihrer Seite war, und sobald sie beschwipst war, legte sie es darauf an, mit ihm zu flirten. Durch sie hatte Frédéric vor fünf Jahren Marcia kennengelernt, die große Feste eigentlich nicht mochte. Eine Einladung von Dany lehnte man jedoch nicht ab. Ihr

Adressbuch war ein *Who's who* des Showbusiness. Heute Abend hatte sie Frédéric eine SMS geschickt, um ihm mitzuteilen, dass ihn eine Überraschung erwartete. Zum ersten Mal, seitdem er sie kannte, würde er eine Einladung von ihr ablehnen und obendrein auch noch in letzter Minute absagen. Das würde sie ihm mit Sicherheit übel nehmen. Deshalb würde er Pétronille morgen bitten, ihr einen riesigen Blumenstrauß und ein Kärtchen mit ein paar schmeichelnden Worten zu schicken, und schon würde alles wieder vergessen sein.

Nachdem er sich endlich dazu durchgerungen hatte, Danys Nummer zu wählen, atmete er erleichtert auf, als ihr Anrufbeantworter ansprang, und gab vor, sich heute Abend nicht ganz wohlzufühlen.

Frédéric stand auf, um sich eine Schachtel Zigaretten zu holen, die in einer Schublade der Konsole lag. Auf großen Partys rauchte er mitunter, aber er gestattete sich niemals, in seiner Wohnung zu rauchen. An diesem Abend schaffte er es jedoch nicht, darauf zu verzichten. Er trat ans Fenster, worauf der Zigarettenrauch vor der leuchtenden Kulisse der Stadt in die Höhe stieg. Die Wahrheit war, dass er seit dem Termin bei dem Notar (oder war es die Lieferung des Sisleys?) unter einer entsetzlichen Müdigkeit litt. Seit drei Tagen hatte er nicht richtig geschlafen, und es fiel ihm schwer, sich bei der Arbeit in der Kanzlei zu konzentrieren. Sicher, er wurde nicht jünger. Seit dem Beginn des Studiums war er es gewohnt, 14 Stunden am Tag zu arbeiten und das sechs Tage die Woche. Und im nächsten Jahr wurde er 40. Wie lange würde er diesen Stress noch durchhalten? Er musste dringend einmal Urlaub machen. Zwar fuhr er zum *Großen Preis* von Monaco, verbrachte ein paar Wochenenden im Sommer in Saint-Tropez oder Deauville, ein paar Wochenenden im Winter in Gstaadt oder in Verbier. Doch das waren alles berufliche Termine, notwendige Geschäftsreisen, um sein Netzwerk auszubauen. Oftmals wurde er von Dany oder John oder anderen großzügigen Mandanten dazu eingeladen. Kurztrips nach New York erlaubte Frédéric sich nur dann, wenn große Versteigerungen impressionistischer Gemälde stattfanden. Sobald andere, die offensichtlich viel reicher waren als er, Gemälde von Monet oder Van Gogh für 15 oder 20 Millionen Dollar ersteigerten, biss er die Zähne zusammen. Eines Tages würde er derjenige sein. Eines Tages würde er noch einmal das unbeschreibliche Glücksgefühl erleben, das er gespürt hatte, als der Auktionator bei Sotheby's *Snow at Marly* von Alfred Sisley für 530.000 Dollar Mister Frédéric Solis zugeschlagen hatte. Eines Tages würde auch er in London oder New York bei der Versteigerung eines Monets die Hand heben können. Er musste nur weiterhin härter arbeiten als die anderen und seine Beziehungen pflegen.

In diesem Augenblick wurde Frédéric bewusst, dass er in derselben Woche gleich zweimal seinem Vorsatz untreu geworden war, niemals einen Termin mit einem Mandanten abzusagen. Natürlich plagte ihn deshalb ein schlechtes Gewissen. Darum hatte er auch Pétronille und nicht Catherine, seine offizielle Sekretärin bei Dentressengle-Espiard-Smith, gebeten, den Termin mit Witherspoon abzusagen. Dadurch wurde sein guter Ruf gewahrt. Frédéric Solis sagt niemals Termine ab. Niemals!

Und warum plötzlich dieser Verstoß gegen seine Grundsätze? Es war nicht nur die Müdigkeit, sondern die absurde, irrationale und gefährliche Überzeugung, die ihn unaufhörlich quälte: der Gedanke, dass Fabrice Nile ihn zu dem Gemälde eines Impressionisten führen würde.

Frédéric wollte nicht mehr daran denken und tat es dennoch. Es passierte immer wieder, dass auf einem Speicher Meisterwerke gefunden wurden, besonders Werke der Maler des späten 19. und des 20. Jahrhunderts. Oft standen sie bei Leuten herum, die so sehr daran gewöhnt waren, sie zu besitzen, dass sie ihren Wert nicht mehr erkannten. Pissarros Haus zum Beispiel war während des Deutsch-Französischen Krieges verwüstet worden, und dabei verschwanden Dutzende von Gemälden. Würde man sie eines Tages wiederfinden? Monets hingegen wurden selten gefunden, schon allein weil sie so berühmt geworden waren.

Doch Frédéric quälte noch ein weiterer Gedanke. Wenn er an Fabrice Nile dachte, tauchte im Hintergrund ein anderer Name auf. Es war der einzige Name, der einen Schatten auf sein Leben warf. Der einzige Name, hinter dessen Buchstaben sich Geheimnisse und Schweigen verbargen. Der einzige Name, der ihn nachts aus dem Schlaf riss. Frédéric drückte die Zigarette in dem Aschenbecher von Hermès aus, nahm sein iPhone und schrieb Pétronille eine E-Mail.

»Betrifft den Vorgang Fabrice Nile. Bitte mögliche Verbindung zu ERNEST VILLIERS prüfen.«

Kaum hatte er die E-Mail verschickt, da klingelte sein Handy. Es war Dany. Frédéric ließ es klingeln. Er nahm die Schatzkarte in die Hand und setzte sich wieder in den Sessel. Während er auf die winzigen Kritzeleien von Fabrice Nile starrte, ließ er die Gedanken schweifen. Diese Zeichnungen hatten eine eigene Art, mit ihm zu sprechen, die jenseits ihrer geheimnisvollen Bedeutungen lag. Dem ein wenig nachlässig gezogenen Strich haftete eine gewisse Eleganz an, eine raue Schönheit, die die schlechte Qualität des Papiers vergessen ließ. Frédéric starrte schon eine ganze Weile auf das große Blatt auf seinen Knien, als sich sein Blick trübte. Die drei schlaflosen Nächte holten ihn ein.

Plötzlich war er wieder hellwach und riss die Augen auf. In einer Ecke des Bildes entdeckte er neben der Hand des alten Mannes einen schwarzen Punkt wie auf einer Partitur. Er nahm das Blatt in die Hand und betrachtete diesen Punkt aufmerksam. Das war keine Note, sondern eine auf einem Gatter sitzende Elster in einer verschneiten Landschaft. Für Frédéric bestand nicht der geringste Zweifel. Dieses Detail stammte aus einem der bekanntesten Gemälde von Claude Monet: *Die Elster*.

9

Es war schon die vierte Nacht in Folge, in der Frédéric nicht schlafen konnte. Auf seinem Digitalwecker wurde aus 23:59 Uhr 00:00 Uhr, und der 14. Dezember wich dem 15. Dezember. Ein weiteres Fenster des Adventskalenders, das sich öffnet, dachte er.

Und auf einmal hatte er den 5. Dezember 1979 vor Augen, und er sah ein kleines Haus in einem Dorf in der Normandie. Es war Sonntag, denn es wurde *L'École des Fans* im Fernsehen gezeigt, und Frédéric durfte sich die Sendung ansehen. Er saß vor dem Schwarz-Weiß-Fernseher, während seine Mutter bügelte. Pino Latuca begleitete am Klavier das Zischen des Bügeleisens.

Die Eingangstür knarrte.

»Ich bin's! Ich habe einen großen Baum gefunden!« Frédéric rutschte von der Bank und lief zu seinem Vater. Dieser plagte sich mit einem Tannenbaum herum, der doppelt so groß war wie der Junge. »Sie haben sie gerade bei Mammouth hereinbekommen. Ich habe den schönsten genommen.«

Seine Mutter hob kaum den Blick und murmelte nur: »Oje, da werden wieder überall Nadeln herumliegen.« Tatsächlich hatte der Baum schon jetzt bis ins Esszimmer eine

Spur aus Nadeln, kleinen Zweigen und Erde hinter sich zurückgelassen.

Frédéric half seinem Vater, den Baum in die Ecke zwischen dem Kamin und dem kleinen Bücherschrank mit den Glastüren zu stellen, auf dem neben dem Telefonbuch das Telefon stand. Darüber war mit einer Reißzwecke der Kalender an der Wand befestigt. Dann gingen sie beide in den Schuppen. Sein Vater stellte sich auf einen Hocker und holte aus dem obersten Fach eines Regals den Karton mit dem Weihnachtsschmuck herunter.

An diesem Nachmittag war Frédéric voll und ganz mit dem Schmücken des Christbaums beschäftigt und sein Vater auch. Doch von Zeit zu Zeit, wenn seine Mutter mit dem Kehrblech und dem Handfeger kam, um die Tannennadeln und die kleinen silbernen Schnipsel von den Girlanden wegzufegen, sprachen die Erwachsenen untereinander. Als seine Mutter die Krippe aufstellte, setzten sie das Gespräch fort, und der kleine Frédéric hörte zu.

»Nein, du kannst am Dienstag nicht zum Zahnarzt gehen«, sagte sein Vater. »An diesem Tag muss ich nach Giverny fahren, und ich komme erst spät zurück. Ich habe es dir schon vorgestern gesagt. Außerdem habe ich es im Kalender angestrichen, damit du es nicht vergisst. Da.«

Er zeigte mit dem Finger auf das Kalenderblatt des Dezembers, auf das ein Kind am 25. das Wort »Weihnachtsmann« geschrieben hatte.

»Was machst du denn in Giverny?«, fragte seine Frau.

»Genau das, was ich dir vorgestern schon gesagt habe. Es geht um den Kalender für 81. Roger möchte die *Heuschober* von Monet, du weißt schon, dem Maler, in dem

Kalender veröffentlichen. Wir müssen mit den Erben verhandeln, und da es bis Giverny nicht so weit ist, ist es am besten, das persönlich zu tun. Roger hat den Termin vereinbart. Frédéric, pass mit der Lichterkette auf, sonst bekommst du noch eine gewischt. Warte, lass mich das machen, mein Junge.«

32 Jahre später erinnerte Frédéric sich, dass auf dem Bild des Kalenders über dem Telefon für den Monat Dezember *Die Elster* von Monet abgebildet war.

10

Pétronille, die auf der anderen Seite von Paris im 12. Arrondissement noch spätabends in ihrer Wohnung arbeitete, erhielt die Nachricht von Frédéric. Ernest Villiers. Der Name sagte ihr etwas, aber sie konnte ihn nicht einordnen. Frédérics Mandanten waren alle irgendwie bekannte Leute, und sie hatte den Namen Villiers sicherlich in irgendeinem Zeitungsartikel gelesen. Sie schrieb Villiers/F. Nile auf die lange Liste der Dinge, die sie erledigen musste, und sprang erschrocken auf, als sie den Namen Witherspoon las, der rot unterstrichen war. Sie hatte vergessen, ihn anzurufen, um den Termin zu verschieben. Das würde sie morgen früh auf jeden Fall gleich als Erstes tun, und um es nicht zu vergessen, unterstrich sie den Namen mit einem orangefarbenen Marker.

Obwohl Pétronille erschöpft war, konnte sie sich nicht entschließen, ins Bett zu gehen. Den Ellbogen auf einen Stapel von Dokumenten gestützt und ihre Wange in die Hand geschmiegt, surfte sie im Internet. Sie dachte an das Fest anlässlich des 40. Hochzeitstages ihrer Eltern. Nein, es sollte keine ausschweifende Party werden, sondern eine ganz zwanglose Familienfeier bei Dorothée. Doch Dorothée, die immer eher klotzte als kleckerte, würde ihre ohnehin sehr schicke Wohnung in ein Märchenschloss verwandeln. Ihre Schwester hatte ihr anvertraut, dass sie noch eine Person mehr eingeplant habe. Das war ihr wichtig wegen des Horoskops. Aber das war natürlich absurd. Wie sollte Pétronille innerhalb von acht Tagen jemanden kennenlernen?

Dennoch stellte Pétronille sich vor, dass sie von einem Mann begleitet wurde. Von einem großen braunhaarigen, intelligenten Mann mit tadellosen Manieren in einem Smoking ... Die anderen Gäste würden ihn fragen, wie die Partys bei Castel mit Dany Simonet so waren ...

Pétronille setzte sich ruckartig gerade auf und versuchte, diesen lästigen Gedanken abzuschütteln. Es wurde wirklich höchste Zeit für sie, ins Bett zu gehen. Morgen – oder vielmehr heute – würde sie ihre ganze Konzentration brauchen, um in dem besagten Krankenhaus in Pontoise ihre Recherchen anzustellen.

11

Samstag, der 15. Dezember, 10:50 Uhr, am Gare Saint-Lazare. Frédéric hielt die Fahrkarte mit seiner kalten Hand fest und wartete wie so viele andere mit gerecktem Hals unter der großen Abfahrtstafel am Gare Saint-Lazare. Dieser Bahnhof ähnelte in keiner Weise mehr dem Bahnhof, den Monet 1877 gemalt hatte: die blaugrauen Dampfwolken, die gräulich grünen Farbnuancen und die romantische Stimmung – all das war verschwunden. Betete er, dass der Zug niemals kam? Die Zahlen auf der Tafel sprangen in dem Augenblick um, als die Lautsprecherdurchsage verkündete, dass der Zug nach Eragny-Neuville jetzt auf Gleis 12 Einfahrt hatte. Frédéric spürte, wie sich sein Magen verkrampfte. Langsamer als alle anderen steuerte er auf den Bahnsteig zu. Jemand, der es sehr eilig hatte, rempelte ihn mit seinem Trolley an. Wagen Nummer 12, zweite Klasse. Da. Er brauchte nur noch einzusteigen. Und was, wenn er in Gefahr war? Wenn ihn jemand in einen tödlichen Hinterhalt lockte?

Er schaute sich um, aber was suchte er? Ein bekanntes Gesicht? Jemanden, der ihn beobachtete? Einen Auftragskiller hinter einem Kiosk? Die Fahrgäste waren alle mit ihrer Reise beschäftigt und in Gedanken praktisch schon angekommen, noch ehe der Zug sich überhaupt in Bewegung gesetzt hatte. Die Angst vor einer unbequemen Fahrt war derzeit ihre einzige Sorge.

Als Frédéric die Trittstufen des Regionalexpress hinaufstieg, spürte er nach den zahlreichen schlaflosen Nächten die körperliche und psychische Erschöpfung. Er fühlte sich plötzlich furchtbar schwach. Es schien ihm, als würde er in eine Realität wechseln, die nicht mehr seine war. Er brach zu einer Reise ins Unbekannte auf.

Schließlich erreichte Frédéric den Platz, der laut Fahrkarte für ihn reserviert war. Ein Fensterplatz. Auf seinem Platz saß aber schon jemand. Ein Jugendlicher von höchstens 17 Jahren in einer zerschlissenen Jeans, mit einer Wollmütze, auf die ein Totenkopf genäht war, mit Tattoos und einem MP3-Player. Die Musik, die aus den Kopfhörern drang, war so laut, dass der ganze Wagen mithören konnte. Frédéric seufzte. Für Kinder und Jugendliche brachte er keine Geduld auf. Vor allem nicht für Jugendliche, die glaubten, erwachsen zu sein, und noch weniger für jene, die sich für supercool hielten. Er klopfte dem Jugendlichen auf die Schulter.

»Pardon, das ist mein Platz.«

»Oh, Verzeihung, Monsieur. Entschuldigen Sie bitte.«

Frédéric, der nicht damit gerechnet hatte, dass der Junge so höflich war, bedauerte sofort seinen harschen Ton. Nachdem der Jugendliche aufgestanden war und sich auf den benachbarten Sitzplatz gesetzt hatte, nahm er Platz und sagte: »Das macht doch nichts.«

Die wenigen Worte, die er mit dem Jungen gewechselt hatte, ließen Frédéric für einen Moment sein Unbehagen vergessen. Als er nun auf seinem Platz saß und der Zugbegleiter das Schließen der Türen ankündigte, wusste er, dass es kein Zurück mehr gab. Um sich wichtigzumachen, tippte er auf seinem Smartphone herum. Der Akku war fast leer. Er versuchte, sich auf seinen elektronischen Terminkalender zu konzentrieren. Pétronille hatte vergessen, den neuen Termin für das Treffen mit John zu bestätigen. Und der Bericht über Fabrice Nile? Er schickte ihr eine kurze E-Mail und forderte sie auf, ihm spätestens am Montagmorgen die Ergebnisse ihrer Recherchen vorzulegen. Pétronilles Leistungen ließen in letzter Zeit entschieden zu wünschen übrig. Doch auch dieser Gedanke lenkte ihn nicht lange ab. Frédéric musterte die anderen Fahrgäste. Niemand achtete auf ihn. Die Reisenden saßen alle mit ruhigen, gleichgültigen Mienen auf ihren Plätzen und gaben sich der Illusion hin, genau zu wissen, was sie erwartete, wenn der Zug sein Ziel erreichte.

Am Fenster des Zuges zogen die Vororte vorüber, und er sah die Landschaft, Graffiti und leer stehende Lagerhallen. Seit der Zeit der Impressionisten, die die Dampflokomotiven zu den Ausflugslokalen an den Ufern der Seine brachten, hatte sich so vieles verändert, dachte Frédéric. Das monotone Rattern des Zuges machte ihn so schläfrig, dass er beinahe einnickte. Als ihn der Jugendliche neben ihm ansprach, wurde Frédéric aus seinen Träumen gerissen.

»Stört Sie die Musik?«

»Nein, kein Problem«, log Frédéric.

»Ich muss mir den Kopf mit Musik zudröhnen«, sagte der Junge nach kurzem Schweigen. »Denn gleich werde ich meinen Vater sehen.«

Frédéric lächelte höflich und hoffte im Stillen, dass sein Sitznachbar nicht vorhatte, ihn in ein Gespräch zu verwickeln.

»Ich habe meinen Vater noch nie gesehen. Es hat eine Weile gedauert, bis ich ihn gefunden hatte, aber jetzt da ich weiß, wo er ist, lasse ich nicht mehr locker. Er schien sich über meinen Besuch zu freuen. Er wohnt in Argenteuil. Ich bin noch nie aus Paris herausgekommen. Bis Argenteuil ist es nicht weit. Wenn ich daran denke, dass er mein ganzes Leben dort gelebt hat, ganz in der Nähe, nur eine kurze Zugfahrt entfernt. Mit meiner Ermäßigungskarte musste ich kaum etwas bezahlen. Ich habe immer geglaubt ... hm ... ich weiß auch nicht, dass er vielleicht in Timbuktu lebt.«

Bei dem Wort Timbuktu begann der Junge zu lachen.

»Wissen Sie, es gibt Situationen im Leben, da muss man seine ganz persönliche Wahrheit suchen. Kennen Sie Platon, den Philosophen? Wir nehmen ihn gerade in der Schule durch. Die anderen finden es mühsam, das alles zu begreifen, aber ich finde es interessant. Platon hat gesagt, dass wir unser Leben in einer Höhle verbringen und nur Schatten sehen. Nur Schatten, und da hat er nicht unrecht. Mit Schatten kommt man besser zurecht als mit der Wahrheit. Und jeder muss seine persönliche Wahrheit jenseits der Schatten suchen. Das hat Platon gesagt.

Mir hätte es genügt, mir einzureden, dass ich meinen Vater eines schönen Tages sehen würde. Man sagt sich ja immer, dass man *morgen* alles Mögliche tun wird. Diese Lebenseinstellung, alles auf morgen zu verschieben, kenne ich gut. Doch es gibt Ereignisse im Leben, die uns in unsere Schranken weisen.«

In diesem Augenblick fiel Frédéric auf, dass der Junge unter der Mütze kahl war. *Ereignisse im Leben, die uns in ihre Schranken weisen.* Er hatte Krebs.

»Aber ich packe das schon, denn ich bin ein Kämpfer. Aber ich glaube, dass ich es nicht schaffen werde, ohne meine persönliche Wahrheit gefunden zu haben. Verstehen Sie, was ich meine? Darum fahre ich nach Argenteuil. Ich weiß, ich gehe Ihnen auf die Nerven. Ich gehe allen Leuten auf die Nerven. Meine Freunde haben die Schnauze voll davon, sich ständig meine Geschichten anzuhören. Ehrlich gesagt habe ich ein bisschen Schiss. Aber selbst wenn mein Vater ein Psychopath sein sollte – ich mache das für mich und nicht für ihn.«

Als der Jugendliche seinen MP3-Player in die Hosentasche stopfte, wurden die Tattoos auf seinem Arm entblößt. Rund um verschnörkelte asiatische Schriftzeichen stand das Wort TRUTH in kalligrafischen Fraktur-Buchstaben. Diese Zeichen zogen Frédérics Aufmerksamkeit auf sich. Hatte er sie nicht irgendwo schon einmal gesehen?

»Ich habe ein bisschen Schiss, weil ... Na ja, wenigstens habe ich keine Angst mehr, dass er ein netter Kerl sein könnte, verstehen Sie? Dass ich der verlorenen Zeit nachtrauere und so ...«

»Ja, ich verstehe«, erwiderte Frédéric, ohne weiter darüber nachdenken zu müssen. Ja, Frédéric verstand das gut. Der Junge schaute ihn dankbar an und begann laut zu lachen.

»Wenn ich allerdings den Geschmack meiner Mutter bedenke, wird er wohl doch eher ein Psychopath sein. Schöne Reise noch, Monsieur.«

Der Jugendliche stand auf, nahm seine Tasche und verschwand auf dem Gang des Zuges. Frédéric zwang sich, seine Gefühle zu verdrängen, damit sie ihn nicht überwältigten. Er fühlte sich mit einem Mal verletzlicher. Und dann fiel ihm ein, wo er diese sonderbaren Schriftzüge schon einmal gesehen hatte: auf der Zeichnung von Fabrice Nile.

Rund um das Wort WAHRHEIT, das sich im Gewirr der winzigen Details der Zeichnung verlor, ja, jetzt war er sich ganz sicher, dass er diese Schriftzüge dort gesehen hatte. Fabrice Nile musste dieses Tattoo gesehen und das Wort *Wahrheit* durch die englische Übersetzung *Truth* ersetzt haben. Fabrice Nile hatte beabsichtigt, dass er diesem Jungen begegnete. Frédéric sprang auf und lief auf den Gang, den jetzt eine Großmutter mit einem großen Koffer und einem kleinen Mädchen an der Hand versperrte. Er entschuldigte sich, doch der Gang war sehr schmal, und an seinem Ende drängten sich immer mehr Fahrgäste aus der anderen Richtung. Der Zugbegleiter kündigte den Bahnhof in Argenteuil an. »La Gare d'Argenteuil.« Diesen Bahnhof hatte Monet auch gemalt. Inmitten einer verschneiten Winterlandschaft.

Frédéric drang weiter vor, sah den Jugendlichen aber nicht mehr. Der Zug hielt am Bahnhof. Frédéric stieg aus und blickte auf den Bahnsteig. Auch dort konnte er ihn nicht entdecken. Sollte er seine Reise bis Eragny fortsetzen oder dieser Spur folgen? Der Bahnhof von Argenteuil hatte mit Sicherheit wie alle kleinen Bahnhöfe nur einen Ausgang. Wenn er rannte, könnte er den Jungen noch einholen und ihn ausfragen.

»Folge dem Weg der Abgewiesenen.« Nein, das Rätsel

half ihm auch nicht weiter. Die Maler hatten sowohl Argenteuil als auch Eragny gemalt. Sollte er wirklich diesen Jungen aufhalten, der ein wichtiges Treffen mit seinem bisher unbekannten Vater hatte? Das Signal, das das Schließen der Türen ankündigte, hallte in seinem Kopf wider. Frédéric stieg wieder ein und kehrte an seinen Platz zurück.

Die persönliche Wahrheit. Die Worte des Jugendlichen gingen ihm nicht mehr aus dem Kopf. *Truth*. War er nicht genau davor geflohen? Noch etwa zehn Minuten, ehe der Zug in Eragny eintraf, und er versuchte mit all seiner Kraft zu vermeiden, an seinen Vater zu denken. An seinen Vater, der nach jenem Tag kurz vor Weihnachten 1979 nie wieder zurückgekehrt war. Doch eines Tages, als Frédéric schon erwachsen war, bekam er einen Brief. Er hielt den Briefumschlag aus feinem Papier mit einer schrägen Handschrift und einer Adresse auf der Rückseite in der Hand. Villa de Saxe 25 – 75007 Paris. Er erinnerte sich noch gut daran. Dort gab es kein Gefängnis. Frédéric hätte selbst dieser Jugendliche sein können, der in einen Zug stieg, um seine persönliche Wahrheit zu erfahren. Aber dazu war es zu spät. Die Zeit war vergangen – 32 Jahre. Fast 12.000 Tage, die den Mann, der Kalender entwarf, nach und nach ausgelöscht hatten. Fast 12.000 Nächte, in denen ein kleiner Junge sich immer wieder sagte, er müsse tapfer sein und seinen Vater vergessen. Und als er wie aus heiterem Himmel eines Tages den Brief erhielt, war der kleine Frédéric erwachsen geworden und beschloss, ihn nicht zu lesen. Die Vergangenheit ruhen zu lassen.

Der Zug fuhr langsam in den Bahnhof ein. Er war in Eragny angekommen.

12

Frédéric wartete auf dem Bahnsteig des Bahnhofs. Die Fahrgäste seines Zuges hatten sich längst zerstreut, und die Fahrgäste für den nächsten Zug waren noch nicht angekommen. Es schneite. Frédéric war allein. Nur ein junger Mann, vermutlich ein Einwanderer, in einer Daunenjacke, die Kapuze über den Kopf gezogen, wartete auf dem Bahnsteig gegenüber auf einer Bank. Sein Atem bildete weiße Schwaden in der Luft, und ab und zu rieb er sich die Hände. Er gehört wohl zu der Sorte von Leuten, die an Bahnhöfen herumlungern, weil sie nichts Besseres zu tun haben, dachte Frédéric. Sonst sah er hier niemanden. Sogar der Bahnmitarbeiter war verschwunden.

Damit die Fahrt nicht umsonst gewesen war, hatte Frédéric eine Runde durch das alte Dorf Eragny gedreht und dabei natürlich nichts Besonderes entdeckt. Nein, hier würde er nichts finden. Er hätte dem Jugendlichen in Argenteuil folgen sollen. Dort versteckte sich der Hinweis, den Fabrice Nile ihm geschickt hatte. Zu spät! Ihm blieb nichts anderes übrig, als nach Hause zurückzukehren und zu warten, bis die Termine für die anderen Ausflüge anstanden. Ebenso wie der junge Mann auf der Bank hatte auch Frédéric nichts zu tun, und daher dachte er an Marcia.

Marcia. Wenn sie nicht diese fixe Idee gehabt hätte, die letztendlich zu ihrer Trennung führte, diesen immer dringenderen Wunsch, wie alle anderen eine Familie zu gründen ... Frédéric wollte das nicht. Deshalb hatten sie sich getrennt. Die Entscheidung, die sie anschließend getroffen hatte, war einzig und allein ihre Angelegenheit. Jetzt, acht Monate später war Frédéric noch immer wütend auf sie, und trotzdem musste er ständig an sie denken.

Frédéric schlug den Kragen seines Mantels hoch und warf einen Blick auf die Bahnhofsuhr. Der nächste Zug nach Paris kam erst in 25 Minuten. Er drehte sich zu der anderen Seite des Bahnsteigs um. Sogar der junge nordafrikanische Einwanderer war verschwunden. Jetzt war er ganz allein. Es schneite immer heftiger. Würde der Zug bei diesem schlechten Wetter auch wirklich fahren? Frédéric nahm sein Handy aus der Tasche. Der Akku war leer. Pétronille ...

»Wissen Sie, wann der Zug nach Paris kommt?« Frédéric zuckte zusammen, als der junge Mann mit der Kapuze ihn ansprach. Jetzt sah er, dass er gar nicht mehr so jung war, wie er zuerst gedacht hatte, vielleicht Ende dreißig. Er hatte braunes gelocktes Haar, und das Weiße in seinen Augen war schneeweiß.

»Um 12:24 Uhr«, stammelte Frédéric.

»Da muss ich ja fast noch eine halbe Stunde totschlagen«, sagte der Mann seufzend. »Na gut, dann warte ich eben. Sie wissen wohl nicht zufällig, wo der Schalterbeamte hingegangen ist?«

»Nein. Wahrscheinlich macht er gerade Mittagspause. Hier gibt es aber einen Fahrkartenautomaten.«

Der Typ reagierte nicht auf die Information. Stattdessen fläzte er sich nun auf die Bank, wie er es auf dem gegenüberliegenden Bahnsteig getan hatte. Frédéric blieb kerzengerade neben dem Gleis stehen. Die beiden Männer waren ganz allein unter dem weißen Himmel neben den grauen Schienen. Die Minuten vergingen.

Und plötzlich ertönte in dieser tristen Szenerie ein Lachen. Oder vielmehr ein Kichern.

»Manche Leute haben wirklich Humor!«

Der Typ mit der Kapuze, der hinter Frédéric auf der Bank saß, lachte ganz für sich.

»Ich hatte einen Freund«, fuhr er fort. »Einen guten Freund. Er ist vor zwei Wochen gestorben.«

»Das tut mir leid«, sagte Frédéric, der dabei unmerklich eine noch steifere Haltung einnahm.

»Der arme Kerl. Aber für ihn war es bestimmt besser so. Auf jeden Fall hat er mir ein paar Sachen vererbt. Ich dachte, er hinterlässt mir, was weiß ich, eine Briefmarkensammlung, seine Katze oder zwei bis drei Millionen auf einem Schweizer Konto. Aber nein, er vererbt mir eine Zugfahrkarte. Und ich steig wie ein Trottel einfach in den Zug und fahre los. Zur Erinnerung an ihn. Zur Erinnerung an ihn und unsere gemeinsamen Stunden.«

»Vielleicht wollte er nicht, dass Sie die gemeinsame Zeit so schnell vergessen.« Frédérics Herz klopfte zum Zerspringen.

»Mein erster Gedanke war natürlich, die Fahrkarte zu Geld zu machen«, sagte der Mann mit der Kapuze. »Die Fahrkarte kann nicht umgetauscht und ihr Preis nicht in bar ausgezahlt werden, hieß es bei der Bahn. Nicht, dass mich das besonders überrascht hat. Er war halt ein bisschen sonderbar, mein Freund. Meine innere Stimme sagt mir, er wollte, dass ich diesen Zug nehme. Also bin ich mit dem Zug gefahren, aber weitergebracht hat mich das nicht.«

»Hat er Ihnen noch etwas hinterlassen?«, fragte Frédéric.

»Nein, sonst nichts. Nur diese Fahrkarte.«

»Wie hieß denn Ihr Freund?«

»Fabrice.«

»Fabrice Nile«, sagte Frédéric. Seine Anspannung ließ nach, und nun war er bereit, sich auf ein Gespräch einzulassen.

»Exakt, Fabrice Nile«, erwiderte der Einwanderer. Er hob den Kopf und schaute Frédéric mit seinen strahlenden dunklen Augen wohlwollend an. »Woher wissen Sie das?«

Frédéric zog seine Fahrkarte aus der Tasche.

»Mein Erbe.«

»Mensch, das gibt's doch nicht! Dieser Mistkerl! Fabrice wollte wohl, dass wir uns begegnen. Die Freunde meiner Freunde sind auch meine Freunde ...«

»Ich habe den Namen Fabrice Nile vor vier Tagen zum ersten Mal gehört«, sagte Frédéric.

»Das wird ja immer besser. Na gut ...« Er streckte die Hand aus. »Jamel.«

»Frédéric.«

Die beiden Männer schüttelten einander die Hand. Als ein Güterzug vorbeifuhr, bebten die Gleise, und das Rattern hallte durch den Bahnhof. Dann herrschte wieder Stille auf dem Bahnsteig.

»Und was machen wir jetzt?«, fragte Jamel seufzend.

»Gehen wir ein Bier trinken und stoßen auf Fab an?«

»Wir können uns im Zug unterhalten. Ich muss zurück nach Paris.«

»Ja, ich auch. Dieser Mistkerl hat mir nicht einmal eine Rückfahrkarte vermacht.«

»Wenn Sie möchten, kann ich Ihnen aushelfen«, begann Frédéric und öffnete sein Portemonnaie. Jamel hob abwehrend die Hand, um ihm zu bedeuten, dass das nicht nötig sei. Er würde sich ein Ticket am Fahrkartenautomaten ziehen. Als er zum Automaten ging, sah Frédéric, dass er hinkte.

Nach und nach trafen nun die anderen Reisenden auf dem Bahnsteig ein. Frédéric musterte Jamel. Ihn würde er nicht aus den Augen verlieren wie den Jugendlichen. Als Jamel zurückkam, steckte er seine Kreditkarte ins Portemonnaie und fragte Frédéric: »Ah, da fällt mir gerade etwas ein. Sagen Sie mal, Sie kennen nicht zufällig einen Anwalt?«

»Ich bin Anwalt.«

»Monsieur Solis?«, fragte Jamel und zeigte mit dem Finger auf ihn.

Frédéric nickte. Jamel riss die Augen auf, und als er erfreut lächelte, blitzten strahlend weiße Zähne in seinem gebräunten Gesicht.

»Na, das ist ja 'n Ding«, sagte Jamel. »Da wäre ich nun gar nicht drauf gekommen. Einen Anwalt hätte ich mir viel älter vorgestellt, so 'ne Art Grufti halt.«

»Hat Fabrice Nile denn mit Ihnen über mich gesprochen?«

»Klar, Mann. Oft sogar. Solis, der Anwalt. Das ist der, der das Bild haben soll.«

13

Als sich die Tür des Aufzugs öffnete, atmete Pétronille tief durch. Sie war angekommen. Auf der dritten Etage des Krankenhauses Saint-Nicolas in Pontoise, 25 Kilometer nordwestlich von Paris. Sie hatte ihren ganzen Einfallsreichtum und Mut einsetzen müssen, um herauszufinden, auf welcher Station Fabrice Nile gelegen hatte. Jetzt musste sie beide Eigenschaften noch einmal unter Beweis stellen, denn ihre Recherchen begannen jetzt erst.

Dorothée hatte ihrer Schwester geraten, mit ihren Nachforschungen in der Kantine zu beginnen, denn dort wurde am meisten erzählt. Mit leisen Schritten betrat Pétronille den kleinen Raum, der in Pastelltönen gestrichen war. Auf den Tischen standen Seidenmargeriten in Blumentöpfen. Ein paar Pflegekräfte in weißer Arbeitskleidung und mit Gesundheitssandalen kamen und gingen. Niemand schien auf Pétronille zu achten. Auf dieser Station lagen Patienten, die sich nach ihren Operationen erholen mussten. Hier herrschte keine Eile, und alle gingen langsam. Vor allem aber wirkte die Station irgendwie verlassen, worüber sich Pétronille wunderte.

Kurz entschlossen setzte sie sich neben den einzigen Besucher in der Kantine, der neue Pantoffeln trug. Sie schätzte ihn auf über siebzig. Der große Mann, dessen Rücken stark gekrümmt war, machte einen etwas einfältigen Eindruck. Er trug eine kleine Brille und hatte einen langen weißen Bart mit einem Stich ins Gelbliche. Mit einer Schere in der Hand blätterte er in Gartenzeitschriften. Rings um ihn herum auf dem Tisch lagen ausgeschnittene Blumen, eine Tube Klebstoff und ein großer brauner Briefumschlag, aus dem Dahlien auf Hochglanzpapier herausguckten.

Pétronille entschuldigte sich für die Störung und fragte ihn in sanftem Ton, ob er einen Fabrice Nile gekannt habe.

»Fabrice? Na klar kannte ich Fab. Sind Sie eine Verwandte? Nein, was für eine dumme Frage. Fabrice hatte keine Familie. Hören Sie, es passiert nicht oft, dass jemand nach Fabrice fragt. Eigentlich nie. Und dabei hätte es sich gelohnt, ihn zu kennen, das schwöre ich Ihnen. Sie sind doch nicht etwa von der Polizei?«

»Mein Gott, nein. Nein«, stammelte Pétronille. »Ich bin keine Angehörige, aber dennoch ... nun ... Es ist kompliziert. Ich würde mich freuen, wenn Sie mir etwas über Fabrice erzählen würden, über sein Leben, wie er so war, was er gerne mochte, all das.«

Da der Mann sie misstrauisch musterte, beschloss Pétronille, alles auf eine Karte zu setzen.

»Ich kannte ihn nicht, aber ich hätte ihn gerne kennengelernt.«

»Ich glaube Ihnen gern, dass es um eine komplizierte Sache geht«, sagte der Mann mit den neuen Pantoffeln seufzend. »Das war typisch für Fabrice. Was soll ich Ihnen über ihn erzählen? Ach, der Arme.«

Er atmete tief ein. »Was soll ich Ihnen erzählen?«, fragte er noch einmal und seufzte wieder. Und dann sah Pétronille zu ihrem Erstaunen, dass er sich eine Träne von der Wange wischte.

»Machen Sie sich keine Sorgen. Das sind die verdammten Medikamente, die sie mir für das Bein geben. Darum heule ich beim geringsten Anlass. Man muss jedoch zugeben, dass Fabs Geschichte nicht gerade lustig ist. Wissen Sie, er hat seit ... ja, seit fast 15 Jahren auf der Straße gelebt. Ich glaube, das hat er gesagt.«

»Ja, ich weiß.«

Der Alte schwieg nun. Er starrte auf seine ausgeschnittenen Blumen auf dem Tisch, und Pétronille hatte Angst, er würde erneut zu weinen beginnen. Als sie sich gerade überlegte, was sie tun sollte, stand der Mann auf.

»Kommen Sie, ich zeige Ihnen etwas«, sagte er.

An der Wand der kleinen Kantine hing ein Poster des »Piraten-Workshops« für die kranken Kinder. Daneben befand sich eine Korktafel mit zahlreichen Polaroidfotos, die mit Reißzwecken befestigt waren. Auf den Fotos waren Leute zu sehen, die lächelnd Collagen oder Postkarten mit exotischen Orten in die Kamera hielten. Auf einem kleinen Plakat war ein Schwarz-Weiß-Foto mit den verschlungenen Händen eines alten Mannes, einer Frau und eines Kindes zu sehen. Auf dem Foto stand: *»Family is not about blood. It's about who is willing to hold your hand when you need it the most.«* Über der Korkwand stand: »Die Jagd nach dem Schatz« und darunter »Samstags & mittwochs 14:00–15:30 Uhr.«

Der Alte, der auf Krücken zu der Wand gegangen war, zeigte auf eines der Fotos. »Fabrice.«

Pétronille betrachtete es aufmerksam. »Ich freue mich, Sie kennenzulernen, Fabrice Nile«, murmelte sie fast unhörbar. Er blickte sie von der anderen Seite der Kamera an. Seine Haut war gerötet. Er hatte verquollene Augen und über einer Augenbraue einen gelblich verfärbten blauen Fleck, aber er lächelte. Das schüchterne und dennoch stolze Lächeln eines Menschen, der niemals fotografiert wurde. Das Plakat, das er in die Kamera hielt, war keine Collage wie die Bilder der anderen, sondern es bestand aus schwarzen Kritzeleien, die wie winzige Zeichnungen aussahen. In der Mitte des Blattes befand sich ein roter Punkt.

»Was bedeuten diese Collagen?«

Der Alte nahm das Foto von Fabrice ab und kehrte langsam zu dem Tisch zurück. Pétronille folgte ihm.

»Einer der Krankenpfleger bietet einen Kurs an. Er findet übrigens heute Nachmittag statt, falls Sie kommen möchten.«

»Leider muss ich in einer halben Stunde wieder fahren. Ich möchte meine Schwester zu einer Ultraschalluntersuchung begleiten. Sie ist schwanger.«

Der alte Mann schien ihr gar nicht zuzuhören. »Mademoiselle«, begann er mit einem verschmitzten Lächeln, »wenn Sie jemanden fragen, egal wen, was er sich im Leben wünscht. Was, glauben Sie, antwortet er?«

Plötzlich erinnerte Pétronille sich an den Nachmittag, als sie Dorothée mit in Frédérics Wohnung genommen hatte. »Glück, glaube ich, und Reichtum.«

»Ganz genau. Wir alle spazieren durch das Leben und wünschen uns, glücklich zu sein. Und das ist nicht erst seit gestern so. Schon die griechischen Philosophen haben davon gesprochen. So sind die Menschen. Überall. Sie sind alle gleich. Ist es nicht so?«

Pétronille stimmte ihm zu.

»Wenn ich Ihnen hingegen sage: Mademoiselle, Sie haben sechs Richtige im Lotto und sind viel reicher, als Sie es sich jemals erträumt haben. Da Sie nun über die erforderlichen Mittel verfügen, müssen Sie nur noch entscheiden, wie Sie Ihr Leben gestalten möchten, um glücklich zu sein. Also, was werden Sie tun?«

»Hm ... Da muss ich erst nachdenken. Vielleicht würde ich mir gerne etwas kaufen, zum Beispiel ...«

»Sehen Sie!«, rief der alte Mann triumphierend. »Sie müssen nachdenken, was Sie *wirklich* glücklich macht! Und wenn ich wiederum Ihrem Nachbarn sage, dass er sehr viel Geld im Lotto gewonnen hat, würde auch er nachdenken. Und würde er das Geld für die gleichen Dinge ausgeben wie Sie?«

»Wahrscheinlich nicht.«

»Da haben wir es. Alle Menschen wünschen sich Glück. Aber Glück ist nicht für jeden dasselbe. Verstehen Sie, was ich meine?«

Pétronille fragte sich, was all das mit Fabrice Nile zu tun hatte.

»In dem Kurs *Die Jagd nach dem Schatz* überlegt jeder in seiner Ecke, was ihn glücklich machen würde. Man stellt es sich bildlich vor ... das ideale Leben, wenn Sie so wollen. Man klebt Bilder, die man in Zeitschriften findet, auf ein Blatt und fertigt eine Collage an. Erstaunlicherweise sieht man immer gleich, wer die Neuen sind. Sie kleben Bilder von den Stränden der Seychellen auf ihre Collagen.«

Er kicherte. »Ich kann Ihnen gar nicht sagen, wie viele Reisekataloge dort schon zerschnitten wurden. Doch irgendwann graben alle ein bisschen tiefer und kommen zu ganz persönlichen Dingen. Am Ende ähnelt keine Collage der anderen.«

Während der alte Mann sprach, schob er die ausgeschnittenen Blumen in den Briefumschlag. Pétronille sah ein altes Schwarz-Weiß-Foto, vermutlich aus den Sechzigern. Es war das Bild einer jungen Frau in einem herzförmigen Bilderrahmen.

»Fabrice Nile hat keine Collagen geklebt«, sagte Pétronille.

»Nein.« Der alte Mann lächelte. »Er konnte verdammt gut zeichnen. Und darum hat er lieber gezeichnet, anstatt Bilder auszuschneiden. Auf den kleinen Zeichnungen ist alles zu sehen, wovon Fabrice träumte. Schauen Sie, er hat sogar Wörter hinzugefügt: Wahrheit, Toleranz, Liebe, Ewigkeit. Sie sehen es vielleicht nicht, aber da ist auch ein kleines Auto. Er hat es recht gut hinbekommen. Ein Coupé Corvette von 1961. Wussten Sie, dass er von Beruf Automechaniker war?«

Als die Augen des alten Mannes wieder feucht wurden, legte Pétronille ihm eine Hand auf seine Schulter.

»Es tut mir leid. Das müssen schmerzvolle Erinnerungen für Sie sein ...«

»Nein, nein, das sind die Medikamente. Diese Scheißmedikamente, ich hab's Ihnen ja schon gesagt. Er mochte schöne Autos, vor allem die Corvette. Und eines Tages habe ich in dem Zeitschriftengeschäft gleich neben dem Haus, in dem ich wohne, ein kleines Spielzeugmodellauto von dieser 61er Corvette entdeckt. Ich habe das Auto gekauft und es Fabrice geschenkt. Sie hätten mal sehen sollen, wie Fabrice sich über den Schlitten gefreut hat ... Oh, diese verdammten Medikamente. Ich werde den Arzt bitten, mir andere zu geben, wenn es möglich ist. Fabrice war noch nicht alt, wissen Sie. Er sah zwar alt aus, aber eigentlich war er noch jung ...«

Und jetzt geriet der Mann richtig in Fahrt. Er redete und redete, und Fabrice' ganzes Leben wurde vor dieser Unbekannten ausgebreitet, der Ersten, die danach gefragt hatte. Das Leben auf der Straße, der Alkohol, der Tod seiner Frau, sein Glück beim Kartenspiel. (»Er hatte immer ein gutes Blatt!«) Seine Kleidung, die er stets so sorgfältig faltete, dass sie aussah, als käme sie frisch aus der Reinigung. Seine Leber, die ihm Probleme machte, und sein Traum, eine Werkstatt für Sammlerautos zu eröffnen, seine guten Spanischkenntnisse. (»Er sprach wie ein Spanier, ja, ich kannte sogar Spanier, die ihre Sprache nicht so gut gesprochen haben wie Fabrice.«) Seine Wut, wenn es um die staatliche Unterstützung ging; seine Zeichenhefte; sein Interesse an den traditionellen Radrennen Paris-Brest-Paris; seine Freunde von der Straße, die manchmal bis an den Parkplatz kamen; seine Wunde am Bein, die sogar einmal von Maden befallen worden war. Seine Erinnerungen an die Kindheit, als er mit seiner Mutter in den Ferien in die Bretagne fuhr; seine Tränen, wenn er von seiner Mutter sprach; seine Witze, die er uns und den Pflegekräften hier erzählte, die ihn sehr mochten. »Fabrice war ein feiner Kerl.«

Ja, er scheint wirklich ein feiner Kerl gewesen zu sein,

sagte sich Pétronille, die aufmerksam zugehört hatte. Sie hoffte, dass er sich nicht auf irgendwelche krummen Dinger eingelassen hatte. Der Gedanke, dass der arme Mann jetzt nach seinem Tod in Sicherheit war, beruhigte sie beinahe. Reichte das nicht aus, um Frédéric Bericht zu erstatten? Was suchte er eigentlich? Pétronille bedankte sich bei dem alten Mann, der Maurice hieß, dass er ihr von Fabrice Nile erzählt hatte. Jetzt wurde es höchste Zeit für sie zu gehen, sonst würde sie zu spät zu der Verabredung mit ihrer Schwester kommen.

»Schade, dass Sie nicht bleiben können, bis der Kurs beginnt, Pétronille. Dieser Kurs hebt die Stimmung.«

»Wirklich? Aber ist es denn nicht deprimierend, sich ein Leben vorzustellen, dass man letztendlich niemals führen wird?«

Maurice strahlte sie an.

»Da irren Sie sich aber gewaltig. Es wird real, sobald man alles aufs Papier bringt. Ja, so ist es tatsächlich.«

Pétronille warf ihm einen skeptischen Blick zu.

»Es müssen allerdings zwei Voraussetzungen erfüllt sein, damit es Wirklichkeit wird. Erstens muss man das Leben, das man in Wahrheit leben will, auf seiner Schatzkarte darstellen, und nicht etwa das, von dem man denkt, dass es vielleicht gut für einen wäre. Und zweitens muss man daran glauben.«

Pétronille schaute dem Mann in die Augen. Maurice glaubte daran. Sie sah die Blumen aus den Zeitschriften vor Augen, die er in den Umschlag geschoben hatte.

»Ich wohne ganz allein in einer Wohnung mit Blick auf die Ringautobahn von Paris. An einen Garten ist da nicht zu denken«, sagte er leise, als hätte er ihre Gedanken erraten.

Pétronille fragte sich, ob seine durch die Medikamente hervorgerufene Empfindsamkeit ansteckend war, denn plötzlich hatte sie einen Kloß im Hals. Sie drückte Maurice die Hand und versprach zu versuchen, demnächst einmal an dem Kurs teilzunehmen.

Sie war spät dran. Mit schnellen Schritten lief sie den fast leeren Gang hinunter und stieß beinahe mit einem Arzt zusammen, der gerade die Tür zu einem Zimmer öffnete. Als Pétronille weiterging, hörte sie ihn sagen: »Monsieur Ernest Villiers. Wie geht es Ihnen heute?«

Und als sie sich zu dem Zimmer 312 umdrehte, dessen Tür soeben geschlossen wurde, erinnerte sie sich, wo sie diesen Namen schon mal gelesen hatte: auf der Geburtsurkunde von Frédéric, die dem Antrag zur Verlängerung seines Reisepasses beigelegen hatte ... Ernest Villiers war sein Vater.

14

Dorothée blätterte in einem drei Jahre alten Exemplar der *Paris Match*. Sie saß in dem Wartezimmer des Facharztes für Ultraschalluntersuchungen. Pétronille war nicht gekommen. Vielleicht hatte sie es vergessen. Ihr Chef, dieser Frédéric, machte sie noch ganz verrückt. Sie arbeitete viel zu viel. Außerdem vermutete Dorothée, dass ihre Schwester in ihren tollen Chef verknallt war. Sie hätte sie neulich nicht damit aufziehen sollen.

Pétronille stürmte in das Wartezimmer, lief auf ihre Schwester zu und umarmte sie. Sie war völlig durchgeschwitzt.

»Ich hab heute bis drei Uhr morgens gearbeitet. Deshalb bin ich im Zug eingeschlafen und hab die Station verpasst. Und dann bin ich heute Morgen zu diesem Krankenhaus in Pontoise gefahren ...«

Fast ohne Luft zu holen, erzählte sie Dorothée alles, was sie über Fabrice Nile, über Maurice und die Schatzkarten erfahren hatte. Zum Schluss verriet sie ihr, dass sie gleichzeitig etwas über Frédérics Vater herausgefunden habe.

»Irgendwie seltsam, dass dein Chef dich bittet, Informationen über seinen eigenen Vater einzuholen«, warf Dorothée ein.

»Ich weiß, komisch, nicht wahr? Ich bin mir aber sicher, er weiß gar nicht, dass sein Vater krank ist.«

»Das kannst du doch gar nicht wissen.«

»Klar weiß ich es. Ich mach schließlich seine Spesenabrechnung. Er gibt mir all seine Taxiquittungen, Zugfahrkarten und Restaurantrechnungen, und darum kann ich dir sagen, dass er noch nie in Pontoise war.«

»Und haben wir immer noch keinen Anhaltspunkt, warum er sich für diesen Fabrice Nile interessiert?«, fragte Dorothée.

»Nein, Sherlock, das haben *wir* noch immer nicht«, neckte Pétronille ihre Schwester.

Dorothée lächelte. »Tja, am Montag erstattest du deinem Chef Bericht, und dann kommt endlich Licht in diese ganze Angelegenheit.«

Pétronille tat so, als würde sie nachdenken.

»Ich sage es ihm, ich sage es ihm ... aber nicht sofort. Wenn ich nämlich so recht darüber nachdenke ... Er hat mich gefragt, wie die Beziehung zwischen seinem Vater und Fabrice Nile war. Dass die beiden im selben Krankenhaus lagen, das allein bringt uns nicht weiter. Vielleicht waren sie Freunde, vielleicht aber auch Feinde, vielleicht hat Frédérics Vater ihn auch im Schlaf erstickt. Ich weiß es nicht. Oh, das ist ja schrecklich, was ich da rede.«

»Ja, das ist schrecklich, und ich weiß auch nicht, ob dich diese Heimlichtuerei wirklich weiterbringt«, warnte Dorothée ihre Schwester.

»Das hat mit Heimlichtuerei nichts zu tun. Ich will nur zuerst meinen Bericht vervollständigen. Morgen fahre ich noch einmal zu dem Krankenhaus.«

»Vergiss nicht, dass wir morgen unsere Weihnachtsgeschenke kaufen wollten.«

»Wir haben auch nächstes Wochenende noch genug Zeit, um Geschenke zu kaufen. Ich hab dir doch erzählt, dass das Krankenhaus fast leer war, oder? Es ist nämlich so, dass die Patienten das Wochenende bei ihren Familien verbringen dürfen. Erstens ist es also für mich weniger riskant, und zweitens ...«

»... haben diejenigen, die sich dort aufhalten, keine Familie«, beendete Dorothée den Satz. »Wie dein Maurice oder Fabrice Nile oder ... Frédérics Vater. Das ist traurig ...«

»Ja«, stimmte Pétronille ihr seufzend zu.

Einen Augenblick herrschte Schweigen.

»Ich weiß allerdings nicht, wie ich mit seinem Vater bekannt werden soll«, sagte Pétronille dann, fast als spräche sie mit sich selbst. »Es wäre doch wohl ziemlich frech, einfach so in sein Zimmer hereinzuplatzen und ihn zu bitten, mir etwas über sein Leben zu erzählen.«

Dorothée strahlte sie an, als hätte sie schon eine Lösung für das Problem. »Ah, du musst noch einiges lernen, meine kleine *Gefiehlin*. An erster Stelle selbstsicheres Auftreten. Frechheit siegt! Was macht ein erfolgreicher Detektiv, um sich aus einer Notlage zu befreien, selbst wenn sie hoffnungslos erscheint?«

Pétronille verzog das Gesicht und schaute ihre Schwester fragend an.

»Er setzt sein *spezielles Talent* ein.«

»Und was ist mein spezielles Talent?«

»Das frage ich dich.«

»Ich habe keine Talente.«

»Denk doch mal nach, was du besonders gut kannst.« Dorothée schmunzelte.

»Torten backen! Windbeutel!?«, sagte Pétronille.

»Windbeutel. Ganz genau. Auf der einen Seite haben wir einen armen, kranken alten Mann, den niemand besucht, obwohl in einer Woche Weihnachten ist. Ehrlich gesagt habe ich ziemliches Mitleid mit ihm. Auf der anderen Seite bist du, eine sympathische junge Frau, die gerne Windbeutel backt, aber nie genügend Abnehmer dafür findet. Ich wette mit dir um drei leckere, mit Himbeerkonfitüre gefüllte Mandelbaisers von Ladurée, dass dieser arme Mann nur darauf wartet, mal mit jemandem zu sprechen. Du schlägst zwei Fliegen mit einer Klappe. Du vervollständigst deinen Bericht und machst obendrein jemanden glücklich.«

»Keine schlechte Idee«, meinte Pétronille.

Die Tür zum Wartezimmer wurde geöffnet, und die Arzthelferin rief: »Madame Dorothée Joly, bitte.«

In Gedanken versunken folgte Pétronille ihrer Schwester.

Ein paar Minuten später lag Dorothée auf der Liege. Auf ihrem schönen, runden Bauch glänzte das Gel, in das sich unsichtbare Spuren gruben, als der Arzt den Schallkopf hin und her bewegte. Er war ein sympathisch wirkender kleiner Mann mit rauen Händen und grauem gelocktem Haar. Drei Augenpaare waren auf den grünlich schimmernden Monitor gerichtet, auf dem nach und nach ein Bild des kleinen Wunders entstand, das in dem Bauch heranwuchs. Und während der Schallkopf des Ultraschallgerätes für Dorothée, deren Herz laut klopfte, die Umrisse ihres Kindes zeichnete, rief Pétronille plötzlich laut: »Verdammt, NEIN!!!«

Der Arzt und Dorothée zuckten zusammen und starrten sie an. Pétronille schlug sich mit der Hand gegen die Stirn und blickte mit entsetztem Blick auf ihre Uhr.

»Ich habe vergessen, den Termin mit Witherspoon abzusagen.« Und mit diesen Worten rannte sie hinaus.

Das Handy von John Witherspoon, der ein paar Straßen weiter bereits auf Frédéric wartete, klingelte. Nachdem er sich die stammelnden Entschuldigungen von Pétronille angehört hatte, stieg ihm die Zornesröte in die Wangen.

Pétronille ihrerseits erblasste, als sie sich Witherspoons Flüche anhören musste. Dorothée traf sie zitternd vor der Tür des Sprechzimmers. Dieses Versäumnis, Witherspoon, Frédérics wichtigsten und schwierigsten Mandanten, nicht über die Verschiebung des Termins informiert zu haben war ein Fehler, der sie die Verlängerung ihres Vertrags kosten konnte. Dorothée schlug vor, eine heiße Schokolade bei Pierre Hermé zu trinken. Sie schlang einen Arm um die Schultern ihrer Schwester und zeigte ihr die ersten Fotos ihres kleinen Neffen. Schließlich redete Pétronille sich ein, ihr Versäumnis sei gewiss gar nicht so schlimm.

Als der Arzt hinter den beiden Schwestern, die Arm in Arm davongingen, die Tür geschlossen hatte, drehte er sich zu seiner Arzthelferin um. Noch eine Patientin. Mein Gott, war er müde! Das war die letzte Untersuchung, anschließend begann das Wochenende. Für heute hatte er die Nase voll von all diesen dicken Bäuchen. Seine Arzthelferin reichte ihm den großen Terminplaner voller Eselsohren, und er las den Namen der letzten Patientin. Plötzlich war der Arzt wieder topfit. Als seine Arzthelferin sich anschickte, die Tür zu öffnen, sagte er: »Einen Augenblick bitte« und ging in Richtung Toiletten. 15 Sekunden später erschien er wieder. Der Arzt hatte seine Krawatte zurechtgerückt, den Scheitel neu gezogen und mit Mundwasser gegurgelt. Er lief auf das Wartezimmer zu, öffnete behutsam die Tür und sagte mit unbeteiligter Miene: »Mademoiselle Gärtener, bitte.«

Mit der Anmut einer Pantherkatze richtete Marcia Gärtener sich mit ihrem kugelrunden Bauch zu ihrer vollen Größe von 1,77 Meter auf. Ihr Dekolletee war hinreißend, und sie duftete nach Shalimar. Die letzte Ultraschalluntersuchung für heute. Das Baby sollte Anfang nächsten Jahres zur Welt kommen.

15

Frédéric schwirrte der Kopf von dem langen, sonderbaren Gespräch, das er im Zug mit Jamel geführt hatte. Schnellen Schrittes kehrte er nach Hause zurück. Er würde sich ein wenig ausruhen und dann in Ruhe über alles nachdenken. Kaum hatte er die Eingangstür des Wohnhauses geschlossen, da lief Madame Boule ihm so schnell entgegen, wie es ihr fortgeschrittenes Alter und die Pantoffeln erlaubten. Auf ihrem Gesicht spiegelte sich blankes Entsetzen.

»Oh, Monsieur Solis, oh, Monsieur Solis ... Während Ihrer Abwesenheit ist hier etwas passiert. Ich konnte es nicht verhindern ...«

Frédéric dachte sofort an einen Einbruch. Sein Sisley!

»Monsieur Solis, der Gerichtsvollzieher ...«

Der Gerichtsvollzieher. Die unbezahlten Rechnungen. Sein von der Bank abgelehnter Scheck.

Madame Boule sprach in einem fort, ohne Luft zu holen. »Ich habe ihm gesagt, das müsse ein Irrtum sein und auf Sie sei immer Verlass. Es war auch jemand vom Schlüsseldienst dabei. Ich konnte nichts tun. Es ist schrecklich.«

»Machen Sie sich keine Sorgen, Madame Boule«, sagte Frédéric, der die Zähne zusammenbiss und sich bemühte, ruhig zu bleiben. »Hier liegt tatsächlich ein Irrtum vor. Ich kümmere mich darum.«

»Ja sicher, Sie sind doch Anwalt. Sie können sich selbst darum kümmern. Trotzdem ist es eine Schande, dass sie so ohne Weiteres bei den Leuten eindringen können. Sie haben die Papiere auf die Konsole gelegt. Sie wollten sie mir einfach nicht geben.«

»Danke, Madame Boule. Ich habe eine Bitte. Sie wissen, dass solche Dinge vertraulich behandelt werden müssen ...«

»Großer Gott, Sie können sich auf mich verlassen! Meine Lippen sind versiegelt. In unserem Job gibt es viele Klatschmäuler, aber ich tue so etwas nicht. Das gehört sich nicht.«

»Danke, Madame Boule. Machen Sie sich keine Sorgen. Schönen Abend noch, Madame Boule.«

Frédéric stieg im Eilschritt die Treppe hinauf. Er öffnete die Tür und knipste das Licht an. Seine Bilder waren noch da. Frédéric wusste, wie so etwas ablief. Er nahm die Kopie der Pfändungsurkunde von der Konsole. Das hatte er befürchtet. Der Sisley, dessen Wert die Höhe der Schulden um das Zehnfache überstieg, gehörte nun dem Gläubiger. Das Gemälde musste in der Wohnung verbleiben, und Frédéric durfte es nicht verkaufen. Wenn er nicht innerhalb eines Monats seine Schulden in Höhe von 50.000 Euro beglich, würde der Gerichtsvollzieher wiederkommen und den Sisley beschlagnahmen. Und dann würde Frédéric sein Gemälde niemals wiedersehen.

Vor Wut bebend griff er nach seinem Handy, doch im selben Moment erinnerte er sich, dass der Akku leer war.

Er schmetterte es auf den Boden, worauf das Display zersplitterte, und rannte zu dem Telefon in seinem Arbeitszimmer. Die nächste Stunde verbrachte er damit, mit Paul, seinem Steuerberater, zu telefonieren. Er befand sich in einer katastrophalen Lage. Frédéric hatte viel zu lange die Augen vor seiner verheerenden finanziellen Situation verschlossen. Paul hatte immer gesagt, es sei unvernünftig, sich so hoch zu verschulden, um sich dieses Kunstwerk zu kaufen. Jetzt musste er so schnell wie möglich seine Finanzen in Ordnung bringen und die Schulden zurückzahlen. Sonst würde der Gerichtsvollzieher bald erneut vor seiner Tür stehen.

Er und sein Steuerberater gingen alle Möglichkeiten durch. Freunde, ja, Freunde hatte Frédéric. Freunde, die er bitten konnte, ihm übers Wochenende ihren Porsche oder ihre Villa in Saint-Tropez zu überlassen. Freunde, denen er sein Herz ausschütten konnte. Allerdings gab es niemanden in seinem Freundeskreis, ja, wirklich niemanden, dem er gestehen konnte, dass er pleite war. Für jemanden, der in ärmlichen Verhältnissen aufgewachsen war, war es einfach zu beschämend, kein Geld zu haben. Für jemanden aus der High Society kam das dem Untergang gleich, aber einem armen Menschen geschah es einfach nur recht.

Nachdem sie eine Stunde gerechnet und über Strategien diskutiert hatten, hatte Frédéric eine Idee, wie er die 50.000 Euro in bar auftreiben und verhindern konnte, dass das Gemälde beschlagnahmt wurde. Erstens würde er den Kristalllüster an einen Antiquitätenhändler seines Vertrauens verkaufen, der in bar dafür bezahlen würde.

Zweitens musste er Witherspoon um einen kleinen Gefallen bitten. Der einzige Name in seinem Adressbuch, der seine Probleme lösen könnte. Das bedeutete zwar, zu den äußersten Mitteln zu greifen, doch in dieser Situation blieb Frédéric kaum eine andere Wahl. Er würde John am Montagmorgen anrufen.

16

Mit einer himmelblauen Frischhaltedose in der Hand
stand Pétronille vor der Tür des Zimmers 312. Sie hatte
geklopft, jedoch nicht sehr laut. In dem Zimmer war es
still. Heute stand für sie alles auf dem Spiel. Ihr Versäumnis, John Witherspoon nicht über die Terminverschiebung informiert zu haben, ließ ihr keine Ruhe. Morgen
musste sie Frédéric den Fehler beichten. Wenn sie mit einem umfassenden Bericht im Büro auftauchte, wäre ihr
Chef davon vielleicht so beeindruckt, dass er eher geneigt
war, ihr die Nachlässigkeit zu verzeihen. Für den Besuch
bei Ernest Villiers hatte sie zehn kleine Windbeutel mit
Pistaziencreme mitgebracht.

Pétronille klopfte noch einmal, hörte jedoch abermals
keine Aufforderung einzutreten. Mit John Witherspoons
Flüchen und der Angst um ihren Job im Hinterkopf öffnete sie leise die Tür.

»Monsieur Villiers? Verzeihung ...«

Ernest Villiers lag in dem Zweitbettzimmer allein in
seinem Bett und schlief. Pétronille hatte mit einem Patienten gerechnet, der sich wegen einer neuen Hüfte oder
eines gebrochenen Arms im Krankenhaus aufhielt. Dieser Mann hier hingegen war schwer krank und furchtbar

abgemagert. Sein Gesicht war von gelblicher Farbe, und unter dem spärlichen weißen Haar konnte man die Flecken auf seiner Stirn sehen. In Frédérics Geburtsurkunde stand, dass sein Vater 67 Jahre alt war. So wie er jetzt hier in diesem Bett lag, sah er jedoch aus wie 100. Pétronille dachte an ihren Vater, einen sportlichen, energiegeladenen Mann, der mit 63 Jahren noch kaum Anzeichen von Erschöpfung zeigte. Einen Augenblick dachte sie schmerzlich daran, wie es wäre, wenn hier ihr eigener Vater läge.

Als Pétronille am Bett des schlafenden Kranken stand, kam sie sich auf peinliche Art deplatziert vor. Im Zimmer war es still, der alte Mann wirkte einsam und verlassen. Auf Zehenspitzen ging sie zur Tür zurück. Sollte sie vielleicht warten, bis er aufwachte? Pétronille warf einen Blick auf die kleinen Windbeutel in der Frischhaltedose, ging erneut zum Bett und stellte sie behutsam auf den Nachttisch. Sie wollte etwas sagen, rang die Hände und flüchtete dann.

»Sind Sie eine Angehörige?«, fragte plötzlich jemand, als sie gerade leise die Tür schloss. Pétronille zuckte zusammen.

Es war der Arzt, den sie schon gestern gesehen hatte.

»Nein, hm ... ich ... ich bin eine Freundin. Nun, es ist eine komplizierte Geschichte.«

Der Arzt musterte sie prüfend.

»Er ist sehr krank, nicht wahr?«, fragte Pétronille ihn.

Der Arzt bedeutete ihr, ihm zu folgen, und sie fragte sich, ob sie sich nun in Schwierigkeiten gebracht hatte.

»Sie sind eine Freundin, sagten Sie?«

»Ja, eine Freundin seines Sohnes.«

»Sie meinen Frédéric? Wissen Sie, dass er seinen Vater noch nie besucht hat?«

»Ja, ich ...«, stammelte Pétronille.

»Im Grunde geht es mich nichts an. Dennoch möchte ich Sie über seinen Gesundheitszustand informieren, weil Sie die Erste sind, die mich fragt. Und Sie werden sicherlich auch die Letzte sein.«

Pétronille Mund wurde trocken.

»Ernest Villiers hat Krebs. Sein ganzer Körper ist voller Metastasen. Wir haben ihn mehrfach operiert. Unglücklicherweise sind mittlerweile fast alle lebenswichtigen Organe befallen. Wir warten noch auf die Untersuchungsergebnisse nach der letzten Therapie, doch ich habe keine große Hoffnung. Vor allem nicht bei einem Mann, dessen Gesundheit bereits durch einen Herzinfarkt angegriffen ist. Es tut mir leid, Mademoiselle, wenn ich es Ihnen so deutlich sagen muss, aber Monsieur Villiers wird Weihnachten vermutlich nicht mehr erleben.«

Pétronille war sprachlos. Sie hatte in ihrem Leben noch nie einen im Sterben liegenden Menschen gesehen. Das Bild von Ernest Villiers, der bewusstlos in seinem Bett lag, hatte sich ihr ins Gedächtnis gebrannt.

In Gedanken versunken folgte Pétronille dem Arzt bis zum Aufzug. Der Arzt erklärte ihr, dass Ernest Villiers hier im Krankenhaus die beste Pflege erhielt und dass ... Pétronille hätte gerne irgendetwas gesagt, doch es war bereits alles gesagt worden.

»Darf er Windbeutel mit Pistaziencreme essen?«, platzte sie schließlich heraus.

Der Arzt lächelte. »Ich weiß nicht, ob er überhaupt

Appetit hat, aber es spricht nichts dagegen. Ich glaube, ein paar Windbeutel mit Pistaziencreme würden ihm sehr guttun.«

Drei Minuten später stand Pétronille zitternd auf dem Parkplatz und wusste gar nicht, wie sie dorthin gekommen war. Der Schock stand ihr ins Gesicht geschrieben. Doch je weiter sie sich vom Krankenhaus entfernte, desto klarer wurden ihre Gedanken.

Sie hasste Montage und den morgigen ganz besonders. Aber was spielte es schon für eine Rolle, Frédéric gestehen zu müssen, dass sein größter Mandant wütend auf ihn war, weil sie einen Fehler gemacht hatte? Sie würden sich schon alle wieder beruhigen.

Jetzt kam allerdings noch etwas anderes hinzu: Sie musste Frédéric informieren, dass sein Vater in einem Krankenhaus in einem Pariser Vorort im Sterben lag.

Das würde der schlimmste Montag ihres Lebens werden.

17

Nachmittags um zwei Uhr wachte Frédéric auf, und im ersten Moment wusste er nicht, wo er war. Es war vollkommen ungewohnt für ihn, den ganzen Tag im Bett zu verbringen. Doch nachdem er nun schon mehrere Nächte hintereinander nicht schlafen konnte, hatte er sich zu einer Zeit, da andere aufstanden, ins Bett gelegt. Er fühlte sich wie erschlagen. Die Dämmerung brach herein, als er sich anzog und in die eisige Kälte hinaustrat.

Seine Schritte führten ihn zur Rue de Rivoli, in der es sonntags normalerweise sehr ruhig war. Heute jedoch strömten Zehntausende zu den Geschäften, die an den Sonntagen vor Weihnachten geöffnet waren. Die Menge, die sich unter den prächtigen Weihnachtsdekorationen drängte, schien von einer ungeheuren Verschwendungssucht erfasst worden zu sein. Zwei Frauen, die mehrere Pakete in den Armen hielten, stritten sich um ein Taxi. Aus Lautsprechern hallten Weihnachtslieder. Frédéric freute sich im Stillen, dass er sich gegen all das entschieden hatte. Keine Familie, keine Geschenke, keine Zugeständnisse an diesen kommerziellen Wahnsinn, den man Weihnachten nannte. Und das war auch gut so, denn schließlich war er völlig abgebrannt. Er dachte an Marcia und zwang sich, diesen Gedanken zu verdrängen.

Frédéric bog in eine andere Straße ein und gelangte schließlich an die Seine. Dort konnte er ungehindert spazieren gehen und nachdenken. Er atmete die Winterluft tief ein und sagte sich, dass vielleicht doch alles gut werden würde. Einen kurzen Moment glaubte er daran, dass Fabrice Nile in sein Leben getreten war, um es durch schöne Dinge zu bereichern. Um in deren Genuss zu gelangen, brauchte er sich nur führen zu lassen. Unbefangen zu diesen sonderbaren Ausflügen aufbrechen. Es dem Schicksal überlassen, ihm den Weg zu weisen. Dieser Augenblick ging allerdings schnell vorüber und gewährte von Angst überschatteten Szenarien Raum.

Er erinnerte sich wieder an sein gestriges Gespräch mit Jamel. Sie saßen beide im Zug nach Paris. Frédéric hatte versucht, Jamel über das Gemälde auszufragen, das Fabrice ihm vor seinem Tod hatte schenken wollen. Angeblich wusste sein neuer Freund nichts darüber. Oder er wollte nichts sagen.

»Er hat mich mehrmals gebeten, ihm zu helfen, dem Rechtsanwalt ein Bild zu bringen«, sagte Jamel. »Ich versprach es ihm, obwohl er nur ganz allgemein von dem ›Bild für den Anwalt‹ sprach. Wissen Sie, das war kein leeres Versprechen. Ich hätte alles für ihn getan. Doch der Arme starb, ehe er mir Näheres sagen konnte. Wenn ich jetzt so recht darüber nachdenke, glaube ich, dass er mir gar nicht verraten wollte, um was genau es ging. Er wollte nur mein Versprechen, dass ich ihm helfen würde. Da haben wir den Schlamassel. Wenn Sie eine Idee haben, was wir tun können, ich bin dabei.«

Frédéric dachte nach. »Sie haben dieses Bild natürlich nie gesehen.«

»Nein. Er hat jedoch gesagt, dass es von Monet ist.«

Frédérics Herzschlag setzte aus. »Claude Monet?«

»Ach, wissen Sie, ich und Vornamen ...«

»Sie sind sicher, dass er Monet gesagt hat?«

»Da bin ich mir ganz sicher, weil er den Namen nämlich ähnlich ausgesprochen hat wie *Money. Give me the money.*« Jamel schwang die Arme wie ein Rapper und lachte über seinen eigenen Witz.

»Glauben Sie, es geht um einen echten Monet?«, fragte Frédéric nach kurzem Schweigen.

»Woher soll ich das wissen? Na ja, ich will Sie nicht enttäuschen ... So ein Monet ist doch einen Haufen Schotter wert, oder? Also, ich kenne mich mit Kunst nicht so aus, aber ab und zu sehe ich mir die Nachrichten an. Sie glauben doch nicht etwa, dass Fabrice, der sich nur jeden zweiten Tag eine warme Mahlzeit leisten konnte, etwas besaß, das man in Museen findet? Außerdem hatte er nicht nur Kontakt zu Leuten mit weißer Weste. Auf der Straße treiben sich ja bekanntlich die seltsamsten Typen herum. Übrigens, hat Fabrice Ihnen außer der Zugfahrkarte noch etwas hinterlassen?«

Frédéric musterte Jamel und senkte dann ausweichend den Blick. »Nein.«

Jamel sah geknickt aus und blickte ebenfalls zu Boden.

Schließlich hielt der Zug am Gare Saint-Lazare an.

Inmitten all des Lärms der Menschenmenge wandte sich Jamel an Frédéric: »Hören Sie, ich habe Ihnen so ziemlich alles gesagt, was ich weiß. Was Fabrice angeht, hat er manchmal ganz schönen Blödsinn gefaselt. Ich war daran gewöhnt und ließ ihn reden. Vielleicht ergibt irgendetwas davon für Sie einen Sinn. Wenn Ihnen also noch etwas einfällt, könnten wir das Rätsel vielleicht gemeinsam lösen. Ich habe es Fab versprochen. Betrachten Sie es als Versprechen unter alten Freunden, okay? Jedenfalls würde es mich freuen, wenn Sie Ihr Bild bekommen, ob es nun ein Vermögen wert ist oder gar nichts. Wenn Fab wollte, dass Sie es bekommen, sollen Sie es haben. Er war mein Kumpel, verstehen Sie? Ich habe ihm mein Ehrenwort gegeben. Und auf Jamel ist Verlass. Ich gebe Ihnen meine Telefonnummer, und wenn Sie Lust haben, rufen Sie mich an.«

Frédéric schrieb sich die Nummer auf, die Jamel ihm nannte, schüttelte ihm die Hand und schaute ihm nach, wie er hinkend in der belebten Straße verschwand. Als Jamel ihm die Hand hingestreckt hatte, war er so gerührt gewesen, dass er einen Kloß im Hals bekam. Welch unerwarteter Tiefsinn bei diesem ein wenig verloren wirkenden Typen. Frédéric hatte den Anflug von Zuneigung zu dem fremden Mann auf seine Müdigkeit und die Angst vor dem Unbekannten geschoben. Doch als er jetzt am Ufer der Seine entlanglief, war er noch immer gerührt.

Er dachte nach. Es war mit Sicherheit ein wertloses Bild, eine schlechte Kopie, wie man sie auf Trödelmärkten fand. Fabrice Nile schien künstlerisch begabt gewesen zu sein, seine Zeichnungen waren nicht schlecht. Doch einen Monet zu kopieren, das war etwas ganz anderes. Es bestand auch noch die Möglichkeit, dass es sich um ein gestohlenes Gemälde handelte. Sollte sich sein Verdacht bestätigen, würde er vielleicht im Anschluss an diese geheimnisvollen Ausflüge mit Ganoven verhandeln müssen. Frédéric lehnte Schwarzhandel mit Gemälden prinzipiell ab. Jedoch würde er einem kriminellen Schwarzhändler ein Gemälde auch um jeden Preis entreißen wollen. Besäße er die innere Größe, es der Polizei zu übergeben? Oder würde er es in seiner Wohnung aufbewahren, sodass niemand es zu sehen bekam? In zwei Tagen würde er die Bootstour machen. Frédéric stellte sich Tausende verschiedener Szenarien vor, die sich immer weiter von der Realität entfernten.

Während er seinen Spaziergang fortsetzte, ergriff ihn die sonntägliche Melancholie, jene Langeweile, die die Einsamkeit bisweilen hervorrief. Die Frage »Was habe ich aus meinem Leben gemacht?« tanzte mit den Geistern der Vergangenheit, und in der Abenddämmerung nahm die Reue Gestalt an. Ohne es zu bemerken, war Frédéric schon so weit gegangen, dass er plötzlich auf dem Pont des Arts stand. Als er sich gegen das Geländer lehnte, um Notre-Dame zu bewundern, sah er ein Vorhängeschloss, dann zehn, dann Hunderte und Tausende, die an dem Drahtgeflecht des Brückengeländers hingen. In die Vorhängeschlösser waren die Namen der Verliebten graviert. Sie glitzerten wie Pailletten im Licht der Laternen und wetteiferten mit dem Eiffelturm, der in diesem Augenblick aufleuchtete. Irgendwann war der Brauch aufgekommen, diese Liebesschlösser auf der Brücke aufzuhängen, und von einem Tag auf den anderen verewigte dort nun die ganze Welt ihre Liebe. Durchreisende Touristen und Pariser und so an einem Nachmittag im Frühling vor eineinhalb Jahren auch Frédéric und Marcia. Natürlich war sie es gewesen, die darauf gedrängt hatte. Um ihr eine Freude zu machen, willigte er ein. Er machte ihr nämlich gerne eine Freude.

Entgegen aller Vernunft ging Frédéric am Brückenge-
länder entlang und zählte die einzelnen Abschnitte des
Drahtgitters. Seltsamerweise erinnerte er sich: vom Louvre
aus der neunte Pfosten. Er musste ein wenig suchen, denn
in diesem Bereich hingen mindestens 20 Vorhängeschlösser. Schließlich entdeckte er es. Die mit einem Permanent-
marker aufgetragene Schrift war verblasst, aber immer
noch lesbar:

F + M
10. Mai 2011

F + M. Verse auf Zugfahrkarten. Tattoos auf dem Arm
einer Reisebekanntschaft. Ein verschwundenes Winterge-
mälde von Monet. Frédéric schwirrte der Kopf, als er den
Blick über die Stadt schweifen ließ. Nichts ergab mehr
einen Sinn. Es wurde Zeit, zurückzukehren und das Kalenderblatt dieses sonderbaren Sonntags abzureißen.

Doch dann stand ihm der Montag bevor, und vor dem
fürchtete er sich.

18

Pétronille klammerte sich an den Sonntag wie ein Vorhängeschloss an den Pont des Arts. Den ganzen Nachmittag drehten sich ihre Gedanken nun schon im Kreis, und Dorothée musste sich Pétronilles schlimmsten Horrorszenarien anhören. Sie studierte laut ein, was sie Frédéric morgen sagen würde.

Dorothée hielt Frédéric für herzlos, weil er seinen Vater einsam sterben ließ. Pétronille wollte das jedoch so nicht stehen lassen, auch wenn sie eigentlich gar nicht genau wusste, weshalb. Sie hatte nur von jeher so ein Gespür gehabt: Frédéric Solis, der hervorragende Anwalt, dem das Glück lachte, dieser Ken aus den Hochglanzmagazinen, verbarg in seinem Inneren eine grenzenlose Verwundbarkeit. Im Laufe des Sonntags verwandelte Frédéric sich in Pétronilles Augen in einen modernen Prinzen, dessen Glanz durch unsäglichen Schmerz getrübt wurde. Mit Pétronille ging die Fantasie so weit durch, sich vorzustellen, das Schicksal hätte es so eingefädelt, dass dieser sensible Held auf seinem Weg ausgerechnet ihr begegnete.

Sie war vor Angst in fieberhafter Aufregung. Drei Stunden intensiven Nachdenkens führten schließlich zu folgendem Plan: Sie würde Frédéric erklären, sie sei ihrer inneren

Stimme gefolgt, um etwas über Fabrice Nile zu erfahren. Dabei habe sie Verschiedenes herausgefunden. Falls er bisher noch nicht saß, würde sie ihn nun bitten, Platz zu nehmen, und fortfahren. Sie habe beschlossen, (am Wochenende!) zu dem Krankenhaus in Pontoise zu fahren, dem letzten Aufenthaltsort von Fabrice Nile. Dort musste sie feststellen, dass es eine Verbindung zwischen Fabrice Nile und Ernest Villiers gab. Monsieur Villiers werde derzeit in dem Krankenhaus stationär behandelt. Die Ärzte, mit denen sie gesprochen habe, ließen ihm zwar die beste Behandlung angedeihen, aber sein Gesundheitszustand sei leider kritisch. Und er habe (an dieser Stelle würde sie die Stimme senken) nur noch kurze Zeit zu leben. In diesem Augenblick würde Pétronille ihre Hand auf die des Anwalts legen.

»Frédéric, ich weiß, dass dieser Mann Ihr Vater ist. Es tut mir sehr leid.«

Sie würde seine Reaktion abwarten und ihn mithilfe der ihr angeborenen Sanftmut überzeugen, seinen Vater ein letztes Mal zu besuchen. Durch diese Geste würde er dazu beitragen, die Welt ein bisschen besser zu machen.

Pétronille war schon im Pyjama, als sie ein großes weißes Blatt zur Hand nahm. Auch sie hatte das Recht auf eine Schatzkarte. Zuerst schnitt sie aus einem Exemplar der Zeitschrift *Kochen + Backen* Windbeutel aus. Auch die naive Darstellung einer kleinen Dorfbäckerei schnitt sie aus. Pétronille zeichnete den Eiffelturm. Bei dem Gedanken, dass sie nicht die geringste Lust verspürte, Symbole einer brillanten Juristenkarriere oder Stände der Seychellen zu malen, musste sie lächeln. Im Internet fand sie ein Foto, auf dem ein Model ihr blaues Kleid in Größe 36 trug, und druckte es aus. Sie träumte weiter und klebte das pastellfarbene Bild eines kleinen Babyfußes auf das Blatt.

Sie betrachtete ihre Collage. Dann suchte sie in einem Kochbuch für Schokoladendesserts und -kuchen einen aus einer Zeitschrift herausgerissenen Artikel heraus, den sie zwischen den Seiten versteckt hatte: *Marcia Gärtener und Frédéric Solis trennen sich.* Pétronille schnitt Frédérics Foto aus und legte es in die Mitte ihrer Schatzkarte.

Sie klebte es jedoch nicht fest.

19

Als Jamel aus der Dusche heraustrat, duftete er nach Pampelmuse. Er hatte irgendwo gelesen, Zitrusdüfte würden die Produktion des Glückshormons Serotonin anregen. Kurzerhand hatte er daraufhin sämtliche Pariser Geschäfte nach Duschgels und Badesalzen durchforstet, in denen Extrakte aus Bio-Pampelmusen verarbeitet worden waren. Das sah ihm ähnlich. Fröhlich pfeifend nahm er einen frischen Pyjama aus dem Schlafzimmerkleiderschrank. Als er ihn auseinanderfaltete, hörte er das Klingeln seines Handys. Jamels Freunde riefen oft zu später Stunde an, und jetzt war es schließlich auch erst Viertel nach elf. Hinkend durchquerte er seine große Wohnung: Bücherregale vom Boden bis zur Decke, eine gemütliche Sitzecke mit einem großen Tisch mit vielen Stühlen drumherum und zwei große Sofas, auf denen überall Kissen lagen. Die Fenster der vierten und obersten Etage des Hauses in der Villa de Saxe 25 im 7. Arrondissement gewährten einen Blick auf den kleinen gepflegten Garten des Klosters, das nebenan lag. Die anderen Etagen gehörten ihm ebenfalls. Jamel vermietete sie weit unter den in diesem Viertel üblichen hohen Mietpreisen an Freunde.

Er setzte sich auf eines der Sofas und hörte die Nachricht ab.

»Hallo, Jamel. Hier ist Frédéric Solis ... hm ... der Anwalt. Ich rufe an, weil ich ... hm ... weil mir Fabrice Nile tatsächlich noch andere Dinge hinterlassen hat. Im Zug wollte ich nicht mit Ihnen darüber sprechen, weil ... wie soll ich sagen ... weil ich mir nicht sicher war ... Jedenfalls bin ich zu dem Schluss gekommen, dass es besser ist, wenn wir uns gegenseitig vertrauen. Unter anderem habe ich eine Fahrkarte für eine Bootstour am Dienstag mit Abfahrt in Vétheuil, im Département Val-d'Oise, bekommen. Ich würde mich freuen, wenn Sie mich begleiten. Vielleicht haben Sie ja Zeit. Ich lade Sie selbstverständlich ein. Die anderen Dinge, die Fabrice mir hinterlassen hat, bringe ich mit, dann können Sie mir sagen, was Sie davon halten. Okay. Hier ist meine Handynummer. Rufen Sie mich doch an, dann können wir uns verabreden. Vielen Dank und einen schönen Abend.«

Jamel lächelte. Er starrte an die Decke und blieb eine ganze Weile so ausgestreckt auf dem weichen Sofa liegen. Ja, das hatte er gut gemacht. Es würde funktionieren. Plötzlich sah er Fabrice' Lächeln wieder vor Augen. Fabrice fehlte ihm wirklich sehr.

»Du Armer. Ich hoffe, es geht dir gut da, wo du jetzt bist«, murmelte Jamel.

Dann schwieg er, als würde er auf die Antwort seines Freundes warten.

»Weißt du«, sagte er und richtete sein Handy an die Decke, »du sollst nicht umsonst gestorben sein. Es wird funktionieren, mein Freund. Ja, es funktioniert bestimmt.«

Kurz darauf erhob sich Jamel und ging zu Bett. Er stopfte sich ein paar Kissen in den Rücken und nahm einen Abenteuerroman zur Hand. Jamel seufzte zufrieden. Morgen war Montag – ein schöner Tag.

20

Um kurz vor fünf Uhr nachmittags stand Pétronille vor Frédérics Wohnungstür. Sie war ein paar Minuten zu früh gekommen. Normalerweise bestellte Frédéric sie immer montagmorgens in die Kanzlei von Dentressengle-Espiard-Smith. Sein Büro, das er mit seiner Sekretärin teilte, einer in höchstem Maße unsympathischen Frau, bot einen wunderschönen Blick auf die Champs-Élysées. Aber heute hatte Frédéric sie zu sich nach Hause bestellt, und zwar zum späten Nachmittag. Pétronille hatte den Tag damit verbracht, auf einem Bleistift herumzukauen, und sich bemüht, keine Flecken auf ihr Kleid zu bringen, das sie für diesen Tag ausgesucht hatte. Als sie vor der Tür stand, strich sie das klassisch geschnittene flaschengrüne Kleid, das ihre Kurven und die Farbe ihrer Augen betonte, noch einmal glatt. Pétronilles Füße schmerzten ein wenig, weil sie heute besonders hochhackige Schuhe trug.

Schließlich öffnete Frédéric die Tür. Er telefonierte gerade und gab ihr, ohne sie eines Blickes zu würdigen, ein Zeichen, im Salon zu warten, während er das Telefonat im Arbeitszimmer fortsetzte. Pétronille fiel auf, dass Frédéric ein uraltes Handy benutzte. Wo war denn sein Smartphone geblieben, das schließlich auf dem neuesten Stand der

Technik war, fragte sie sich. Sie setzte sich auf die Couch, ein Klassiker modernen Designs. Pétronille fand sie äußerst unbequem, zumal sie die ganze Zeit den Bauch einzog. Frédéric telefonierte weiter. Er sprach mit einem Mandanten über Gott und die Welt.

»Okay, perfekt, Richard«, hörte sie ihn sagen. »Ich freue mich sehr, dass zwischen Ihnen beiden wieder alles im Lot ist. Das ist eine gute Nachricht. Eine sehr gute Nachricht. Wenn Sie mich brauchen, rufen Sie mich einfach an.«

Pétronille wunderte sich, denn derartige Gespräche führte Frédéric selten. Als sie seine Schritte hörte, stand sie auf. In diesem Augenblick klingelte das Telefon erneut, und er kehrte in sein kleines Arbeitszimmer zurück.

Während Pétronille aufrecht auf der Couch saß und wartete, schaute sie sich um. In der Wohnung herrschte etwas mehr Unordnung als gewöhnlich. Sie sah, dass der Kristallkronleuchter verschwunden war. Schon zum zweiten Mal fiel ihr auf, dass einer der Einrichtungsgegenstände fehlte. Vielleicht hatte Frédéric vor, seine Wohnung umzugestalten. Merkwürdig, dass sie keinen Bestellschein und keinen Auftrag für den Abtransport der Möbelstücke gesehen hatte. Pétronille vergaß dieses Detail schnell wieder, denn etwas anderes erregte ihre Aufmerksamkeit. Auf der Konsole stand ein Bilderrahmen. Zuerst glaubte sie, die Zeichnung in dem Rahmen, die Frédéric kürzlich gekauft haben musste, stamme von einem zeitgenössischen Künstler. Doch dann erkannte Pétronille, was es war: die Schatzkarte von Fabrice Nile. Sie stand auf, um sich die kleinen Zeichnungen genauer anzusehen, die auf dem

Foto im Krankenhaus nicht richtig zu erkennen waren. Maurice hatte recht. Sie waren wirklich gut gelungen. Neben dem Bilderrahmen lag eine Schachtel, deren Deckel ein Stück geöffnet war. Auf einem Brief konnte sie den Namen Fabrice Nile lesen. Pétronille überzeugte sich, dass die Tür des Arbeitszimmers geschlossen war, und nahm den Deckel ab, um den Brief zu lesen. Es handelte sich um das Schreiben eines Notars bezüglich einer Erbschaft. Pétronille sah auch die Verse, die mit roter Tinte auf die Rückseiten von Fahrscheinen und Eintrittskarten geschrieben worden waren. *Ein großer Aufbruch zu neuen Impressionen. Folge dem Weg der Abgewiesenen. / Erinnere dich an die große Liebe, die den Winter tief in ihrem Inneren verbarg. / Fange rechtzeitig den Zauber deines Teiches ein, oder du herrschst bald über ein Meer welker Blüten. / Die erhabene Ruhe der Dinge.*

So viele Rätsel! Aber diese Abgewiesenen ... Laut Maurice waren das die Patienten im Krankenhaus, die am Wochenende nicht nach Hause gingen. Warum stand das auf der Rückseite einer Zugfahrkarte nach Eragny? Und was bedeutete der Rest? Wusste Frédéric es? Als Pétronille Frédérics Schritte hörte, legte sie den Deckel wieder auf die Schachtel und eilte so schnell zu der Couch zurück, dass sie beinahe mit dem Fuß umgeknickt wäre.

Frédéric trat aus seinem kleinen Arbeitszimmer und schloss die Tür hinter sich.

»Jetzt bin ich für Sie da«, sagte er mit einem gezwungenen Lächeln.

Pétronille musterte Frédéric, der sich in den Sessel auf der anderen Seite des Couchtisches setzte. Er wirkte müde und hatte dunkle Ringe unter den Augen. Dennoch war er ein gut aussehender Mann. Das weiße Hemd spannte sich über Frédérics muskulösem Oberkörper, und die aufgekrempelten Ärmel entblößten seine Arme, die sogar jetzt im Dezember gebräunt waren. Pétronille schoss der Gedanke durch den Kopf, dass sie ihre Hand wegen des verdammten Couchtisches zwischen ihnen nicht auf die seine legen konnte. Sie amtete tief ein.

»Ich habe an diesem Wochenende gearbeitet und ...«, begann sie.

»Pétronille«, unterbrach Frédéric sie. »Ich habe heute Morgen mit John Witherspoon gesprochen.«

Oje, Witherspoon! Den hatte sie ganz vergessen.

»Oh, es tut mir leid wegen des Termins, aber ich habe andere Informationen ...«

»Es fällt mir nicht leicht, Ihnen das zu sagen, was ich Ihnen jetzt sagen muss«, unterbrach Frédéric sie erneut. »Und Sie können mir glauben, dass ich es nur schweren Herzens tue ... Leider muss ich Ihnen mitteilen, dass ich Ihren Arbeitsvertrag nicht verlängern kann.«

Pétronille erstarrte. Ihre Kehle war wie zugeschnürt, und sie brachte kein Wort heraus. Frédéric erklärte ihr mit viel Taktgefühl, dass sie über zahlreiche Qualitäten verfüge. Ihm seien ihre Kreativität und Eigeninitiative sehr wohl aufgefallen, aber dieser Job verlange eben vor allem Disziplin und Zuverlässigkeit. Er senkte den Blick und fügte hinzu, die wirtschaftlichen Umstände erlaubten ihm nicht, sie zu Fortbildungskursen zu schicken, damit sie ihren Aufgaben besser gerecht wurde. Kurzum, die Entscheidung stand unwiderruflich fest.

»Ich weiß, dass ich eine Kündigungsfrist von einem Monat einhalten muss, was nicht mehr möglich ist, da Ihr Vertrag in zehn Tagen ausläuft. Daher schlage ich vor, Sie für diese zehn Tage bei vollem Gehalt von der Arbeit freizustellen. Ich habe die Papiere schon vorbereitet, und wenn Sie einverstanden sind, müssen Sie nur noch unterschreiben.«

Er verstummte kurz.

»Ein Zeugnis für Ihren nächsten Arbeitgeber habe ich auch schon geschrieben. Ich bin sicher, dass Sie keine Probleme haben werden, eine neue Stelle zu finden.«

Pétronille schluckte. Nur unter großer Mühe vermochte sie die Tränen zurückzuhalten. »Ja, einverstanden«, sagte sie mit trockenem Mund.

Sie unterschrieben beide die Entlassungspapiere. Frédéric bot an, ihr ein Taxi nach Hause zu bezahlen. Sie vereinbarten, dass sie dem Taxifahrer alle Unterlagen mitgeben würde, die sich noch in ihrer Wohnung befanden. Damit wäre sofort alles erledigt, und sie hätte schon heute Abend frei. Allerdings war sie nun auch arbeitslos, schoss es Pétronille durch den Kopf.

Sie stand auf. Frédéric drückte ihr herzlich die Hand und bedankte sich für ihre Arbeit. Pétronille ging mit den Papieren und dem Zeugnis in der Hand auf die Tür zu. Als sie auf der Schwelle stand, sprach Frédéric sie noch einmal an.

»Eine Frage hätte ich noch«, sagte er zögernd. »Über diesen Fabrice Nile haben Sie nichts herausgefunden, nicht wahr?«

Pétronille schaute ihn an und erkannte plötzlich jene Verletzlichkeit, die sie immer bei ihm vermutet hatte.

»Nein«, erwiderte sie daher nur.

Frédéric starrte zu Boden und nickte.

»Okay. Ihnen alles Gute, Pétronille.«

Doch Pétronille, die Augen voller Tränen, war schon die Treppe hinuntergelaufen.

21

Frédéric war wieder allein. Zum ersten Mal in seiner Karriere hatte er jemanden entlassen müssen. Den ganzen Tag hatte er mit der Entscheidung gerungen, denn er schätzte Pétronille sehr. Ihm blieb jedoch keine andere Wahl, da er ihr Gehalt nächsten Monat nicht mehr bezahlen konnte. Und da er niemandem gegenüber eingestehen wollte, dass er in finanziellen Schwierigkeiten steckte, lieferte ihr Versäumnis, John nicht über die Verschiebung des Termins informiert zu haben, einen guten Vorwand. Frédéric hoffte, dass Pétronille es sich nicht allzu sehr zu Herzen nahm. Um sein Gewissen zu beruhigen, stellte er ihr ein erstklassiges Zeugnis aus.

Es war ihm einigermaßen gelungen, John zu beschwichtigen, indem er sich persönlich entschuldigt und ihn überzeugt hatte, es sei überflüssig, sich vor dem Gerichtstermin am nächsten Tag noch einmal zu treffen. Doch ansonsten ging an diesem Tag alles schief. Er erhielt ein weiteres Einschreiben, in dem er aufgefordert wurde, umgehend eine seiner offenen Rechnungen zu begleichen. Sein Gespräch mit der Bank war die reinste Katastrophe. Der Antiquitätenhändler bot ihm nur einen lächerlichen Preis für den Kristallleuchter. Doch das Schlimmste war

Danys Reaktion, ihn sofort aus ihrem Leben zu streichen, denn damit hatte Frédéric nicht im Traum gerechnet.

Die Überraschung, die sie ihm für den Abend der Party, zu der er nicht erschienen war, versprochen hatte, und gleichzeitig der Grund für das Fest, falls sie denn überhaupt einen brauchte, war die Ankündigung ihrer Scheidung. Diese Entscheidung wollte Dany mit ihrem Anwalt feiern. Frédéric wusste, dass man auf Freundschaften, die in den Nachtlokalen von Paris geknüpft wurden, nicht bauen konnte. Allerdings war er nicht darauf gefasst gewesen, dass seine freundschaftliche Beziehung zu Dany so schnell in die Brüche gehen würde. Sie hatte sich schon einen neuen Anwalt aus einer mit Dentressengle-Espiard-Smith konkurrierenden Kanzlei genommen. Frédéric war fest davon überzeugt, dass der Grund, ihn unverzüglich aus ihrem Leben zu streichen, weniger mit der Absage ihrer Einladung als mit seiner fortgesetzten Gleichgültigkeit ihren Avancen gegenüber zu tun hatte. Jedenfalls konnte er nun auch Dany Simonets Bekanntenkreis aus dem Showbusiness abschreiben.

Frédéric sprach mit zwei potenziellen Mandanten, die ihn kontaktiert hatten, weil sie eventuell in naher Zukunft einen Anwalt brauchten. Der eine, ein ehemals sehr bekannter Fernsehmoderator, hoffte, die Krise würde sich legen, und wollte daher vorerst von einer Scheidung absehen. Und die andere, eine junge Popsängerin, hatte während einer kreativen Auszeit auf Bali das Feuer der Liebe in ihrer Ehe neu entfacht. Frédéric stand das Wasser bis zum Hals. Ein Mandat war ihm durch die Lappen gegangen, und er hatte Johns Zorn auf sich gezogen. Der alte Dentressengle nannte ihn »Monsieur Paris Match«, und solange er diesen Spitznamen behielt, war sein Aufstieg zum Partner zum Greifen nahe. Allerdings musste Frédéric nun dringend jemanden aus der High Society finden, der sich in absehbarer Zeit scheiden lassen wollte. Und bei Johns Scheidung musste um jeden Preis alles wie am Schnürchen klappen. Morgen war der Gerichtstermin. Auch die Bootstour war morgen, aber um 10 Uhr am Vormittag, wohingegen er erst um 17 Uhr im Gerichtssaal erscheinen musste. Bis dahin sollte er längst zurück sein. Dennoch war Frédéric angespannt.

Den Rest des Tages versuchte er, sich auf den Fall zu konzentrieren, bei dem es noch viel zu tun gab. Um kurz vor elf Uhr rief Jamel ihn an. Sie verabredeten sich für den nächsten Tag, und Frédéric setzte seine Arbeit fort. Doch er konnte sich nicht mehr konzentrieren. Daher beschloss er, nach der Rückkehr von der Bootstour noch an dem Fall zu arbeiten. Jetzt wurde es Zeit, zu Bett zu gehen.

Es war wichtig, dass morgen alles gut lief.

22

Frédéric wartete an dem kleinen Anlegesteg an der Seine
am Rande des Parks. Kurz darauf erblickte er Jamel, der
gut gelaunt den Weg entlang auf ihn zu gehumpelt kam.
Frédéric war froh, ihn zu sehen, auch wenn er nicht genau
hätte sagen können, warum. Die Glocke der kleinen Kirche in Vétheuil schlug 10 Uhr.

»Ich freue mich, Sie zu sehen, mein Freund«, sagte Jamel und reichte ihm zur Begrüßung die Hand.

»Ich hoffe, Sie sind nicht umsonst gekommen«, erwiderte Frédéric. »Nicht gerade die ideale Jahreszeit für eine
Bootstour.«

Die beiden Männer genossen den Anblick der Seine. In
der Nähe von Lavacourt am anderen Ufer war der Fluss an
einigen Stellen vereist. Die kleinen Eisschollen waren
schneebedeckt. Der eisige Wind wirbelte ein paar Flocken
durch die Luft. Die an dem Anlegesteg vertäuten Boote
mit den vereisten Planen schaukelten hin und her. Weit
und breit war niemand zu sehen.

»Es hätte mehr Spaß gemacht, wenn Fabrice einen Tag
im August ausgewählt hätte«, meinte Jamel und rieb sich
die Hände.

Frédéric lächelte. Dieser Tag hier am Ufer der Seine,

inmitten der grauen Landschaft vor den vereisten Booten – er wusste, warum Fabrice den Winter für diese Bootstour außerhalb der Saison ausgewählt hatte.

»Schauen Sie mal. Ich glaube, der da kommt zu uns«, sagte Jamel mit einem schiefen Lächeln.

Frédéric drehte sich um. Ein hochgewachsener Afrikaner mit schütterem Bart durchquerte in Anglerstiefeln, in denen er ein bisschen lächerlich aussah, und einer Pudelmütze, die schon bessere Zeiten gesehen hatte, den Park. Der Mann hielt eine Plastiktüte aus dem Supermarkt und zwei Schwimmwesten in den Händen. Er war noch jung, keine 40, und als er den Abhang im Park hinabstieg, wirkte er so groß, dass man seine Anglerstiefel für Siebenmeilenstiefel hätte halten können. Frédéric warf unwillkürlich einen Blick auf das Boot, um sein Ausmaß einzuschätzen. Er konnte sich beim besten Willen nicht vorstellen, dass dieser sonderbare Matrose mit den langen Beinen noch hineinpasste, wenn er und Jamel in dem Kahn saßen. Etwas weiter entfernt lag bestimmt noch ein anderes Boot.

»Ich nehme an, Sie sind der Rechtsanwalt Solis? Bertrand Ahmed. Sie können Kapitän zu mir sagen.« Er hatte strahlend weiße Zähne und reichte Frédéric seine Pranke. Dann wandte er sich Jamel zu, den er um zwei Köpfe überragte. »Mit wem habe ich die Ehre?«

»Nennen Sie mich Jamel. Sagen Sie mal, Ihre Anglerstiefel, laufen die von alleine? So etwas könnte ich auch gut gebrauchen.«

»Unsere Beine sind für das Reisen gemacht, die Länge unserer Schritte spielt dabei keine Rolle«, erklärte Bertrand in ernstem Ton. Er zog die Plane weg, worauf ein langes bunt bemaltes Boot zum Vorschein kam. Als Jamel sich ihm mit seinem humpelnden Gang näherte, um die Schwimmweste entgegenzunehmen, musterte er ihn. »Für Sie, mein Freund, ist das Wasser das richtige Element. Denn darin besteht das Geheimnis der Seefahrt. Solange Sie auf dem Wasser sind, brauchen Sie nicht zu laufen.«

Er bedeutete Frédéric, die Schwimmweste anzulegen. Dieser folgte zögernd der Aufforderung. Die gelbe, leicht klebrige Plastikweste passte nicht recht zu seinem beigefarbenen Kaschmirmantel.

Jamel und Frédéric setzten sich ins Boot, das gefährlich schwankte, als der Kapitän einstieg. Er nahm die Ruder in die Hand, und nach zwei oder drei Ruderschlägen waren sie mitten auf der Seine. Mittlerweile schneite es richtig, und der Wind wirbelte die zarten Schneeflocken durch die Luft.

»Ein schöner Tag, um mit dem Boot rauszufahren. Das weckt die Lebensgeister, nicht wahr?«, sagte der Kapitän und atmete die eiskalte Winterluft ein. Seine Passagiere antworteten ihm nicht. Jamel war damit beschäftigt, mit den beiden Kordeln seiner Kapuze eine Schleife unter dem Kinn zu binden. Und Frédéric ... Frédéric hatte ein Gemälde von Monet vor Augen.

Ja, er wusste, warum er hier war. Monet hatte seine Staffelei am Gare Saint-Lazare und in Argenteuil aufgestellt, wo Frédéric ebenfalls gewesen war, ohne die Gegenwart des Malers zu spüren. Aber hier auf der vereisten Seine, in dieser wunderschönen Winterlandschaft, in der helle, gedämpfte Farben und Klarheit vorherrschten, erkannte er den *Eisgang bei Vétheuil* wieder. Trotz der langen

Zeit, die vergangen war, hatte sich kaum etwas verändert: das Ufer von Lavacourt, die Silhouette der Kirche, die Unendlichkeit des weißen Himmels, das in allen Regenbogenfarben schillernde Licht, die beiden Inseln Île de Bouche und Île de Moisson ...

»... die Île de Bouche und etwas weiter die Île de Moisson und dort das Ufer von Haute-Île, die Claude Monet gemalt hat ...« Frédéric begriff, dass der Kapitän mit einer Führung begonnen hatte. Er selbst kannte schon alle Details. Die Serie der 17 Gemälde des Eisgangs wurden immer wieder in den Werken über die »Effekte des Schnees« bei den Impressionisten erwähnt. Doch er hörte den interessanten Erklärungen des Kapitäns mit der melodischen Stimme gerne zu. Auch Jamel lauschte aufmerksam.

Der Winter 1879/80 war außergewöhnlich streng gewesen. Das Leben in Paris kam zum Erliegen, die Transporte waren abgeschnitten, und die Seine war zugefroren. Am 5. Januar 1880 konnte man den »Eisgang« auf der Seine beobachten, und Monet, der damals in Vétheuil wohnte, begeisterte sich für dieses seltene Ereignis. Als großer Liebhaber der Natur und des Malens unter freiem Himmel besaß er ein Atelierboot, das er zu dieser Gelegenheit trotz der eisigen Temperaturen benutzte.

Der Kapitän erklärte, dass Monet bei jedem Wetter gemalt hatte, sogar wenn die Seine zugefroren war. Ab und zu brachte ihm jemand eine Wärmflasche. Nicht für die Füße, sondern für seine klammen Finger, denen der Pinsel zu entfallen drohte.

Als der Kapitän verstummte, gab sich jeder seinen eigenen Betrachtungen hin. Es war ruhig, und in die Stille mischten sich nur das Plätschern des Wassers, die Schreie einiger Vögel und das Knarren des Bootes. Der Schnee, der in immer dickeren Flocken fiel, schien alle anderen Geräusche zu verschlucken. Frédéric war innerlich ganz ruhig, was man als kleines Wunder bezeichnen konnte. Seine Hände schmerzten vor Kälte, und eine Frage brannte ihm auf der Zunge. Doch er wollte diese Stille nicht stören, die seine Unruhe wie eine milde Brise besänftigte. Er empfand auch Freude angesichts des Wohlgefühls, welches das Boot zu umhüllen schien, wagte jedoch kaum, sich ihm ganz und gar hinzugeben aus Angst, es möge sich sogleich wieder verflüchtigen.

Plötzlich durchbrach Jamel den Zauber, indem er sich geräuschvoll die Nase putzte. Jetzt stellte Frédéric dem Kapitän die Frage, die ihn schon die ganze Zeit beschäftigte.

»Kennen Sie Fabrice Nile?«

»Fabrice wer?«, fragte der Kapitän.

»Nile.«

»Ist er zur See gefahren?«

»Nein.«

»Das überrascht mich nicht. Menschen, die nach Flüssen benannt sind, sind normalerweise nicht für das Meer geschaffen.«

Mit einem Griff nach den Rudern beendete er das Gespräch und wendete. Frédéric gab sich mit der Antwort zufrieden. Die drei Männer schwiegen, als das Boot über die Seine glitt und den Anlegesteg passierte. Frédéric fragte sich, wohin sie fuhren. Er schaute auf die Uhr. Es war 10:45 Uhr. Noch über sechs Stunden bis zu dem Gerichtstermin. Kein Grund zur Sorge. Warum war er dann aber so unruhig? Vielleicht, weil es immer stärker schneite. Von Vétheuil bis Paris brauchte man eine Stunde, wenn alles glattging. Die kräftige Stimme des Kapitäns hallte über das eisige Wasser des Flusses.

»Sensible Beobachter entdeckten in den Gemälden von Monet aus jener Zeit Hinweise auf eine tiefe Melancholie. Einige Experten vermuteten, dass der Grund für diesen Weltschmerz hier in Vétheuil zu finden war, und zwar an einem Ort, an dem wir unseren Ausflug beenden.«

Die drei Männer gingen von Bord. Auf Anweisung des Kapitäns ließen Frédéric und Jamel ihre Schwimmwesten im Boot zurück. Sie folgten Bertrand, der einen schmalen, von Unkraut überwucherten Weg hinunterging, der zwischen dem Ufer und den hübschen Häusern reicher Bürger entlangführte. Kurz darauf erreichten sie das verrostete Tor eines Friedhofs.

Der Kapitän ging auf ein Grab zu, das von einem niedrigen Zierzaun und kleinen gepflegten Büschen umgeben war.

»Camille Doncieux ...?«, las Jamel laut vor.

Frédéric wusste, wer das war. *Erinnere dich an die große Liebe, die den Winter tief in ihrem Inneren verbarg.* Sie standen vor dem Grab von Camille Monet, geborene Doncieux, der ersten Ehefrau des Malers, seiner Gefährtin in den Jahren der großen Entbehrungen. Die Öffentlichkeit kannte sie durch das berühmte Gemälde *Das Mohnfeld*. Andere hatten ihren verhüllten Körper mit den entrückten Gesichtszügen vor Augen, den ihr liebender Ehemann, der noch die Kraft fand, sie auf dem Totenbett zu malen, auf der

Leinwand verewigt hatte. Frédéric hingegen erinnerte sich an die unsterbliche Camille durch das Gemälde *Madame Monet mit dem roten Umhang*. Der Künstler, der sie vom Fenster aus betrachtete, malte sie in einem Augenblick, als der Schnee, der den Garten erhellte, ihrem Gesicht einen besonders reizvollen Ausdruck verlieh.

Frédéric und Jamel standen inmitten des Schneetreibens in Gedanken versunken vor Camilles Grab.

»Es wird Zeit zurückzufahren. Wo ist der Kapitän?«, fragte Frédéric.

Die beiden Männer schauten sich vergeblich nach ihm um. Schade, jetzt konnten sie sich nicht mehr bei ihm bedanken. Als sie auf den Ausgang zugingen, erblickte Frédéric durch den Schleier des Schneegestöbers die große Silhouette neben der niedrigen Steinmauer. Er näherte sich Bertrand ein Stück, blieb aber in einiger Entfernung von ihm stehen. Der Kapitän verharrte andächtig vor einer kleinen grauen Stele, in die *Simon Offenbach 1946-2001* eingraviert war. Jemand hatte versucht, die Schmierereien von dem Grabstein zu entfernen. Schließlich griff der Kapitän in die Einkaufstüte und nahm eine kleine rote Plastikgeranie in einem Keramikübertopf heraus. Rot wie Camilles Umhang an jenem Wintertag vor langer Zeit. Der Kapitän stellte die Blume auf das Grab. Nach wenigen Minuten war sie von weißen Schneeflocken bedeckt. Er sammelte die verstreut herumliegenden Marmorstücke eines kleinen zerbrochenen Gedenksteins auf. Frédéric konnte die eingravierten Wörter auf den Bruchstücken nicht lesen, aber die behutsamen Gesten des Mannes legten die Vermutung nahe, dass dort eine geliebte Seele ruhte.

Die Rolle des Piraten, des Schauspielers und des Kapitäns hatte er abgelegt. Jetzt stand vor dem Grab tatsächlich Bertrand Ahmed, der einst einen Freund namens Simon gehabt hatte. Oder war es sein Vater oder vielleicht sein Bruder? Frédéric bedauerte sein indiskretes Verhalten und trat zwei Schritte zurück.

»Ein Freund«, sagte der Kapitän. »Ein großer Mann, im Vergleich zu dem ich mir immer so klein vorkomme.« Sprach Bertrand mit Frédéric? Jedenfalls schaute er ihn nicht an. Es schneite jetzt so kräftig, dass der Schnee sogar Bertrands Bart weiß färbte. Das leuchtende Weiß bildete einen starken Kontrast zu der dunklen Haut des Kapitäns und seinen dunkelbraunen strahlenden Augen, die auf die rote Geranie gerichtet waren.

»Camille hat der Krebs hinweggerafft. Simon ist an Intoleranz gestorben. An dieser ganz gewöhnlichen Intoleranz, die nicht weiter auffällt. An Ausgrenzung, die erst recht nicht wahrgenommen wird, denn die Welt besteht schon so lange, dass sie sich in ihrem Alter nicht mehr ändern wird. An Verleumdungen, die einfach so durchgehen, weil sie die Gäste in der Kneipe erheitern. Und diejenigen, denen sie aufstoßen, na ja, die schweigen halt, um nicht aufzufallen.«

Einen Augenblick hörte man auf dem Friedhof nur das leise Rieseln des Schnees.

»Simon war weiß, aber bei ihm war es das Herz, das die falsche Farbe hatte, nicht die Haut.«

»Monsieur Solis, Jamel ...« Mit dem Gruß eines Matrosen verabschiedete Bertrand sich und ging davon. Das Tor des Friedhofs quietschte leise, dann herrschte wieder Stille.

Ihr Reiseführer war verschwunden. Frédéric war allein mit den restlichen Tagen, die er sich bis zu dem Besuch von Monets Garten in Giverny noch gedulden musste. Dieser Ausflug hatte ihn nicht weitergebracht. Ihm blieb nichts anderes übrig, als nach Hause zurückzukehren, ohne Gemälde, ohne Wahrheit, ohne Drama. Ja, selbst ein Drama hätte er begrüßt. Dann hätte er wenigstens der Wut, die in seinem Inneren tobte, freien Lauf lassen können. Doch so still wie dieser Wintertag war auch Frédérics Wut. Er drehte sich zu Jamel um, der Simon Offenbachs Grab betrachtete. Jamel war nur ein Passagier auf dieser Reise. Frédéric hatte die Idee verworfen, dass Jamel irgendetwas wissen könnte. Vielleicht weil Frédéric mit niemandem darüber sprechen konnte, verharrte seine Wut rachsüchtig und stumm in einem versteckten Winkel seiner Seele.

»Darf ich Sie zu einem Kaffee einladen?«, fragte er Jamel, nachdem er sich wieder einigermaßen gefasst hatte. »Ich bin schon halb erfroren.«

Jamel nickte. Als Frédéric sich umdrehte und den Mantelkragen hochschlug, um sich vor dem Schnee zu schützen, starrte Jamel noch immer auf das Grab mit der Geranie. Auch wenn Frédéric es nicht zeigen wollte, hatten Bertrands Worte ihn berührt. Doch es schien fast so, als hätte Jamel der Besuch auf dem Friedhof noch stärker mitgenommen als ihn. War es möglich, dass er Simon Offenbach kannte? Frédéric verwarf diesen absurden Gedanken. Jamel hatte eine empfindsame Seele. Das war alles.

23

20 Minuten später hatten sie in der kleinen Dorfkneipe
»Le rendez-vous des sports« an einem Tisch Platz genommen.
Auf den Dächern und den Straßen lagen fast vier
Zentimeter Schnee, und es schneite unaufhörlich weiter.
Frédéric hatte mehrere Taxiunternehmen angerufen, doch
es stand kein einziger Wagen zur Verfügung. Er war Jamels
Rat gefolgt, bereits jetzt zu Mittag zu essen, während
sie warteten, bis es zu schneien aufhörte, und am frühen
Nachmittag nach Paris zurückzukehren. Bis zu dem Gerichtstermin
war noch jede Menge Zeit. Die beiden Männer
bestellten sich das Tagesmenü für zwölf Euro. Frédéric
fragte Jamel, ob ihm während des Ausflugs noch irgendetwas
eingefallen sei.

»Ich weiß nicht, ob es Ihnen hilft, aber während der
Bootstour hat der Kapitän etwas gesagt, was mich aufhorchen
ließ. Er meinte, die Effekte des Schnees hätten Monet
so sehr fasziniert, weil er so vergänglich ist. Vergänglich.
Dieses Wort hat mich an Fabrice erinnert. Ich habe
mich nicht sofort an den ganzen Satz erinnert, doch jetzt
bin ich mir ganz sicher. Monet sei nicht nur ein Maler,
sondern auch ein Poet gewesen, weil er das Vergängliche
einfing, um den Augenblick festzuhalten. Fabrice' Formu-

lierung traf es besser, aber genau das hat ihn so begeistert: *den Augenblick festhalten*.«

Frédéric dachte darüber nach. Das Gemälde, das irgendwo auf ihn wartete, war eine Winterlandschaft. Davon war er felsenfest überzeugt.

»Und was der Kapitän später gesagt hat, erinnert Sie an nichts?«, fragte Frédéric.

»Als er an Camilles Grab stand?«

»Nein, an dem anderen Grab.«

Jamel senkte den Kopf und rührte mit dem Löffel in seiner leeren Tasse.

»Doch, doch, natürlich. Es ist mir nur nicht sofort eingefallen«, sagte er schließlich.

»Über die Intoleranz«, fügte Frédéric hinzu.

Jamel starrte noch immer auf seine Tasse.

»Die Parkbänke, die Straße, die Nacht – er hat sich an alles gewöhnt. Man gewöhnt sich an alles, heißt es. Nur an Intoleranz gewöhnt man sich nie.«

Frédéric dachte kurz nach, stand dann auf und ging zur Theke, um den Wirt etwas zu fragen.

»Verzeihen Sie. Kannten Sie vielleicht einen gewissen Simon Offenbach? Er ist vor ungefähr zehn Jahren gestorben und liegt hier auf dem Friedhof begraben.«

»Simon Offenbach, Simon Offenbach. Ist das nicht das Grab mit den Schmierereien?«, fragte der Wirt.

Einer der Gäste, ein magerer, blasser Typ mit zerschrammten Händen, hörte auf zu flippern und mischte sich in das Gespräch ein.

»Offenbach, den kennst du doch, Christian. Ich sage nur: *Ein Käfig voller Narren*. Dieser geschniegelte Typ mit

seiner Schwuchtel, die am Wochenende immer hierher-
kamen.«

Ah, dachte Frédéric. Jetzt verstand er auch, was der
Kapitän mit der »falschen Farbe des Herzens« gemeint
hatte.

»Zwei warme Brüder, wenn Sie verstehen, was ich meine«, sagte der Mann an der Theke zu Frédéric und lachte
hämisch. Um es zu verdeutlichen, nahm er eine weibische
Pose ein, winkelte ein Bein an, spreizte affektiert die Finger und schürzte die Lippen.

»Du übertreibst«, warf der Wirt ein.

»Jetzt pass mal auf, Christian«, entrüstete sich der
Gast. »Damit das klar ist. Normalerweise bin ich nicht für
Schmierereien auf Gräbern. Den Toten muss man Res-
pekt zollen. In diesem Fall bin ich allerdings auch der
Meinung, dass es für alle besser wäre, wenn die Schwulen
sich mehr zurückhalten würden.«

»Sie *waren* doch zurückhaltend«, widersprach der
Wirt.

»Sie wohnten in demselben Haus. Die Duteils waren
mal bei denen zu Hause, da gab es nur ein Schlafzimmer.
Erzähl mir also nichts. Wie hieß der andere noch mal,
diese Schwuchtel ...?«

»Es reicht«, sagte Jamel plötzlich, der noch immer am
Tisch saß. Seine Augen wurden dunkel vor Zorn.

Der magere Typ warf ihm einen finsteren Blick zu.

»Was ist denn mit dem los? Sag mal, du bist aber auch
nicht von hier ...«

»Patrick, halt dich zurück«, warnte der Wirt ihn.

»Schon gut«, sagte Frédéric. »Wir sind tatsächlich nicht

von hier, sondern aus Paris. Es ist wohl das Beste, wenn wir jetzt dorthin zurückfahren. Was bin ich Ihnen schuldig?«

»Mit dem Kaffee genau 30 Euro«, erwiderte der Wirt. »Nehmen Sie den Zug in Mantes-la-Jolie? Ich glaube nicht, dass bei dem Schnee viele Züge fahren. Sie sollten sich vorher erkundigen.«

In diesem Moment klingelte das Glöckchen über der Eingangstür, und eine Frau schüttelte auf der Fußmatte den Schnee von ihrer Winterjacke. Frédéric sah, dass mittlerweile ein richtiger Sturm wütete, der den Schnee fast waagrecht vor sich hertrieb.

»Na, schöne Frau«, sagte der Wirt. »Kommst du vom Bahnhof?«

»Schön wär's. Ich hatte um zwei Uhr einen Termin mit einem Händler in Paris, aber es fahren keine Züge. Taxis sind auch keine mehr unterwegs, und auf der Ringautobahn rund um Paris herrscht das totale Chaos. Was soll ich sagen? Ich habe die Verkäuferin heimgeschickt und das Geschäft geschlossen. Bei dem Wetter kauft sowieso keiner Unterwäsche. Komm, Christian, mach mir doch eine heiße Schokolade mit Sahne.«

Frédéric warf einen Blick auf die Uhr mit der Pastis-Werbung, die über der Theke an der Wand hing. Es war Viertel vor eins. Jetzt blieben ihm nur noch drei Stunden, um nach Paris zurückzukommen. Und der andere Typ an der Theke, der gerade so in Rage geraten war, schielte zu Jamel hinüber und ballte dabei seine roten Fäuste.

»Kommen Sie, wir gehen«, sagte Frédéric zu Jamel. »Uns fällt schon etwas ein.«

»Diese Scheißaraber, die sich einbilden, sie könnten hier bei uns die Gesetze machen! Was glauben die eigentlich, wer die sind?«, zischte der magere Gast mit zusammengebissenen Zähnen, als sie hinausgingen.

Frédéric bemerkte, dass Jamel den Bruchteil einer Sekunde zögerte, doch dann ging er weiter und schloss die Tür der Kneipe hinter sich. Die beiden Männer standen unter der Markise, die im Wind flatterte, und schauten auf den Dorfplatz. Man konnte keine 20 Meter weit sehen.

»Würden Sie mich bitte zwei Sekunden entschuldigen?«

Frédéric kehrte in die Kneipe zurück, ließ die Tür einen Spalt geöffnet und ging geradewegs auf den mageren Mann an der Theke zu. Er schrieb einen Namen und eine Telefonnummer auf ein Blatt in seinem Notizbuch, riss es heraus und reichte es ihm.

»Was ist das?«, fragte der Typ verdutzt.

»Der Name und die Telefonnummer eines Kollegen. Wissen Sie, ich bin Rechtsanwalt in Paris, und dieser Mann dort ist mein Mandant.« Er wies mit dem Finger auf Jamel. »Ich glaube, dass Sie bald einen Anwalt brauchen werden. Rassistische Äußerungen in der Öffentlichkeit – ein Jahr Gefängnis. Öffentliche Beleidigung von Personen wegen ihrer sexuellen Orientierung – ein Jahr Gefängnis. Anstiftung zu schwerer Grabschändung – zwei Jahre Gefängnis. Das summiert sich schnell. Wenn ich Sie beispielsweise als ›Blödmann‹ oder ›Arschloch‹ bezeichne, riskiere ich nichts. Da sehen Sie, wie schlecht man unsere Gesetze kennt. So sieht's aus, Alter. Sie werden merken, der Rechtsanwalt Mireau ist sehr gut. Und nicht zu teuer. Für 10.000 Euro werden Sie bestens vertreten. Nichts zu danken. Auf Wiedersehen zusammen.«

Mit diesen Abschiedsworten ging Frédéric hinaus. Die Wut, die ihn vorhin auf dem Friedhof gequält hatte, war nun verflogen. Der andere war leichenblass geworden. Jamel und Frédéric gingen durch den Schneesturm davon.

24

John Witherspoon rutschte auf dem Bürgersteig aus, als er aus dem Wagen stieg. Sein Fahrer versuchte noch, ihn aufzufangen, aber Witherspoon war einfach zu schwer. Er fluchte laut, als er mit dem Hintern im dreckigen Schneematsch landete. In Paris herrschte zwar kein Schneesturm, doch auch hier schneite es seit dem Morgen.

Schlecht gelaunt und mit schmutziger Hose betrat der Geschäftsmann das Büro des Richters. Der Tag stand schon von Anfang an unter keinem guten Stern. Weil Iko ihn unbedingt zu dem Gerichtstermin begleiten wollte, bekamen sie Streit miteinander. Denn Witherspoon durchschaute sie sofort. Sie wollte nur Solis wiedersehen. Ihm war Solis' Benehmen bei ihrem gemeinsamen Essen im Jardin de Bagatelle keineswegs entgangen. Mit seiner Arroganz und seinem vorgetäuschten Desinteresse wirkte er nur noch anziehender auf Iko. Witherspoon war ein Frauenkenner, und wusste, dass Frauen diesem Typus cooler Playboy geradezu verfallen waren. Wegen des Streits und des Verkehrschaos in Paris kam er eine Viertelstunde zu spät. Im Wartezimmer sah er niemanden, weder seine Frau noch ihren Anwalt. Auch Solis war nicht da. Sie hatten wohl schon ohne ihn begonnen.

»Witherspoon«, sagte er zu der Frau im Sekretariat. »Ich habe um 16 Uhr einen Termin.«

Sie musterte ihn, rutschte nervös auf dem Stuhl hin und her und blätterte ein paar Unterlagen durch.

»Wurden Sie nicht informiert? Der Termin wurde verschoben«, sagte sie schließlich.

»Und wer hat das veranlasst?«, fragte Witherspoon ungehalten, wobei sein amerikanischer Akzent stärker als sonst hervortrat. Hals und Wangen des Amerikaners liefen rot an.

»Monsieur Solis sitzt in der Provinz fest. Dort hat es so stark geschneit, dass der gesamte Verkehr zusammengebrochen ist. Seine Kanzlei hat Ihre Frau und Ihren Anwalt informiert. Ich bin sicher, sie haben versucht, Sie ebenfalls zu erreichen.«

Witherspoon zog fluchend sein Handy aus der Tasche. Tatsächlich wurde ein Anruf in Abwesenheit angezeigt, und vor einer Stunde hatte er eine SMS erhalten. Warum hatte er das Klingeln nicht gehört? Mittlerweile war er purpurrot im Gesicht.

»*Right.* Wann können wir mit dem Richter sprechen? Morgen?«

»Es tut mir leid, Monsieur Witherspoon, aber dieser Termin muss allen Beteiligten mindestens zwei Wochen vorher per Einschreiben mitgeteilt werden.« Sie blätterte in ihrem Terminkalender. »Wegen der Feiertage werden Sie vor Mitte Januar keinen neuen Termin bekommen.«

»*Well, we're going to see about that*«, ereiferte Witherspoon sich. Wütend wählte er Frédérics Nummer, und sofort sprang die Mailbox an.

Witherspoon schlug so fest mit der Faust auf den Tisch, dass die Sekretärin zusammenzuckte. »*Damn*, Solis!«

Während Witherspoon in seiner schmutzigen Hose in den Mercedes stieg, lief Dorothée, schon ganz außer Puste, die Treppe zu Pétronilles Wohnung hinauf. Tags zuvor hatte ihre Schwester sie angerufen. Es dauerte jedoch eine Weile, bis Dorothée den Grund für Pétronilles Weinen und Schluchzen begriff, das deren Erklärungen immer wieder unterbrach: Ihr Chef hatte sie gefeuert. Nach einer Stunde war es Dorothée gelungen, ihre Schwester einigermaßen zu beruhigen. Ihr Angebot, zu ihr zu kommen, lehnte Pétronille jedoch ab. In den letzten beiden Monaten hatte sie wie eine Verrückte gearbeitet, jetzt wollte sie nur noch eins, und zwar schlafen. Ihre ältere Schwester ließ sie ausschlafen. Inzwischen war es vier Uhr nachmittags, und Pétronille ging nicht ans Telefon. Die beiden Schwestern wohnten fünf Metrostationen voneinander entfernt, und da die Metro ausgefallen war, legte Dorothée die Strecke zu Fuß zurück. Sie trug ein hübsches, kurzes Kleid, unter dem sich ihr runder Bauch abzeichnete, eine dicke Wollstrumpfhose und Moonboots. In einer großen indischen Stofftasche hatte sie hübsche Ballerinas aus Lackleder mitgenommen. Um nicht auszurutschen, setzte sie langsam einen Fuß vor den anderen. Endlich kam sie bei Pétronille an. Sie hoffte, dass ihre Schwester zu Hause war, denn sie wollte sie trösten oder wenigstens eine heiße Schokolade mit ihr trinken.

Dorothée klingelte und hörte keine Minute später Schritte in der Wohnung. Das war ein gutes Zeichen. Als

Pétronille die Tür öffnete, brach Dorothée sofort in Gelächter aus. Ihre Schwester war von oben bis unten mit Mehl bestäubt. An einer Wange klebte Schokolade, und in ihren Haaren glaubte Dorothée Eischnee zu erkennen. Pétronilles Backschürze, die sie über ihrem gestreiften Flanellpyjama trug, war mit Karamell verschmiert. Dorothée reckte den Hals und blickte ihrer Schwester über die Schulter. Die ganze Küche war voller Windbeutel.

Pétronille hatte einen Finger in den Mund gesteckt und schaute ihre Schwester an wie ein hilfloses Kätzchen.

»Ich habe mir den Finger verbrannt, als ich die Karamellmasse probiert habe.«

Dorothée lachte und umarmte ihre Schwester. Dann führte sie Pétronille zur Spüle und ließ kaltes Wasser über ihren Finger laufen. »Zeig mal«, sagte sie.

Sie spielte die Krankenschwester, und Pétronille ließ es sich gern gefallen. Dann forderte Dorothée ihre Schwester auf, ein hübsches Kleid und ihre gefütterten Stiefel anzuziehen, Pumps in eine Tasche zu packen und ihr zu folgen.

Die beiden Schwestern liefen durch die Stadt und wechselten in einer Toreinfahrt die Schuhe. Schließlich stießen sie die Tür einer derzeit sehr angesagten Cocktailbar auf.

Sie suchten sich einen schönen Platz, und Dorothée bestellte zwei Cocktails, für sich einen ohne und für Pétronille einen mit Alkohol.

»So, und jetzt erzählst du mir mal die ganze Geschichte«, sagte sie und sah ihre Schwester erwartungsvoll an.

25

Frédéric und Jamel ließen nichts unversucht. Sie boten einem Lastwagenfahrer, der mit 30 Kilometern pro Stunde in Richtung Paris fuhr, sogar Geld an, damit er sie mitnahm. Als der Laster fünf Kilometer hinter Vétheuil ins Rutschen geriet und im Straßengraben landete, standen sie Todesängste aus. Die vordere Stoßstange des Lastwagens hatte sich in die Hinterachse des Wagens vor ihnen geschoben. Zum Glück wurde niemand verletzt. Allerdings mussten Frédéric und Jamel zitternd und knietief im Schnee stehend zwei Stunden am Straßenrand warten. Frédéric rief in seiner Kanzlei an. Eine halbe Ewigkeit später setzte der Abschleppwagen sie am Ortsausgang von Saint-Martin-la-Garenne bei einer Familie ab, die Zimmer vermietete.

Um 18 Uhr saßen Frédéric und Jamel bei einer Tasse dampfendem Kaffee im Wohnzimmer. Im Kamin brannte ein Feuer, und die beiden Männer wärmten sich auf. Sie trugen trockene Kleidung, die dem Ehemann ihrer Zimmerwirtin gehörte. Frédérics Hose war zu kurz und Jamels zu lang. Als sie zusammen im Schnee gestanden hatten, beschlossen sie irgendwann, sich zu duzen. Während sie auf den Abschleppwagen warteten, unterhielten sie sich angeregt. Sie nutzten die Zeit, um sich besser kennenzulernen, ohne sich jedoch Geheimnisse anzuvertrauen. Jetzt kicherten sie wie alte Freunde, und Jamel meinte, es ginge nichts über einen Schneesturm, um das Eis zu brechen.

Ihre Zimmerwirtin, die normalerweise kein Essen anbot, servierte ihnen gut gelaunt eine selbst gekochte Suppe und Tiefkühlpizza. Die beiden starben schon vor Hunger. Frédéric freute sich, als sie ihnen eine Flasche Bordeaux brachte. »Für mich nicht«, sagte Jamel, was alle überraschte.

»Ich habe auch Weißwein, wenn Ihnen das lieber ist«, bot die Wirtin an.

»Vielen Dank. Ich trinke keinen Alkohol. Zur Feier des Tages will ich aber mal fünf gerade sein lassen. Ich nehme ein Glas Mineralwasser *mit einer Scheibe Zitrone*, wenn Sie eine haben.«

»Du hast doch nichts dagegen, wenn ich ...«, sagte Frédéric und hielt der Hausherrin sein Glas hin.

»Überhaupt nicht.«

Schweigend trank Frédéric einen Schluck Wein und fragte sich, ob Jamel aus religiösen Gründen keinen Alkohol trank.

»Es ist nicht das, was du denkst«, sagte Jamel, als die Wirtin hinausgegangen war. »Mit dem Glauben hat das nichts zu tun. Ich habe vor meinem 18. Geburtstag so viel Alkohol getrunken, dass es für den Rest meines Lebens reicht.«

Jamel musterte Frédéric, der sein Glas auf dem Tisch abgestellt hatte, und fuhr mit gelassener Miene fort, als würde er eine ganz alltägliche Geschichte erzählen.

»Als ich 16 Jahre alt war, starben meine Eltern bei einem Hubschrauberabsturz. Damals fand ich, es sei eine gute Idee, zu koksen und mich mit Wodka volllaufen zu lassen, statt zu trauern. Jeder geht anders mit so etwas um, wirst du vielleicht sagen.«

Frédéric hörte reglos zu. Er spürte, dass Jamel ihm noch mehr anvertrauen würde.

»Weißt du, manchmal sagt man, jemand sei so tief gesunken, dass es tiefer nicht mehr geht. Ich glaube, das konnte man von mir auch behaupten. Und dabei hatte ich gar nicht das Gefühl, als würde ich ins Bodenlose fallen. Ich saß ruhig in meiner Ecke, während sich mir alles andere entfremdete. Das Leben, die Freude, die Zukunft – alles spielte sich ohne mich ab. So etwas lässt sich nie mehr nachholen. Und eines Tages reichte mir jemand die Hand. Ich kam mit einem zertrümmerten Bein davon, und heute könnte ich jugendlichen Kiffern jede Menge Geschichten erzählen.«

Frédéric trank noch einen Schluck Wein. Er schaute durch das Fenster auf das Schneetreiben in der Dunkelheit. Auf der Fensterbank draußen lag schon eine dicke Schicht Schnee. Kein einziges Auto war zu sehen. Im Kamin knisterte das Feuer.

»Meine Mutter ist gestorben, als ich 21 Jahre alt war. Und mein Vater ... nun, das ist noch einmal eine ganz andere Geschichte. Ich bin noch zu nüchtern, um darüber zu sprechen.«

»Es ist seltsam«, sagte Jamel ohne aufzublicken und schwenkte sein Glas mit dem Mineralwasser. »Jeder erwartet, dass ein Typ wie ich Schlimmes erlebt hat, eine Katastrophe nach der anderen. Glaub mir, wenn ich von meinem Leben berichte, enttäusche ich niemanden. Ich kann schließlich immer etwas zum Thema ›Menschen mit Migrationshintergrund‹ beisteuern. Die Einwanderer müssen doch zwangsläufig unglücklich sein, sonst hätten sie schließlich niemals ihr Heimatland verlassen, nicht wahr? Bei so erfolgreichen Leuten wie dir hingegen, einem waschechten Franzosen, einem Kämpfer an der Spitze der Nahrungskette, ist es kaum vorstellbar, dass sie auch nur einen einzigen Tag in ihrem Leben unglücklich gewesen sein sollen.«

Frédéric lachte. Wollte Jamel ihm seine Geheimnisse entlocken? Er starrte auf das fast leere Glas. Sein Verstand riet ihm, nicht über die Vergangenheit zu sprechen und die Leute in dem Glauben zu lassen, er sei privilegiert. Der einzige Mensch, dem er davon erzählt hatte, war Marcia. Frédéric war nicht bereit, eine weitere Person auf die Liste der Eingeweihten zu setzen, nicht einmal den sympathischen Jamel.

Jamel lachte ebenfalls. »Das ist das Problem mit den glücklichen Menschen. Sie sind nicht besonders gesprächig. Hör mal, ich habe gesehen, dass die Wirtin Gesellschaftsspiele hat. Lust auf eine Partie Monopoly?«

»Mein Vater hat sein Leben im Knast verbracht«, sagte Frédéric und kippte den restlichen Wein hinunter.

Jamel wurde mit einem Schlag leichenblass. Mit dieser Reaktion hatte Frédéric nicht gerechnet.

»Jetzt mach nicht so ein Gesicht.« Frédéric lachte laut. »Wie du siehst, habe ich keinen Schaden davongetragen.«

»Und was hat er verbrochen, dass er in den Knast musste?«, fragte Jamel mit ernster Miene.

Frédéric lachte wieder und goss sich Wein nach. »Ich weiß es nicht. Ich weiß nichts darüber. Kannst du dir das vorstellen?« Er trank noch einen Schluck Wein. »Meine Mutter hat ihn sofort verlassen, und eine Woche, nachdem er weg war, sind wir umgezogen. Ich war sieben Jahre alt. Sie hat nie mehr über ihn gesprochen. Nein, das stimmt nicht ganz. Sie hat zu mir gesagt, es wäre besser, die Vergangenheit in guter Erinnerung zu behalten, als sich dabei aufzureiben, etwas ändern zu wollen, was nun einmal nicht zu ändern ist. Die Erinnerungen könnten uns nicht enttäuschen, hat sie zehn Tage vor ihrem Tod gesagt. Ich weiß allerdings nicht, ob sie damit sich oder meinen Vater meinte.« Frédéric verstummte kurz. »Ich glaube, das Feuer ist ausgegangen. Wenn ich mich nicht irre, liegt unter der Treppe Holz. Ich versuche mal, das Feuer neu anzufachen.«

Er stand auf. Jamel blieb sitzen und starrte in die Glut. Frédéric kehrte zurück und warf Holz ins Feuer. Der Rauch zog durchs Zimmer und brannte in ihren Augen.

»Hat dein Vater denn niemals versucht, Kontakt zu dir aufzunehmen?«, fragte Jamel. Fréderic, der ihm den Rücken zukehrte, verharrte einen Augenblick reglos. Keiner von beiden sagte ein Wort. Nur das Knistern des Feuers war zu hören.

»Nein«, erwiderte Frédéric schließlich, ohne sich umzudrehen.

Doch wie er so ins Feuer schaute und sein Gesicht zu glühen begann, erinnerte er sich an einen herrlichen Frühlingstag vor 17 Jahren.

26

Gespräche über die aktuelle Lage in Amerika, ein grüner Rasen, der Campus der Harvard-Universität, ein sonnengebräunter junger Frédéric voller Selbstvertrauen. Für den 22-jährigen Studenten war es ein großer Erfolg, trotz seiner einfachen Herkunft an der renommierten Universität zu studieren. An diesem Tag hatte er sich in den Park gesetzt, um seine Post zu lesen und Briefe zu beantworten. Vor Kurzem war er in ein anderes Zimmer gezogen, und sein ehemaliger Mitbewohner hatte die Post für ihn in einem großen braunen Briefumschlag gesammelt. Jetzt saß Frédéric im Schatten einer Trauerweide und öffnete den Umschlag. Plötzlich verstummten alle Geräusche ringsumher. In dem Umschlag steckte ein Brief von Ernest Villiers.

Niemals zuvor hatte Frédéric irgendetwas von seinem Vater bekommen. Wenige Tage vor jenem traurigen Weihnachtsfest hatte er ihn zum letzten Mal gesehen. Für welches Verbrechen musste er sein Leben im Gefängnis verbringen? Frédéric wusste es noch immer nicht, und er wuchs mit der Gewissheit auf, es sei besser so. Und nun bekam er diesen Brief. Auf der Rückseite des Umschlags stand unter dem Namen seines Vaters eine Adresse in Paris.

Frédéric hielt den Brief in der Hand. Wenn er ihn öffnete, würde er in wenigen Minuten alles wissen. Sämtliche Szenarien, die er sich nächtelang vor Augen geführt hatte, würden sich als Irrtum herausstellen und durch eine Realität ersetzt werden, an der es nichts mehr zu rütteln gab. Tausende der verrücktesten Fragen, die er nur sich selbst gestellt hatte, würden sich durch simple Antworten in nichts auflösen. Und der sanftmütige, aufmerksame und heitere Mann, der Held seiner Kindheitserinnerungen, würde sterben, um durch einen realen Vater ersetzt zu werden, der den ganzen Ballast eines komplizierten Lebens, das er hier auf ein paar Seiten zusammengefasst hatte, hinter sich herzog.

Warum schrieb dieser Vater ihm nach so vielen Jahren des Schweigens? Vor wenigen Monaten war Frédérics Mutter beerdigt worden. War er hinter dem Erbe her? Brauchte er Geld? Frédéric wurde sich bewusst, dass dieser Mann sich von seinem Vater unterschied, dem er Weihnachten immer beim Schmücken des Christbaums helfen durfte. Seine Mutter hatte recht damit gehabt, dass die Erinnerungen uns nicht mehr enttäuschen können. Ob sie wohl damals schon ahnte, dass sein Vater ihm diesen Brief schreiben würde? Hatte Frédéric ihr nicht das stillschweigende Versprechen gegeben, niemals zuzulassen, dass sein Vater ihn enttäuschte? Es war besser, wenn die Menschen, die nur in der Erinnerung existierten, ihren dortigen Platz behielten. Sein richtiger Vater war an jenem Weihnachtsmorgen gestorben. Er sollte kein zweites Mal sterben.

Aus all diesen Gründen öffnete er den Brief nicht. Er gab ihn mit dem Vermerk »ZURÜCK AN ABSENDER«

in der Poststelle der Universität ab. Frédéric war 22 Jahre alt und beglückwünschte sich zu seiner Entscheidung. Nachdem er den Brief zurückgegeben hatte, begannen ihn Albträume zu quälen, und er fragte sich, ob er die richtige Entscheidung getroffen hatte.

27

»Möchtest du es jetzt immer noch nicht wissen?«, wagte Jamel zu fragen.

Frédéric nahm wieder in dem Sessel Platz und atmete tief durch. Er suchte nach den richtigen Worten.

»Sagen wir so ... Ich ziehe es vor, dass alles so bleibt, wie es ist, und nicht mehr daran gerührt wird. Mich beunruhigt nicht so sehr das, was er getan hat. Mehr als 30 Jahre lang war es mir lieber, mir die schlimmsten Dinge auszumalen, als die Wahrheit zu kennen. Je älter ich werde, desto mehr Angst habe ich zu entdecken, dass mein Vater im Grunde ein guter Mensch ist und sein Verbrechen letztendlich gar nicht so schlimm war. Wie du schon gesagt hast: Es gibt Versäumnisse, die man nicht nachholen kann ...«

Frédéric atmete tief ein.

»Er hat Kalender entworfen. Die Menschen liebten seine Kalender mit Kätzchen und Welpen, die mit Wollknäueln spielten. Er selbst mochte jedoch am liebsten die Kalender mit Gemälden großer Meister. Weißt du, von ihm habe ich meine Liebe zur Kunst geerbt ...«

Frédéric verstummte abrupt. Er erschrak, weil er diesen offensichtlichen Zusammenhang niemals zuvor hergestellt, geschweige denn darüber gesprochen hatte. War es tatsächlich so? Hatte er seine große Begeisterung für die Kunst wirklich von seinem Vater geerbt? Als er fortfuhr, war es ihm, als würden in seinem Unterbewusstsein nun sämtliche lange verborgenen Vorwürfe auf einmal wachgerufen.

»Das ewige Grübeln kann einen aber auch wahnsinnig machen, denn wenn sein Vergehen harmlos war, warum hat er mich dann nicht gesucht? Es muss schon etwas Schwerwiegendes gewesen sein, und darum ist es besser, wenn ich es nicht weiß. Aber ich gehe dir mit meinen Geschichten auf die Nerven. Komm, wir spielen eine Partie Monopoly. Allerdings solltest du wissen, dass ich immer gewinne.«

Also begannen sie zu spielen. Es wurde ein fröhlicher Abend. Sie sprachen über Fußball, Frauen, Filme, Träume und Erinnerungen. Keiner von beiden erwähnte Fabrice Nile. Frédéric konnte es kaum fassen, dass er zum ersten Mal beim Monopoly verlor, entpuppte sich jedoch als guter Verlierer. Man hätte die beiden so unterschiedlichen Männer in den lächerlichen Hosen für alte Freunde oder Brüder halten können, die sich nach langer Zeit wiedergetroffen hatten. Frédéric war so ruhig und ausgeglichen wie seit vielen Jahren nicht mehr. Kurz vor Mitternacht gingen sie zu Bett. Als Frédéric unter die kalte Decke kroch, musste er an das denken, was Jamel gesagt hatte: »Sobald man jemanden ein bisschen kennt, stellt man fest, dass er ganz anders ist, als man vermutet hat. Nehmen wir zum Beispiel dich. Du ähnelst Ken, du weißt schon, Barbie und Ken. Und doch ...« Frédéric lächelte darüber und sank innerhalb weniger Minuten in einen tiefen Schlaf. Zum ersten Mal seit dem Gespräch mit dem Notar schlief er wie ein Murmeltier.

Zur selben Zeit nahm John Witherspoon in eleganter Abendgarderobe an einem Empfang in einem noblen Restaurant teil, in dem die oberen Zehntausend von Paris verkehrten. Er trank in Gesellschaft des alten Dentressengle von Dentressengle-Espiard-Smith Dom Pérignon und ließ ihn wissen, dass Solis vollkommen unfähig sei. Gleich am nächsten Tag werde er, Witherspoon, sich von diesem Versager befreien, und er gab Dentressengle sein Wort: *Solis will never work in this town again.* Und sollte die Kanzlei Dentressengle-Espiard-Smith Frédéric nicht feuern, würde er in Zukunft seine gesamten Geschäfte von der Kanzlei gegenüber abwickeln lassen. Während der erfolgreiche Anwalt dem Kellner bedeutete, dem werten Monsieur Witherspoon in dem schwarzen Smoking noch ein Glas Champagner zu bringen, rieb sich der Milliardär den Allerwertesten, der von seinem Sturz am Vormittag im Schnee noch immer schmerzte. Dabei beobachtete er heimlich seine neue Freundin, die mit einem attraktiven Börsenmakler flirtete, der vermutlich keine blauen Flecken am Hintern hatte.

28

»Ja, genau, Windbeutel! Windbeutel! Das ist es, was die Welt braucht, Dorothée, Windbeutel! Und keine Anwälte!«

Und schwupp, nahm sie noch einen Schluck von ihrem Cocktail. Pétronille hatte bereits drei Cocktails getrunken und war ziemlich beschwipst. Sie schwenkte ihr Martini-Glas im Rhythmus ihrer ausgelassenen kleinen Rede. Dorothée wusste, dass sie jetzt am besten gehen sollten. Sie könnte ihre Schwester mit zu sich nach Hause nehmen und ihr im Wohnzimmer die Schlafcouch ausklappen, damit sie ihren Rausch ausschlafen konnte. Da sie sich aber so köstlich über die übermütigen Äußerungen ihrer Schwester amüsierte und das Wetter so scheußlich war, schob sie den Moment des Aufbruchs immer wieder hinaus.

Die einen werden lustig, die anderen traurig, wenn sie Alkohol trinken. Pétronille wurde unter Alkoholeinfluss noch selbstloser, als sie es ohnehin schon war. Seit sie ein kleines Mädchen war, wollte sie Großes vollbringen. Sie träumte davon, Mutter Teresa zu sein; viel Geld zu verdienen, um es anderen zu schenken; Architektin zu werden, um Häuser für Obdachlose zu bauen; die Menschen zu motivieren, Gutes zu tun, und die Herzen der Reichen für das Leid der Armen zu öffnen. Während der gemeinsamen Mahlzeiten unterhielt sie schon als Kind ihre Eltern, Brüder und Schwestern regelmäßig mit der Schilderung ihrer großen Projekte, mit denen sie die Welt verändern wollte. Sie schrieb Leserbriefe an das *Micky-Maus-Magazin*, und wenn sie sich Dokumentarfilme ansah, weinte sie. Mit ihren 25 Jahren hatte sie jedoch nicht mehr erreicht, als sich solide Kenntnisse im Familienrecht anzueignen und eine Expertin im Backen von gefüllten Windbeuteln zu sein.

»Ich bin 25 Jahre alt und habe mein Leben total verpfuscht«, nuschelte sie mit der Nase in ihrem Glas.

»Dein Leben hat doch gerade erst begonnen, mein Schatz«, tröstete Dorothée sie. »Wie kannst du es denn da verpfuscht haben?«

»Nein, nein, du verstehst das nicht. Ich war meinem Alter schon immer weit voraus. Eine Art Wunderkind, aber im Scheitern. In meiner Biografie bei Wikipedia wird zu lesen sein: ›Schon in sehr jungen Jahren hat sie ihr Leben verpfuscht‹.«

»Wenn deine Biografie bei Wikipedia steht, heißt das, dass du irgendetwas Besonderes geleistet hast.«

»Ja, Windbeutel backen. Ich werde den Rekord der größten Hochzeitstorte der Welt brechen. Ein Eiffelturm aus Windbeuteln! Das wär's doch! Es gibt Leute, die ihn aus Streichhölzern oder Wäscheklammern gebaut haben. Warum sollte ich da nicht einen aus Windbeuteln bauen?«

Sie begann zu kichern. »Die Kathedrale von Chartres aus Windbeuteln.«

Dorothée lachte ebenfalls, was ihre Schwester ermutigte fortzufahren.

»Das kleine Trianonschlösschen und seine Gärten aus Windbeuteln.«

Dorothée wollte nicht zurückstehen und ließ sich auch schnell etwas einfallen. »Der Mont Saint-Michel bei Ebbe aus Windbeuteln.«

»Napoleon zu Pferde aus Windbeuteln!«, rief Pétronille übermütig.

Die beiden Schwestern prusteten vor Lachen und waren nicht mehr zu bremsen. Es war wieder wie bei den gemeinsamen Mahlzeiten in ihrer Kindheit, wenn plötzlich einer einen witzigen Einfall hatte, worauf jeder, Groß und Klein, seine eigenen Ideen zum Besten gab. In diesen Augenblicken merkten alle, dass ihr sonst eher strenger Papa auch ein ungeheures Talent als Komiker besaß. Er brachte ihre Mutter dann dermaßen zum Lachen, dass man die beiden für Jungverliebte hätte halten können. Alle alberten herum, und es herrschte eine ausgelassene Stimmung. Jules mit seinem trockenen Humor und Ulysse, der Clown der Familie, der immer Grimassen schnitt; Dorothée, die sich über die Späße ihrer Brüder so kaputtlachte, dass sie kaum noch ein Wort herausbekam. Und Pétronille, die Jüngste, sprang auf, tanzte um ihren Stuhl herum und belustigte die anderen am Tisch mit ihren komischen Kinderstreichen. Sie strahlte dann übers ganze Gesicht und freute sich, dass ihre geliebten Eltern und älteren Geschwister sich so köstlich über sie amüsierten.

Pétronille und Dorothée schwelgten in der In-Cocktailbar in glücklichen Erinnerungen an vergangene Zeiten, als ihre kleine Familie noch unter einem Dach wohnte.

Die anderen Gäste musterten die beiden übermütigen Kicherliesen bereits mit pikierten Blicken.

»*Die Freiheit führt das Volk* aus Windbeuteln.«

Dorothée, die sich vor lauter Lachen den Bauch hielt, flehte Pétronille an aufzuhören, sonst müsste sie ihr wegen vorzeitiger Wehen bald einen Krankenwagen rufen.

»*Das Floß der Medusa* aus Windbeuteln«, sagte Pétronille und brach prustend am Tisch zusammen. »Ich kann nicht mehr ...«

Dorothée rang nach Atem. Der Zauber war vorbei. Es war besser, wenn sie jetzt gingen, bevor die Stimmung kippte und Pétronille noch melancholisch wurde.

»Komm, Nini, wir gehen nach Hause. Nini?«

Pétronille, die auf ihr Glas schielte, hob langsam den Blick in Dorothées Richtung. Es wirkte fast so, als würde sie ihre Schwester nicht ansehen, sondern durch sie hindurchschauen.

»Ich hatte gerade eine Erleuchtung«, verkündete Pétronille, die noch immer ins Leere starrte.

»Okay, dann nimm jetzt deine Tasche und deine Erleuchtung. Ich bezahle inzwischen. Wir treffen uns am Eingang«, sagte Dorothée.

»Nein, nein, im Ernst, Do. Es ist tatsächlich wahr, dass ich mit meinen Windbeuteln etwas verändern kann. Weißt du, wie viele Windbeutel ich heute gebacken habe?«

»Keine Ahnung. Zwei Dutzend?«

»83.«

Dorothée riss vor Staunen den Mund auf. »83?«

»Ich habe die Windbeutel sozusagen als Therapie gebacken. Jetzt stellt sich die Frage, wer sie alle essen soll.«

»Ich esse deine Windbeutel wahnsinnig gern, mein Schatz, aber ich muss auf meinen Blutzuckerspiegel achten.«

»Die Leute im Krankenhaus«, stieß Pétronille hervor.

»Die Leute im Krankenhaus? Jetzt sag nicht, du willst noch einmal nach Pontoise fahren.«

»Ich habe 80 Windbeutel und weiß nicht, wem ich sie schenken soll. Es ist für jeden Geschmack etwas dabei: Pistazie, Erdbeer, Vanille, Schokolade und Mokka. Und fast ein Kilo Krokant. Wer hat denn gesagt, dass bald Weihnachten ist und dass es Leute gibt, die ganz allein sind und sich über Windbeutel freuen würden?«

»Ja, aber nur, weil du diesen Bericht schreiben musstest ...«

»Eben! Und genau das war mir dabei auch irgendwie peinlich. Jetzt hingegen werde ich sie ganz ohne Hintergedanken verschenken. Ist das nicht toll?«

»Meinst du wirklich, dass du vollkommen selbstlos handelst?«, fragte Dorothée argwöhnisch. »Geht es dabei nicht doch irgendwie darum, diesen Frédéric zu beeindrucken?«

»Nein, ich schwöre. Hand aufs Herz. Jetzt fühle ich mich richtig gut. So richtig gut, Do. Ich finde das fantastisch. Das ist meine Schatzkarte, verstehst du? Ich eröffne ein kleines Geschäft, in dem ausschließlich Windbeutel verkauft werden, einen schicken Laden, ein bisschen so wie Ladurée, verstehst du? Und von jedem verkauften Windbeutel geht ein bestimmter Prozentsatz des Erlöses an das Krankenhaus. Wir gründen einen Verein und verteilen an den Wochenenden und ab und zu auch mittwochs kostenlos Windbeutel an die Patienten zum Probieren. So ähnlich wie eine Suppenküche für Arme. Nur in dem Fall eben mit Windbeuteln für Kranke, verstehst du? Und dann ...«

Endlich gelang es Dorothée, Pétronille zu überreden, aufzustehen und ihren Mantel anzuziehen. Ohne auch nur einmal Luft zu holen, während sie über ihre Pläne sprach, die Welt mit ihrem Windbeutelteig zu beherrschen, verließ Pétronille mit ihrer Schwester die Cocktailbar. Selbst der noch immer in dicken Flocken fallende Schnee konnte ihre Begeisterung für ihre Ideen der Nächstenliebe nicht dämpfen. Schließlich kamen sie bei Dorothée an und schlüpften aus ihren Stiefeln. Dorothée holte Bettzeug und gab ihrer Schwester einen Kuss auf die Stirn. Pétronille war mittlerweile verstummt und plumpste erschöpft auf die ausgezogene Schlafcouch.

Am nächsten Morgen stand Dorothée erst um halb zehn auf. Ihr Mann Romain war schon zur Arbeit gefahren. Sie hatte gar nicht gehört, dass er gegangen war. Das war einer der Vorteile des Mutterschaftsurlaubs. Niemand nahm es einer schwangeren Frau übel, wenn sie lange schlief. Romain schon gar nicht. Er war seiner geliebten Frau gegenüber noch aufmerksamer, seitdem er das blaue Kreuz auf dem Schwangerschaftstest gesehen hatte. Dorothée lauschte, ob sie Geräusche im Wohnzimmer hörte. Nein, es war nichts zu hören. Pétronille schlief noch. Dorothée machte sich derweil Gedanken über die Tagesplanung. Wenn Pétronille vor halb elf aufwachte, könnten sie irgendwohin gehen, um gemeinsam ausgiebig zu frühstücken. Aber nein, das war eher unwahrscheinlich, denn sie hatte mit Sicherheit einen mächtigen Kater. Es war wohl das Beste, wenn sie Croissants besorgte. Dorothée fragte sich, ob Pétronille sich noch an ihren Plan erinnerte, die Welt mit ihrem Windbeutelteig zu erobern. Sie war so beschwipst gewesen, dass sie sich wahrscheinlich an gar nichts mehr erinnerte. Jedenfalls, sagte Dorothée sich, als sie ihren Morgenmantel überzog und in Richtung Wohnzimmer ging, hatten sie wieder einmal einen schönen gemeinsamen Abend verbracht.

Als Dorothée das Wohnzimmer betrat, bekam sie einen Schreck. Pétronille war verschwunden. Auf der Schlafcouch lag neben den zusammengefalteten Decken ein Zettel:

Bin unterwegs, um die Welt mit meinen Windbeuteln zu retten! Küsschen, Schwesterherz :-)

29

Frédéric legte den Hörer behutsam auf und sah sich in seiner großen Wohnung um. Der Tag ging schon zur Neige. Er hatte sehr lange telefoniert und gar nicht bemerkt, wie die Zeit vergangen war. Im Dämmerlicht des Spätnachmittags starrte Frédéric auf den Sisley, der ihm schon bald nicht mehr gehören würde, sofern nicht ein Wunder geschah. Er stützte den Kopf in die Hände und dachte nach. Angst gewann die Oberhand. Die Kanzlei Dentressengle-Espiard-Smith hatte ihn gefeuert.

Der Wind hatte sich gedreht. Bislang war trotz seiner hohen Schulden eigentlich alles ganz gut gelaufen. Sicher, er hatte immer über seine Verhältnisse gelebt, aber bisher stets Glück gehabt und viel Geld verdient. Damit war jetzt Schluss, und überdies war sein guter Ruf ruiniert. Frédéric vermutete, dass Johns krankhafte Eifersucht dahintersteckte. Hatte seine neue Freundin ihm nicht im Restaurant im Jardin de Bagatelle schöne Augen gemacht? Der Grund spielte jedoch keine große Rolle. Die edlen Visitenkarten mit Prägedruck von Dentressengle-Espiard-Smith waren nun nutzlos. Die Kreise, aus denen seine zahlungskräftigen Mandanten in den letzten sieben Jahren stammten, waren Johns Welt der Finanzen und Danys Showbusiness-Leute. Der Zutritt zu diesen beiden Kreisen war ihm fortan verwehrt. Wie war es möglich, dass man sich noch vor wenigen Wochen förmlich um seine Dienste riss und er heute wie der Sohn eines einfachen Kalenderverkäufers behandelt und kurzerhand hinausgeworfen wurde?

Frédéric Solis musste den Tatsachen ins Auge sehen. Sein letztes Gehalt reichte gerade mal aus, um die dringendsten Schulden zu begleichen. Darüber hinaus musste er noch vor Weihnachten 30.000 Euro auftreiben, um seinen Sisley aus den Klauen des Gerichtsvollziehers zu retten. Und wie würde er danach leben? Frédérics vorsichtiger Optimismus des gestrigen Tages war einer ungeheuren Panik gewichen. Das Blut pochte in seinen Schläfen, während er sich die schlimmsten Szenarien vor Augen führte. Er war Frédéric Solis, ein hervorragender Rechtsanwalt und Kunstsammler. Wenn ihm diese Attribute genommen wurden, was blieb dann noch von ihm? Wer war er dann?

Er dachte an das, was Jamel gestern gesagt hatte: Man fällt nicht ins Bodenlose. Man bleibt dort, wo man ist, aber das Leben stiehlt sich davon. Ja, alles andere entfernte sich. Und Frédéric begriff noch etwas. Sein guter Stern hatte ihn an dem Tag verlassen, als Fabrice Nile in sein Leben getreten war.

Was wollte dieser Mann von ihm, der ihn noch nach seinem Tod quälte? Frédéric glaubte nicht an Geistergeschichten, und dennoch ... Gehörte dieses ganze Unglück, das er nun erlebte, zu dem Plan? Entsprang dieser entsetzliche Schneesturm, der die ganze Region rund um Paris lahmgelegt hatte, ebenfalls dem Geist jenes vom Leben enttäuschten, melancholischen Clochards? War er ein Unheil bringender Engel? Oder gar der Teufel persönlich?

30

Mit den 80 Windbeuteln, die Pétronille von zu Hause geholt und in vier große Frischhaltedosen gepackt hatte, kam sie in der Eingangshalle des Krankenhauses an. Kopfschmerzen und Übelkeit quälten sie, und sie hatte eine pelzige Zunge. Mit einem Satz: Sie hatte einen furchtbaren Kater. Ihre schlechte körperliche Verfassung war aber nicht der Grund, warum sie wie angewurzelt in der Eingangshalle stehen blieb. Mittlerweile war Pétronille zu der Überzeugung gelangt, dass sie heute Morgen, als sie den Zug nach Pontoise genommen hatte, noch leicht unter Alkoholeinfluss gestanden haben musste. Jetzt war sie nüchtern, vollkommen nüchtern, und der Rausch am gestrigen Abend war die einzige Erklärung für diese absurde Idee.

Pétronille setzte sich auf einen der Stühle neben einem Springbrunnen und suchte in ihrer Tasche nach einer Paracetamol. Nachdem sie die Tablette geschluckt hatte, kam ihr in den Sinn, dass sie ihre Übelkeit vielleicht mit etwas zu essen bekämpfen sollte. Aber gab es hier überhaupt etwas zu essen? Ihr fiel die Kantine im dritten Stock ein, und sie überdachte ihr Vorhaben noch einmal. Es war lächerlich. Man würde sie für verrückt erklären und hinauswerfen. Pétronille dachte auch an Frédérics Vater –

mein Gott, der arme Mann war tatsächlich der Vater ihres Exchefs! Er hatte das Pflegepersonal bestimmt aufgefordert, die Sicherheitsmaßnahmen zu erhöhen, nachdem eine Fremde in sein Zimmer eingedrungen war und versucht hatte, ihn mit Pistaziencreme-Windbeuteln zu vergiften. Es war das Beste, wenn sie nach Hause zurückfuhr und sich ins Bett legte. Sobald sie wieder fit war, würde sie sich um einen neuen Job bewerben und diese verrückte Geschichte vergessen. Diese Idee mit den Windbeuteln. Stattdessen öffnete sie eine der Frischhaltedosen und aß einen Windbeutel mit Mokkacreme. Ja, es tat wirklich gut, etwas zu essen. Sie fühlte sich gleich besser. Der Windbeutel schmeckte himmlisch – wie immer. Aber was nutzte es ihr, leckere Windbeutel backen zu können? Pétronille aß noch einen und nahm sich vor, anschließend zum Bahnhof zu gehen. Kaum hatte sie sich den mit köstlicher Mokkacreme gefüllten Windbeutel in den Mund geschoben, da ertönte vor ihr eine Männerstimme, die sie zusammenzucken ließ.

»Gefüllte Windbeutel? Mylady, Sie haben doch bestimmt genug für die ganze Mannschaft!«

Pétronille hob langsam den Blick. Zuerst sah sie Lederstiefel, dann einen breiten Ledergürtel, unter dem eine alte Pistole steckte, eine rote Weste mit goldenen Knöpfen und schließlich ganz oben einen großen schwarzen, bärtigen Kopf, auf dem ein Piratenhut saß. Im ersten Moment glaubte Pétronille, der Restalkohol in ihrem Blut spiele ihr einen Streich.

Sie hörte auch leises Lachen. Mehrere Kinder mit kleinen Piratenhüten und umgeschnallten Säbeln über ihren

Schlafanzügen versteckten sich hinter der Gestalt. Pétronille beruhigte sich wieder. Das musste der Piraten-Workshop für die kranken Kinder sein.

»Bedienen Sie sich«, sagte sie mit vollem Mund.

»Haben Sie auch andere Sorten?«, fragte eines der Kinder.

»Haben Sie auch welche mit Erdbeermarmelade?«, wollte ein anderes Kind wissen.

»Erdbeermarmelade, Vanille, Pistazie und ... Schokolade«, sagte Pétronille.

Die Kinder rissen begeistert die Augen auf, als Pétronille die drei Frischhaltedosen öffnete.

»Wollen Sie die alle essen, Madame?«, fragte ein anderes Kind.

»Nein, die Windbeutel sind für Freunde.« Pétronille lächelte. »Aber auch für euch.«

»Erinnert ihr euch an das Gesetz der Freibeuter, meine kleinen Schiffsjungen?«

»Die Beute teilen!«, schrien die Kleinen im Chor.

Der große Pirat reichte Pétronille seine kräftige Hand. »Bertrand Ahmed. Ich werde Kapitän genannt. Darf ich ein paar von Ihren Köstlichkeiten für meine Matrosen mit an Bord nehmen? Ich zahle jeden Preis.«

Pétronille reichte ihm eine Frischhaltedose mit 20 Windbeuteln, die mit Erdbeerkonfitüre gefüllt waren. »Mit den besten Empfehlungen des Hauses.«

Der Kapitän lächelte, verbeugte sich und ging mit den Kindern davon. Ein kleines Mädchen, dem der dreieckige Hut in die Stirn gerutscht war, drehte sich noch einmal um und winkte.

Pétronille blieb mit den 60 restlichen Windbeuteln zurück. Der Kapitän hatte sie verzaubert. Wenn ein Erwachsener sich als Pirat verkleiden konnte, um die Kinder in diesem Krankenhaus aufzuheitern, konnte sie auch ihre Windbeutel verteilen. Drei Minuten später klopfte sie an die Zimmertür von Ernest Villiers.

»Herein!«

Mit pochendem Herzen stieß Pétronille die Tür auf. Sie erkannte den Mann wieder, den sie vor drei Tagen zum ersten Mal gesehen hatte. Er war wach und lächelte. Heute fiel ihr auf, dass Ernest und Frédéric sich ein wenig ähnelten.

»Ah, Sie sind die junge Frau mit den Windbeuteln«, sagte Ernest nach Atem ringend mit einem ruhigen, fast besänftigenden Lächeln. Er lag vollkommen reglos im Bett, nur seine Augen strahlten.

»Pétronille«, sagte sie und streckte die Hand aus.

»Ernest«, erwiderte er und reichte ihr seine knochige, von pergamentener Haut überzogene Hand, die erstaunlicherweise noch kräftig zudrücken konnte.

»Ich dachte mir gleich, wer so leckere Windbeutel backt, sieht bestimmt auch hübsch aus. Und ich habe mich nicht getäuscht.«

»Heute habe ich Windbeutel mit Mokka-, Vanille- und Schokoladencreme mitgebracht«, sagte Pétronille und errötete.

»Wie sind Sie auf die Idee gekommen, einen alten Dummkopf wie mich zu verwöhnen? Ich bin mir nicht sicher, ob ich diese köstlichen Windbeutel überhaupt verdient habe.«

»Ich habe keine Ahnung, ob Sie sie verdient haben oder ob nicht. Es ist wie vor Gericht. Im Zweifel wird zugunsten des Angeklagten entschieden.«

Ernest lächelte. Ihre Antwort hatte ihm offenbar gefallen. Jetzt fiel die Unsicherheit von Pétronille ab, und sie unterhielten sich unbefangen. Sie erklärte Ernest, dass sie Konditorin werden wolle und vorhabe, eines Tages ein eigenes Geschäft zu eröffnen. Dass sie immer zu viele Windbeutel backe, dass sie alleine lebe und ihre Familie schon keine Windbeutel mehr sehen könne. Daher war sie auf die geniale Idee gekommen, ihren potenziellen Kundenkreis zu vergrößern und ihn auf wehrlose Opfer ihrer Backkünste auszudehnen. Pétronille spürte, dass dieser Fremde ihre Gesellschaft genoss, und das machte sie glücklich. Ernest sprach über das Wetter, die Zeit im Krankenhaus und vor allem über das ungenießbare Essen. Er erzählte ihr von dem »Schwarzhandel« mit den Pépitos, diesen leckeren Keksen, und den Mini-Salamis, die die Patienten sich heimlich gegenseitig zusteckten. Bald würden ihre Windbeutel ebenfalls auf dem Schwarzmarkt des Krankenhauses gehandelt werden, und die Patienten würden sich darum reißen. Gilles kontrollierte den Schwarzhandel mit den Pépitos. Sie solle sich mit ihm in Verbindung setzen.

»Gilles lässt sich nicht unterkriegen. Er gehört zu denen, die am Wochenende nicht zu ihren Familien nach Hause fahren. Ich gehöre auch dazu. Ein anderer Patient nennt uns die ›Abgewiesenen‹. Aber lassen Sie sich nicht vom äußeren Eindruck täuschen. Wir sind eine fröhliche Bande und machen uns gegenseitig Mut, wenn ... na ja,

Sie wissen schon. Und nun werden uns Ihre Windbeutel vollends davor retten, in Melancholie zu versinken.«

»Ihre Familie ...«, begann Pétronille.

»Das hier ist meine Familie«, unterbrach Ernest sie. »Wissen Sie, Pétronille ... wir kennen uns kaum, und ich danke Ihnen für Ihr blindes Vertrauen. Sie sind ein großmütiger Mensch. Ach, wissen Sie ... ich musste in meinem Leben entsetzliche Entscheidungen treffen. Entsetzliche Entscheidungen.«

Entsetzliche Entscheidungen, schoss es Pétronille immer wieder durch den Kopf. Ernest schien in seine Welt jenseits des Krankenhauses eingetaucht zu sein, in Ereignisse der Vergangenheit, die er nicht mehr rückgängig machen konnte und die ihn unendlich traurig stimmten. Pétronille hielt den Atem an und rüstete sich innerlich dafür, dass Ernest ihr gleich sein Herz ausschütten würde.

»Besuchen Sie mich noch einmal, Pétronille?«, fragte er stattdessen mit einem freundlichen Lächeln. Es war seine höchst elegant verpackte Bitte an sie, ihn nun allein zu lassen.

»Ich komme wieder, Ernest. Welche Sorte Windbeutel essen Sie am liebsten?«

»Ich bin mir sicher, dass die Windbeutel, die Sie mir schenken, alle fantastisch schmecken.«

»Okay.« Pétronille lächelte. »Hier sind welche mit Vanillecreme. Genießen Sie sie, und lassen Sie sich in eine exotische Inselwelt entführen. Nächstes Mal bringe ich Ihnen dann andere mit.«

»Fühlen Sie sich nicht verpflichtet, junge Frau. Sie haben mich jetzt schon sehr verwöhnt ...«

»Ach, lieber Ernest, es sind doch nur Windbeutel. Ich komme wieder.«

Sie nahm seine knochige Hand in ihre beiden warmen Hände und ging hinaus.

Von dem Besuch bei Ernest Villiers war Pétronille so durcheinander, dass sie Maurice einfach übersah, der in der Kantine saß und zu ihr herübergrüßte. Sie stieg in den Aufzug und fuhr hinunter.

31

Maurice saß mit Gilles, einem anderen Patienten, der 60 Jahre jünger war als er, in der Kantine und trank eine Tasse Kaffee. Gilles hatte ein Tattoo auf dem Arm. Dort stand in Frakturschrift das Wort TRUTH, und auf dem Kopf trug er eine Wollmütze mit einer Totenkopf-Applikation.

»Ich verstehe nicht, wie du bei dieser Hitze eine Mütze tragen kannst«, sagte Maurice. »Sie haben die Heizung noch höher gedreht. Kaum zu glauben.«

»Hm«, murmelte Gilles. »Wer war denn die junge Frau, die du gerade gegrüßt hast?«

»Ich weiß es nicht genau. Sie war vor ein paar Tagen schon mal hier und wollte etwas über Fabrice wissen. Eine Freundin der Familie, glaube ich.«

»Über Fabrice?«, fragte Gilles argwöhnisch und stellte seine Cola auf den Tisch. »Und was hast du gesagt?«

»Was soll ich schon gesagt haben?«, erwiderte Maurice. »Ich habe ein bisschen erzählt, von dem Kurs, der hier zweimal pro Woche stattfindet, sonst nichts. Sie hatte es eilig.«

»Und was hat sie jetzt hier gemacht?«, fragte Gilles und starrte Maurice an.

»Ich glaube, sie hat Ernest besucht.«

Der alte Mann und der Junge sahen sich an. Allmählich ahnte Maurice, was das bedeutete.

»Ja, du hast recht. Das ist sonderbar.«

»Wir sollten mit dem Chef darüber sprechen«, meinte Gilles und stand auf. Er half Maurice, die Pantoffeln richtig anzuziehen, und reichte ihm seine Krücke. Dann gingen sie langsam Arm in Arm den Gang der dritten Etage hinunter.

32

Pétronille schlenderte durch die Rue de la Verrerie im Marais-Viertel. Sie hatte im Bazar de l'Hôtel de Ville, dem großen Warenhaus, ein paar Besorgungen gemacht. Während die breite Menge sich auf Weihnachtsgeschenke stürzte, gab Pétronille in der Abteilung für Küchengeräte ein kleines Vermögen aus. Ihre innere Stimme mahnte sie zu sparen, solange sie noch keinen neuen Job hatte. Sie brachte sie mit dem Argument zum Schweigen, dass sie in diesem Monat noch bezahlt wurde, auch wenn sie nicht mehr für Frédéric arbeitete. Unter anderem hatte Pétronille, ihre warnende innere Stimme einfach ignorierend, rosarotes Konfetti aus Zuckerguss zur Dekorierung der Windbeutel gekauft. Jetzt lief sie durch das Schwulenviertel mit all den kleinen Blumengeschäften, Confiserien und Retromode-Boutiquen. Ihr Handy klingelte. Dorothée war dran.

»Hallo, Dolly!«

»Bist du unterwegs? Dann kauf dir eine *Libération* und sieh dir die vorletzte Seite an«, sagte Dorothée.

»Und was steht da?«

»Das ist eine Überraschung. Kauf dir die Zeitung und ruf mich an.«

Pétronille lief zu einem Zeitungskiosk und besorgte

sich eine *Libération*. Als der Verkäufer ihr das Wechselgeld gab, suchte sie sofort den entsprechenden Artikel, rief »ah« und schlug erschrocken eine Hand vor den Mund. Der Verkäufer fragte sie, ob alles in Ordnung sei. Sie beruhigte ihn und ging schnellen Schrittes auf ein Café zu. Als sie sich auf der Terrasse an einen Tisch gesetzt hatte, fragte ein Typ mit dicken tätowierten Armen und einem dünnen Stimmchen sie nach ihren Wünschen. Pétronille bestellte sich einen Milchkaffee und ein Croissant und las den ganzen Artikel durch. Auf dem großen Foto, das eine halbe Seite der Zeitung einnahm, posierte halb nackt die wunderschöne Marcia Gärtener. Schwanger.

»Glaubst du, er ist der Vater?«, fragte Dorothée.

»Ich würde sagen, ja. Von der Zeit her käme es hin.«

»Und du bist sicher, dass sie nicht mehr zusammen sind?«

»Du hast die Wohnung doch gesehen«, rief Pétronille. »Er hat sogar eine Wand herausbrechen lassen, um seine Gemälde aus größerem Abstand bewundern zu können. Jetzt hat er ein Zimmer weniger. So bereitet man sich wohl kaum auf Nachwuchs vor.«

»Stimmt. Womöglich weiß er gar nichts davon.«

»Er weiß nicht, dass sein Vater im Krankenhaus liegt, und er weiß nicht, dass er seine Ex geschwängert hat. Ich würde sagen, es gibt da so einiges, was dieser Mann nicht weiß. Aber da es jetzt alle Leute in Frankreich und in den französischen Departments in Übersee wissen, nehme ich an, dass nun auch er Bescheid weiß. Pech für ihn ...«

Sie unterhielten sich eine Weile, während Pétronille

zerstreut die Zeitung durchblätterte. Dorothée sprach über die Probleme alleinerziehender Mütter. Pétronille, die nur noch mit halbem Ohr zuhörte, riss ein Stück aus der Zeitung heraus, auf dem in Großbuchstaben SOLIDARITÄT stand. Das Wort würde sie auf ihre Schatzkarte kleben, die fast fertig war. Schließlich beendete sie das Telefonat, trank den Kaffee aus und legte das Geld auf den Tisch. Pétronille wollte die Zeitung schon für den nächsten Gast auf ihrem Stuhl liegen lassen, als ihr plötzlich ein Gedanke kam. Wenn Frédéric der Vater des Kindes war, bedeutete das dann nicht auch, dass Ernest Großvater wurde?

33

Natürlich wusste er es. Er wusste es seit ihrem letzten gemeinsamen Abend. An jenem Abend, nachdem alles gesagt war, liebten sie sich ein letztes Mal. Fünf Jahre ihres Lebens waren sie ein Liebespaar gewesen, doch Marcia wünschte sich genau das, was Frédéric ihr nicht zu geben vermochte: ein Kind. Er hätte alles für sie getan, ihr Schmuck und Gemälde der großen Meister geschenkt, Vorhängeschlösser mit ihren Initialen an den Pariser Brücken aufgehängt oder ihr die Sterne vom Himmel geholt. Das Versprechen, das er dem siebenjährigen Kind gegeben hatte, das noch immer in einem kleinen Winkel seiner Seele kauerte, konnte er jedoch nicht brechen. Frédéric hatte dem kleinen Jungen versprochen, niemals Vater zu werden. Und Marcia, die schon alles besaß, was das Herz begehrte – Ruhm, Geld, Ansehen, feine Abendessen bei Castel –, wünschte sich nichts sehnlicher als ein Kind.

Seit jenem Abend hatten sie sich nicht wiedergesehen. Dennoch wusste er es. Auch ohne die Gerüchte, die Anspielungen von Freunden und die Fotos der Paparazzi hätte er es gewusst. Frédéric hatte seine Entscheidung niemals infrage gestellt und sie ebenfalls nicht. Das war alles. Letztendlich waren sie beide ihren Vorsätzen treu geblieben. Sie bekam ihr Kind, das sie sich so sehnsüchtig gewünscht hatte, und er behielt seine Freiheit. Als Frédéric sie jetzt auf diesem Foto sah, war er sich nicht mehr ganz so sicher, ob er die richtige Entscheidung getroffen hatte. Sie war so schön wie immer auf Fotos. Doch dieses Mal gehörte auch ein Teil von ihm zu dieser Schönheit. Ein Teil von ihm war im Bauch der Frau, die er liebte.

Frédéric gewann sofort seine Fassung wieder. Er dachte an all das, was zurzeit in seinem Leben geschah, an seine großen finanziellen Sorgen, seinen Sisley, der ihm bald nicht mehr gehören würde, sofern kein Wunder geschah, und an den Schatten von Fabrice Nile. Wenigstens litt außer ihm niemand unter dieser Situation. So gesehen hatte er wohl die richtige Entscheidung getroffen.

Nun saß Frédéric im Zug nach Giverny. Seine Eintrittskarte berechtigte ihn zu einem Besuch des Gartens um halb neun Uhr morgens. Da Giverny eine Stunde von Paris entfernt war, hatte er in einem kleinen Hotel ganz in der Nähe von Monets Haus ein Zimmer gebucht. Jamel hatte versprochen, am Eingang des Gartens auf ihn zu warten.

Der Zug würde in wenigen Minuten sein Ziel erreichen. Frédéric strich über Marcias Bauch. Dann stand er auf und legte die Zeitung auf einen Platz, der weit von seinem entfernt war.

34

Auch andere Hände strichen über Marcia Gärteners Bauch auf dem Schwarz-Weiß-Foto in der Zeitung. Dann schnitt eine Schere das Bild aus, woraufhin es auf ein aufgeschlagenes Fotoalbum fiel. Auf einer Seite klebte Frédérics Geburtsanzeige. Auf einer anderen eine Glückwunschkarte zum Vatertag mit der Zeichnung eines Tigers, die mit Linsen dekoriert war, von denen sich mittlerweile schon etliche abgelöst hatten, und in winziger Kinderschrift die Worte »einen schönen Vatertag, Papa«. Das Foto eines kleinen Jungen, dem die Schneidezähne fehlten; ein vergilbter Artikel aus einer Lokalzeitung *Student aus Rouen erhält Studienplatz in Harvard*, mit einem jungen Frédéric, der seine Zulassungsbescheinigung, die ihn berechtigte, an der berühmten amerikanischen Universität zu studieren, in die Kamera hielt; eine ganze Reihe von Artikeln über den Rechtsanwalt Frédéric Solis, Fotos aus der *Voici* mit Marcia und ein aktueller Artikel über den Erwerb eines Gemäldes von Alfred Sisley.

Und ganz hinten in dem Fotoalbum eine Seite eines Kalenders vom Dezember 1979.

Ernest schlug das Album zu. In seinem Zimmer war es ruhig. Der Tag ging zur Neige. Er lächelte. Weil das Bedauern zur Bedeutungslosigkeit verblasst war? Oder war es dieses winzige Glück über einen Zeitungsartikel oder über die mit Vanillecreme gefüllten Windbeutel, die nach Hoffnung schmeckten? Er lächelte, und dabei spielte der Grund keine Rolle. Dann rollten zwei kleine Tränen, vielleicht die letzten, über seine eingefallenen Wangen, perlten von seiner Hand ab und verschwanden in den Bettlaken.

35

Jamel stand vor einem schönen Wohnhaus im 17. Arrondissement, das am Parc Montsouris lag. Er verglich noch einmal die Adresse mit der, die er gestern auf eine Seite der *Libération* gekritzelt hatte. Ehe Jamel auf die Klingel mit dem Namen »Gärtener« drückte, holte er tief Luft.

Er wusste, dass Marcia ihn in ihrer Wohnung auf einem Monitor sehen konnte. Jamel wartete. Für den Besuch bei Marcia Gärtner hatte er sich anders als sonst angezogen: Er trug eine marineblaue Cabanjacke von Ralph Lauren, einen Schal aus beigefarbener Alpakawolle und eine neue Jeans. Es dauerte nicht lange, bis er eine weibliche Stimme mit einem leichten deutschen Akzent vernahm.

»Guten Tag, Madame, ich bin ein Freund von Frédéric und ...«

»Frédéric wohnt nicht hier.«

»Ja, ich weiß, er wohnt auf dem Quai d'Anjou. Ich muss mit *Ihnen* sprechen.«

»Worüber? Frédéric und ich haben uns getrennt.«

»Es geht um seine Familie.«

»Er hat keine Familie«, warf Marcia ein.

»Hören Sie, ich habe vollstes Verständnis dafür, dass Sie keinen Fremden in Ihre Wohnung lassen wollen. Daher schlage ich vor, wir trinken irgendwo einen Kaffee oder gehen ein Stück im Park spazieren. Was Ihnen lieber ist. Es dauert keine zehn Minuten. Bitte! Es ist wirklich wichtig.«

Einen kurzen Moment herrschte Schweigen. Jamel drückte die Zeitung so fest zusammen, dass sich seine Fingerknöchel weiß verfärbten.

»Okay, ich komme runter«, sagte Marcia schließlich.

Jamel stand auf dem vereisten Bürgersteig und trat von einem Bein aufs andere. Er war nervös. Damit hatte er absolut nicht gerechnet, aber es war wunderbar. Jetzt musste er clever vorgehen.

Wenige Minuten später kam Marcia herunter. Jamel starrte sie an. Sie trug keinerlei Make-up und sah wunderschön aus. Der Bauch war so dick, dass das Baby darin sicherlich gemütlich Platz hatte, dachte Jamel. Sie gaben sich die Hand, und Marcia schlug vor, ein paar Schritte durch den Park zu gehen.

»Wann ist es so weit?«, fragte Jamel.

»Am 6. Januar.«

»Ah. Am Tag der Heiligen Drei Könige.«

Sie gingen schweigend durch den Park, denn Jamel wusste auf einmal nicht mehr, wie er beginnen sollte. Plötzlich bemerkte er, dass die anderen Spaziergänger sie neugierig musterten. Er lächelte. Was für einen schönen Anblick sie beide wohl boten in diesem Park, in dem das Eis auf den Bäumen und die silbern bestäubten Blumenbeete in der Wintersonne glitzerten und hier und da das glückliche Lachen dick eingemummelter Kinder erklang. Er in seinem Sonntagsstaat und sie mit der Anmut einer blonden Madonna. Was die Spaziergänger wohl dachten, als sie dieses Paar sahen, das ein Baby erwartete? Macht Platz, liebe Leute, hier kommt das Glück. Und Jamel, der sich genau das in seinem Leben wünschte, eine nette Frau, die mit ihm an einem herrlichen Wintertag Hand in Hand durch einen Park spazierte, kam zu dem Schluss, dass Frédéric ein ausgemachter Dummkopf war.

Endlich fand Jamel den Mut für seine Worte. Während Marcia ihm aufmerksam zuhörte, heftete sie den Blick auf ihre Fußspuren im schmutzigen Schnee. Marcia atmete die frische Luft ein, stellte ein paar Fragen und lächelte. Ab und an glaubte Jamel auf ihrem von der Sonne beschienenen Gesicht Bedauern, Entschlossenheit und auch Trauer über ihre zerbrochene Liebe zu erkennen. Doch sie gab sich ihrer Trauer nie völlig hin. Marcia hörte sich Jamels Vorschlag an und sagte dann lächelnd: »Ich denke darüber nach.«

Zum Abschied reichte sie ihm die Hand. Jamel schaute ihr nach, der dunklen Silhouette dieser blonden Schönheit auf einem verschneiten Weg, auf dem ihre anmutigen Schritte wie auf einem Gemälde von Alfred Sisley Spuren hinterließen.

36

»Kennen Sie den Maler Claude Monet, Pétronille?«

Sie saß auf einem Stuhl neben Ernests Bett und aß Windbeutel mit Schokolade, die Ernest nicht angerührt hatte. Pétronille murmelte »ja« und leckte sich die Finger ab. Sie hütete sich davor hinzuzufügen, dass sie sogar eine ganze Menge über ihn wusste, denn sie hatte in Frédérics Bibliothek in Dutzenden von Büchern und Ausstellungskatalogen geblättert.

»Als junger Mann habe ich bei einer Firma gearbeitet, die Schreibwaren herstellte, und ich war für die Konzeption der Kalender zuständig«, fuhr er mit müder, krächzender Stimme fort. »Ich liebte meine Arbeit. Wissen Sie, wenn man Kalender verkauft, verkauft man schöne Bilder und nicht die Zeit, die vergeht. Zu unserem Sortiment gehörten auch Kalender mit den Meisterwerken der großen Maler. Die Kalender mit den Bildern von Claude Monet gefielen mir am besten. Ich liebte vor allem die Bilder, die er im Frühling in seinem Garten gemalt hat: *Seerosen*, *Die japanische Brücke*, *Der Rosenweg* und *Die Trauerweide*. Kennen Sie Monets Garten in Giverny? Er ist heutzutage sehr beliebt ...«

Pétronille nickte. Was für ein Zufall, dass Ernest gerade heute darüber sprach, während ... Frédérics Schachtel auf der Konsole! Sie erinnerte sich an die Eintrittskarte für den Garten in Giverny, die unter dem Brief des Notars lag, der Frédéric über die Erbschaft von Fabrice Nile informierte. Sogar an das Datum auf der Eintrittskarte erinnerte sie sich. Es war der 22. Dezember – heute! Pétronille versuchte, sämtliche Fakten zu verbinden, aber es passte nicht zusammen. Dennoch konnte das alles unmöglich purer Zufall sein ...

»... Die ersten Jahre als junger Künstler lebte er im Elend. Er konnte sich nie satt essen und musste seine Gemälde für ein paar Sous verkaufen. Doch er malte weiter, ohne jemals seiner Malweise oder seinem speziellen Blick auf die Motive untreu zu werden, und das trotz der Beleidigungen seitens der Kunstkritiker und der Öffentlichkeit. Mit der Zeit verkauften sich Monets Arbeiten besser, und einige Händler erwarben regelmäßig Gemälde von ihm. Nun konnte Monet sich dieses Haus in der Normandie kaufen und einen wunderschönen Garten anlegen. Dort hat er 43 Jahre seines Lebens verbracht.

Oh, ich bin natürlich kein Experte, Pétronille, aber die Bilder, die in seinem Garten entstanden sind, scheinen mir seine persönlichsten Werke zu sein. Sobald er Geld mit seinen Bildern verdiente, begann er ebenso wie Gauguin, Renoir und Cézanne zu reisen. Letztendlich fand Monet sein Glück – und, ich glaube, auch seine Wahrheit – jedoch nicht am Ende der Welt, sondern in seinem Garten. All die herrlichen Farben, das Licht, das sich sekündlich selbst neu erfand, und der Zauber des Vergänglichen. In seinem Garten entdeckte er wahre Schätze. Monet malte den Garten, bis er erblindete, und wenn man es genau bedenkt, hat er damit der Welt die Augen geöffnet.«

Ernest konnte verdammt gut erzählen, fand Pétronille. Er sprach weiter über Monets Garten und holte ab und zu tief Luft. Pétronille hatte das Gefühl, die Gemälde vor sich zu sehen. Dann verstummte er auf einmal.

Pétronille fragte sich, ob es für sie jetzt an der Zeit war zu gehen oder ob Ernest ihr noch etwas anvertrauen wollte. Ernest hatte seinen Sohn noch gar nicht erwähnt. Jener Satz, den er am Tag zuvor gesagt hatte, ging ihr nicht aus dem Kopf: »Ich musste in meinem Leben entsetzliche Entscheidungen treffen.«

Als Ernest seine Erzählung fortsetzen wollte, bekam er einen furchtbaren Hustenanfall. Pétronille sprach beruhigend auf ihn ein und schlug vor, dass sie ihn allein lassen würde, damit er sich ausruhen konnte.

»Nein, bitte bleiben Sie noch ein Weilchen. Letztes Mal habe ich Ihnen gesagt, dass ich entsetzliche Entscheidungen treffen musste. Alles begann in Monets Garten in Giverny. Ich muss oft daran denken, dass ich allen viel Leid erspart hätte, wenn ich nicht dorthin gegangen wäre. Giverny. Ich erinnere mich ganz genau. Es war im Dezember 1979.«

37

Es war 8:28 Uhr, als Frédéric am Eingang des Gartens in Giverny ankam. Die Sonne ging soeben auf, und die Dämmerung wich einem neuen Tag. Jamel war nicht erschienen. Frédéric sah am Tor ein Schild mit den Öffnungszeiten des Gartens:

1. April – 1. November
9:30 – 18:00 Uhr

Lag hier ein Irrtum vor? Er warf noch einmal einen Blick auf die Eintrittskarte. Dort stand 8:30 Uhr, 22. Dezember. In diesem Augenblick streckte eine junge Frau den Kopf durch das Tor.

»Monsieur Solis? Herzlich willkommen in Claude Monets Haus.«

»Ach, Sie haben geöffnet?«, stammelte Frédéric. »Merkwürdig ... Ich habe diese Eintrittskarte geschenkt bekommen und weiß nicht genau, was mich erwartet.«

»Da hat Ihnen aber jemand ein sehr schönes Geschenk gemacht«, sagte die junge Frau lächelnd. »Mit Ihrer Eintrittskarte kommen Sie wie nur wenige glückliche Auserwählte in den ganz besonderen Genuss, in aller Ruhe außerhalb der Saison durch den Park zu spazieren. Auf diesen Wegen tummeln sich pro Jahr eine halbe Million Besucher, und dieser Publikumsansturm geht mitunter zu Lasten der Ruhe. Sie haben Glück, denn heute Morgen sind Sie unser einziger Gast.«

»Ich bin wirklich ganz allein?«

»Das Personal ist natürlich da. Möchten Sie, dass ich nachsehe, ob für heute weitere Besucher angekündigt sind?«

Frédéric bejahte die Frage. In diesem Moment vibrierte sein Handy. Jamel hatte ihm eine SMS geschrieben. Er entschuldigte sich, er sei heute Morgen verhindert, und bat ihn, ihn nach dem Besuch des Gartens anzurufen.

Die junge Frau führte Frédéric zu dem Haus mit den grünen Fensterläden. Nach ein paar Schritten blieb er stehen, um die Landschaft ringsum in sich aufzunehmen. Frédéric stand in Monets Garten und war hingerissen. Er hatte sich immer nur mit Fabrice Nile und der Eintrittskarte beschäftigt, sodass ihn der Zauber des legendären Gartens völlig unvorbereitet traf. Kahle Bäume, weiße Blumenbeete, eine unglaubliche Palette leiser Farben. Plötzlich sprach alles von einem Zauber, den er in den Verkaufsräumen und den Katalogen der Galerien gesucht hatte und nun hier fand. Warum hatte er den Garten nie zuvor besucht? Eine fahle Sonne ging über dem stillen Park auf. Er war ganz allein in diesem wunderschönen Garten, der Winterschlaf hielt. Die Erinnerung an die Farben der Blumen, an den Gesang der Vögel, an die Heiterkeit des Frühlings und die Pracht des Sommers – das alles war verschwunden. Es blieben die perfekten Linien, die all das in sich bargen, die Erhabenheit der kahlen Bäume, die grenzenlose Fantasie eines verliebten Gärtners und ein Garten, den die Anmut in ihrer reinsten Form berührt hatte. Und dieser traumhafte Wintertag.

Frédéric setzte sich auf eine der grünen Bänke. Er versuchte sich den Moment einzuprägen, in dem er den ersten Blick auf den Garten geworfen hatte, jenen Augenblick unbefangener Bewunderung, der bereits für immer vergangen war. Er konnte nicht sagen, wie lange er auf der Bank sitzen blieb.

Schließlich kam die junge Frau auf ihn zu.

»Ich habe nachgesehen. Außer dem Personal ist heute Morgen doch noch ein anderer Besucher hier. «

Frédéric lief ein Schauder über den Rücken. War das der Mann, mit dem er hier verabredet war?

»Ach, das hätte ich fast vergessen. Dieser Brief wurde für Sie abgegeben«, fügte die junge Frau hinzu.

Er nahm den Umschlag entgegen und schaute auf die leicht geneigte Schrift, in der auch die Verse geschrieben waren:

Monsieur Frédéric Villiers-Solis

Frédéric fröstelte. Noch vor seinem achten Geburtstag hatte seine Mutter wieder ihren Mädchennamen angenommen. Seit über 30 Jahren hatte ihn niemand mehr Villiers genannt.

38

»Ja, 1979, genau am 7. Dezember«, fuhr Ernest fort. »Die neu gegründete Monet-Stiftung hatte ihren Sitz im Haus des Künstlers in Giverny. Ich fuhr dorthin, um über den Abdruck einiger seiner Werke in dem Kalender für 1981 zu verhandeln. Noch heute sehe ich mich vor dem grünen Tor stehen und warten. Es wehte ein eisiger Wind, und ich erinnere mich, dass ich es sehr bedauerte, keine Handschuhe eingesteckt zu haben. Es war ein strenger Winter ... wie dieses Jahr.«

Ernest spähte durch das Fenster, als würde er den Himmel über Giverny in jenem Winter erblicken.

»Eine junge Frau öffnete das Tor und informierte mich, dass die Dame, mit der ich verabredet war, sich wegen des starken Schneefalls verspäten würde. Sie bot mir an, im Haus auf sie zu warten. Trotz der Kälte fragte ich sie, ob ich inzwischen durch den Garten spazieren könne. Ich konnte es kaum erwarten, ihn mir anzusehen, denn ich bewunderte alle Gemälde des großen Meisters, die er dort gemalt hatte. Zu jener Zeit war der Garten noch nicht für die Öffentlichkeit zugänglich. Meine Bitte schien die junge Frau verlegen zu machen, doch sie willigte ein. Also machte ich meine ersten Schritte durch den Garten von Claude Monet.

Ich schaute mich um und bekam einen gewaltigen Schreck.

Der Garten bot einen entsetzlichen Anblick. Er war nicht nur verwildert, sondern geradezu verwüstet. Gestrüpp, unter dem die Sträucher erstickten; Unkraut, das die Wege überwucherte; vermoderte Äste, die unter abgestorbenen Bäumen lagen. Die Maschendrahtzäune waren verrostet, die Fensterscheiben der Gewächshäuser zerbrochen, Scherben und Unrat von schmutzigem Moos bedeckt. Als ich den verwahrlosten Garten durchquerte, sah ich das ganze Ausmaß der Zerstörung. Nichts hatte überlebt. Schließlich gelangte ich an der japanischen Brücke an. Mein Herzschlag setzte aus. Die Brücke war noch da, die kleine Brücke des großen Meisterwerks, ein trauriges, farbloses Relikt vergangener Sommer, das wie eine Ruine aus dem schwarzen Wasser ragte, in dem ein Schuh ohne Schnürsenkel und ein toter Fisch schwammen.

Betrübt irrte ich über diesen Blumenfriedhof. Ich hatte den Frühling auf allen meinen Kalendern vor Augen, die Iris und die Seerosen, die Rosen und die Glyzinien, doch dieser Garten erinnerte nur an die Vergänglichkeit. Die Zerstörung war verheerend und der Garten so verwildert, dass man hätte meinen können, die Zeit habe sich gerächt. Für wen hatte dieser Monet sich gehalten, dass er glaubte, er könne einen Garten für die Ewigkeit anlegen? Hier sah man, was Gärtnern widerfuhr, die sich für Künstler hielten.

Aufgewühlt eilte ich zurück zum Haus. Wie gerne hätte ich dieses Fleckchen Erde gekauft, um ihm seine Pracht zurückzugeben, die ihm die Zeit geraubt hatte. Doch was konnte ich, ein einfacher Kalenderverkäufer, schon tun? In diesem Moment entdeckte ich einen Mann, der im schmutzigen Schnee kniete und in der Erde grub. In einem Umkreis von vielleicht zwei oder drei Metern hatte er die Blumenbeete wieder in Ordnung gebracht. Ein kleiner Strauch konnte wieder frei atmen, nachdem das Gestrüpp herausgerissen und der Boden ringsherum mit frischer Blumenerde aufgefüllt worden war. Der Mann drehte sich zu mir um und musterte mich ein paar Sekunden. Sein Gesicht glänzte vor Schweiß. Er hatte graue Augen, buschige Brauen, ein kräftiges Kinn, und seine leicht abstehenden Ohren waren von der Kälte gerötet. Seine glatt rasierten Wangen und der tadellose Kurzhaarschnitt waren seit 20 Jahren aus der Mode. Dabei schätzte ich ihn auf höchstens 30. Trotz alledem hätte ihn jede Frau schön gefunden. Er lächelte mich an, und dieses Lächeln kam mir plötzlich vertraut vor. Kannten wir uns? Ehe ich überlegen konnte, ob es in meinem Bekanntenkreis einen Gärtner gab, drehte er sich wortlos um und arbeitete weiter.

Inzwischen war die Dame, mit der ich den Termin vereinbart hatte, eingetroffen. Das Gespräch verlief überaus erfolgreich, und wir wurden uns schnell einig. Ich erlaubte mir, über den Garten zu sprechen. Sie teilte meine Enttäuschung und meinen Kummer, vertraute mir aber an, dass sie optimistisch sei. Die Stiftung habe Gelder von amerikanischen Mäzenen erhalten, und bald würden die Arbeiten beginnen, die dem Garten seine einstige Pracht zurückgeben sollten. Es sei ein Projekt, das einen langen Atem verlange, doch glücklicherweise habe Claude Monet genügend Bewunderer, sodass der Garten, nachdem er ein halbes Jahrhundert sich selbst überlassen war, zu erneuter Blüte gelangen könne.

›Übrigens‹, fuhr sie fort, ›haben wir hier einen Bewunderer, ach, was sage ich, einen Liebhaber des Gartens. Er ist Amerikaner, einer der ersten, die Geld gespendet haben, noch ehe die Stiftung entstand. Dieser Herr hat sich sogar zwei Jahre lang intensiv mit dem Thema Gartenbau und -gestaltung auseinandergesetzt, um sich an den Arbeiten beteiligen zu können. Vielleicht haben Sie ihn gesehen. Er entfernt gerade Gestrüpp und Unkraut in der Nähe der japanischen Brücke. Seit diesem Sommer ist er täglich zwei Stunden zur Stelle, ob es nun regnet, stürmt oder schneit. Die Leute in Giverny halten ihn für ein bisschen verrückt, aber ich versichere Ihnen, Monsieur, wenn die Öffentlichkeit diesen Garten eines Tages so sehen kann, wie Monet ihn gemalt hat, dann verdanken wir das außergewöhnlichen Menschen wie diesem Herrn.‹

Ich bat sie um die Erlaubnis, mich noch ein wenig in dem Garten aufzuhalten, und sie gestattete es.«

Ernest verstummte und schaute auf seine Hände.

»Seit mehr als 30 Jahren«, murmelte er, ohne aufzublicken, »frage ich mich jeden Abend, wie mein Leben verlaufen wäre, wenn ich nicht in den Garten zurückgekehrt wäre.«

39

Frédéric wartete einen Augenblick, ehe er den Umschlag öffnete. Er sah sich nach allen Seiten um, doch er war allein. Vorsichtig öffnete er den Umschlag und nahm ein Schriftstück heraus. Es war ein Plan des Musée d'Orsay, dieses Faltblatt, das Touristen ausgehändigt wurde. Frédéric faltete es auseinander und entdeckte ein mit einem roten Marker eingezeichnetes Kreuz im Saal 29 auf der Ebene 5, eine Nummer (RF 1984 64) und die Uhrzeit für ein Treffen: 14:00 Uhr.

Das rote Kreuz war auf der Etage der Impressionisten. Alles andere hätte Frédéric auch verwundert.

Diesen Garten hier in Giverny durfte er ganz alleine durchstreifen, was im Musée d'Orsay nicht der Fall sein würde. Der Besuch war für den Tag vor Weihnachten geplant, zu einer Zeit also, da erfahrungsgemäß immer großer Andrang herrschte und das Museum brechend voll war.

Er schaute auf die Rückseite des Faltblattes und stellte fest, dass dort ebenfalls mit einem Rotstift etwas geschrieben stand. Im Gegensatz zu der Schönschrift auf seinen Eintrittskarten war dieser Satz in großer Eile gekritzelt worden, als wäre er dem Schreiber erst in letzter Minute eingefallen. »Ein wertvolles Gemälde erwartet Sie. Kommen Sie zu dem Treffen.«

Es heißt ja, man könne sich nirgends besser verstecken als in einer Menschenmenge. Frédéric dachte an seine Theorie, nach der ihm Ganoven bei einem geheimen Treffen ein gestohlenes Gemälde anboten. Während der Zugfahrt und der Bootstour hatte er gar nicht mehr an diese Möglichkeit gedacht, denn das war natürlich sehr weit hergeholt. Dennoch kam es ihm so vor, als ginge von diesem Briefumschlag eine bislang ungeahnte Gefahr aus. Außerdem lag nur noch der Museumsbesuch vor ihm. Dort würde sich alles entscheiden. In 48 Stunden.

Frédéric rief Jamel an, doch der meldete sich nicht.

Kälte und Müdigkeit ließen seine Glieder steif werden. Dennoch konnte er nicht fortgehen, ohne sich den Rest des Gartens angesehen zu haben. Vor allem den Seerosenteich. Frédéric spazierte über die kalten Wege und erblickte schließlich die Trauerweiden, die das Wasserparadies mitten im Park begrenzten. Und dann sah er sie. Die kleine japanische Brücke, die in leuchtendem Grün gestrichen war und den Teich inmitten dieser Winterlandschaft voll Heiterkeit überspannte. Jetzt wusste er, dass es diese Brücke war, die Fabrice Nile auf seine Schatzkarte gezeichnet hatte. Im Wasser des Teiches spiegelte sich der Himmel. Es schien fast so, als würden die Wolken den Besucher zu einem farbenprächtigen Thron führen, den Thron des Meisters, der früher einmal diese Wege beschritten hatte. Fasziniert blieb Frédéric stehen und bedauerte, dass seine Augen nicht ausreichten, um den Park im Ganzen zu betrachten. Er genoss die Stille. Ohne es zu bemerken, verharrte er andächtig. Er versuchte, mit dem verehrten Künstler Kontakt aufzunehmen, dem verstorbenen Besitzer dieses Gartens, begraben in Giverny auf dem Friedhof hinter der Kirche. Wie konnte es sein, dass Frédéric ihn auf der kleinen Brücke stehen sah, seine imposante Silhouette mit dem buschigen Bart, versunken in die Betrachtung seines Wasserparadieses?

Ein Vogel schrie, und in der Ferne begann ein Motor zu heulen. Frédéric begriff, dass er auf der Brücke nicht Monets Geist erblickte, sondern dass dort tatsächlich jemand stand. Als er auf der Brücke anlangte, war die Gestalt verschwunden.

40

Pétronille war beunruhigt. Ernest schien erschöpft zu sein.
Er hustete immer häufiger. Offenbar strengte ihn das Gespräch sehr an. Doch sie spürte, dass er das Bedürfnis hatte fortzufahren. Pétronille erinnerte sich an die Worte des
Arztes. Der Mann in diesem Bett würde nur noch wenige
Wochen leben. Sollte sie ihm weiter zuhören oder den Zauber brechen und ihm vorschlagen, sich auszuruhen? Als
Ernest den Mund öffnete und fortfuhr, hörte sie ihm wieder gebannt zu.

»Ich kehrte in den Garten zurück. Der Amerikaner war
noch da. Ohne sich umzudrehen, sprach er mich mit seinem ausgeprägten amerikanischen Akzent an.

›Haben Sie einen grünen Daumen, wie man hier sagt?‹

›Nein, leider nicht‹, erwiderte ich. ›Andere legen Gärten
an, und ich beschränke mich darauf, sie zu bewundern.‹

›Ah, dann haben Sie also ein grünes Auge. Könnte man
das so sagen?‹

Ich begann zu lachen, und er drehte sich um.

›Ja, ich glaube, so könnte man es ausdrücken. Ich habe
gehört, dass Sie ein großes Projekt ins Leben gerufen haben.‹

Der Fremde drehte sich wieder um und setzte seine Arbeit fort.

›Sind Sie Künstler?‹, fragte er mich.

›Nein, nein. Auch auf diesem Gebiet bin ich nur ein Bewunderer.‹

›Meine Eltern wollten, dass ich Maler werde. Sie lieben die Malerei sehr. Meine Großmutter besaß vor ihrem Tod Gemälde von Monet. Ich habe die Farben und das Licht intensiv studiert, aber mir fehlt das Talent, *you understand?* Nun bin ich nach Giverny gekommen und hatte gehofft, hier mein Talent zu entdecken, doch das ist nicht geschehen. Stattdessen hat der Garten mich entdeckt. Also habe ich meine Pinsel weggeworfen und das hier genommen, um dem Garten Farben und Licht einzuhauchen.‹ Er zeigte mir seine kleine Hacke.

›Kaum zu glauben, dass dieses Fleckchen Erde einst Monets Garten war‹, sagte ich nachdenklich.

›Man muss daran glauben‹, erklärte er mir und schaute mir in die Augen. ›Man muss daran glauben, mein Freund.‹ Er stand auf. ›Sehen Sie sich den Blumengarten dort an. Die Farben sind noch da. Der Winter verbirgt sie nur. *It's like a sketch* — eine Skizze, verstehen Sie? Auch die Seerosen werden eines Tages wieder blühen. Vielleicht dauert es zwei, zehn oder sogar fünfzig Jahre. Die Zeit spielt keine Rolle. Man muss nur daran glauben.‹

Der Mann streifte einen Handschuh ab und wühlte in der Tasche seines erdverschmierten Mantels. ›Ich möchte Ihnen etwas zeigen.‹

Er zog einen Plan des Gartens aus der Tasche, der schon einige Löcher aufwies, weil er vermutlich unzählige Male auseinander- und zusammengefaltet worden war. Der Plan war so groß, dass der Mann beide Arme zur Seite ausstrecken musste, damit man alles sehen konnte. Er hatte Bilder von Monet auf den Plan gemalt und an einigen Stellen behutsam Fotos aus der Zeit des Malers und Fotokopien von Auszügen aus dessen Briefen aufgeklebt. In eleganter Schönschrift standen dort die Namen der Jahreszeiten: *Winter, Summer, Spring, Fall*. Ich sah auch andere Wörter wie *Fleeting, Serendipity, Eternal, Joy* und ein paar Schriftzeichen – wahrscheinlich aus dem Japanischen. In der Mitte prangte ein feuerrotes Herz, vielleicht gehörte es der Schutzpatronin der Gärten.

Er faltete den Plan wieder zusammen.

›Dieser Garten hat existiert, weil Monet die Idee dazu hatte‹, sagte er voll Ehrfurcht. ›Er hat geliebt, was noch unsichtbar war, verstehen Sie? Niemals zweifelte er daran, dass aus diesem Fleckchen Erde eines Tages dieser Garten werden würde. Ich stelle ihn mir auch vor und glaube daran, diesen Garten zu neuem Leben zu erwecken. Für mich ist es wie mit einer Schatzkarte. Wenn man fest daran glaubt, dann findet man den Schatz.‹

Ja, die Farben waren wieder zum Vorschein gekommen, und ich bekam allmählich einen Begriff davon, was der Künstler hier vor langer Zeit gesehen hatte.

›Ich habe mich noch nicht vorgestellt. Ernest Villiers‹, sagte ich.

Der Mann drückte meine ausgestreckte Hand und erwiderte lächelnd: ›Simon Offenbach.‹«

41

Frédéric fand niemanden mehr auf der Brücke vor. Er fröstelte am ganzen Körper. Seine Füße und Hände begannen in der Eiseskälte zu schmerzen. Es war wohl besser, nach Hause zu fahren. Dieser Brief war der Grund, warum Fabrice Nile wollte, dass er Monets Garten besuchte. Nun hatte er den Brief bekommen, und er konnte gehen. Als er inmitten der Stille ein Geräusch vernahm, drehte er sich um. Es war der Schrei einer Elster. Sie hatte auf einem kleinen Schild gesessen, ehe sie davonflog.

Warum starrte Frédéric nun dieses Stück Holz an? Es war nichts weiter als eine Informationstafel für Touristen. Dennoch folgte Frédéric seiner inneren Stimme, einer abergläubischen Anwandlung, und verließ die Brücke, um zu lesen, was auf dem Schild stand.

»Es hat einige Zeit gedauert, bis ich meine Seerosen verstanden habe ... Ich habe sie gepflegt, ohne daran zu denken, sie zu malen ... Eine Landschaft hinterlässt einen so tiefen Eindruck meist nicht an einem einzigen Tag ... Eine plötzliche Eingebung ließ mich den Zauber meines Teiches entdecken, und ich nahm meine Staffelei. Von da an habe ich kaum noch andere Motive gemalt.«

Claude Monet

Frédéric war sprachlos. Er nahm die Eintrittskarte aus der Tasche und las noch einmal den Text auf der Rückseite.

Fange rechtzeitig den Zauber deines Teiches ein, oder du herrschst bald über ein Meer welker Blüten.

Frédéric packte die Wut. War das der Schatz seines Lebens, was er hier vor Augen hatte? Denn das bedeutete das Rätsel in diesem Fall. Jemand wollte ihm mit diesen Stammtischweisheiten eine Lektion erteilen.

Auf einmal wurde ihm alles klar. Frédéric hatte den Jugendlichen in dem Zug und den Kapitän vor Augen ... Jede einzelne dieser Begegnungen war Teil des Plans. Alle Details, alle Gespräche, nichts hatten sie dem Zufall überlassen, alles enthielt Hinweise. Es war kein Zufall, dass noch ein weiterer Besucher um diese Uhrzeit den Garten besuchte. Das Treffen mit ihm gehörte ebenfalls zu dem Plan. Frédérics Herz klopfte zum Zerspringen. Er musste diesen Spaziergänger finden, den Fremden, der durch den Garten schlich. Er musste ihn um jeden Preis finden und ihn zum Reden bringen. Einem cholerischen Wutanfall nahe, rannte Frédéric wie ein Verrückter durch den Garten. Er lief immer weiter, aber es gelang ihm nicht, den Fremden zu erwischen. Wie alle anderen war auch er verschwunden. Hinter den kahlen Trauerweiden bewegten sich Schatten im fahlen Winterlicht, doch Frédéric vermochte die Gestalt nicht richtig zu erkennen. Wie war es möglich, dass diese Fremden, die mit ihm sprachen, so schnell verschwanden? Waren auch sie nur Geister?

So schnell er konnte, rannte Frédéric durch den Garten. Zweimal rutschte er im Schnee aus, erhob sich wieder und lief weiter. Dann blieb er stehen. Wieder stand er auf der japanischen Brücke. In seiner Brust tobte unbändiger Zorn, und ihm brach der kalte Schweiß aus. Er hatte den gesamten riesigen Garten durchquert.

»Ich weiß, dass ihr da seid. Zeigt euch!«, schrie er.

Auf der Stelle verstummten alle Geräusche in Monets Garten. Und Frédéric erblickte eine Gestalt hinter den Trauerweiden.

42

»Simon Offenbach bestand darauf, mir den Garten, in dem es viele unzugängliche Winkel gab, in seiner Gesamtheit zu zeigen. Er nahm eine kleine Sichel mit, um das Gestrüpp zu entfernen, sodass wir alles erkunden konnten. Jedesmal wenn wir stehen blieben, ließ er vor meinen Augen auf wunderbare Weise deutlich die Bilder des Impressionisten erstehen, zu denen ihn dieser Ort inspiriert hatte: *Das Haus des Künstlers vom Rosengarten aus gesehen, Die japanische Brücke, Das Boot, Die Seerosen, Gelbe und malvenfarbene Iris, Der Rosenweg, Die Trauerweide, Der Garten des Künstlers in Giverny.* Darüber hinaus erweckte er auch das zum Leben, was er die ›Wahrheit des Gartens‹ nannte, und zwar die Namen aller Pflanzen und die Form der Blumenbeete, wie sein Schöpfer sie ersonnen hatte. Wie viel Zeit verbrachten wir an jenem Tag in diesem Garten? Ich kann es Ihnen nicht sagen. Ich hatte das Gefühl, die Zeit sei stehen geblieben, und mein neuer Freund sagte zu mir, dass dies eines seiner großen Probleme sei: Sobald er mit der Gartenarbeit beginne, verliere er jegliches Zeitgefühl. Das war sicherlich auch der Grund, warum seine winzige Kunstgalerie, die er in der Hauptstraße von Giverny betrieb, kaum etwas abwarf. Das brachte ihn zum Lachen.

Ich verstand noch immer nicht, warum mir sein Gesicht so vertraut vorkam. Es waren nicht allein seine Gesichtszüge. Nachdem wir ein paar Stunden zusammen verbracht hatten, hätte man meinen können, wir wären alte Freunde, die die Gesellschaft des anderen in vollen Zügen genossen. Mehrmals nannte ich ihm Namen von eventuell gemeinsamen Bekannten. Sie waren ihm alle fremd, und er lachte jedes Mal nur.

Immer wieder verschob ich meinen Aufbruch. Nach jeder verpassten Abfahrt nahm ich mir fest vor, ganz bestimmt den nächsten Zug zu nehmen. Und dann den nächsten. Und dann wieder den nächsten. Wir besuchten seine kleine Galerie. Es wurde dunkel. Ich hatte den ganzen Tag nichts gegessen, aber ich verspürte keinen Hunger. Vor allem hatte ich keine Lust zu gehen.

Neben der Freundschaft zu diesem Mann verblasste plötzlich alles andere. Dieser Don Quichotte, der der Zeit und dem Unkraut den Krieg erklärt hatte, erschloss mir völlig neue Möglichkeiten. Wenn ein ganz normaler Mann den Garten eines der größten Künstler, die es je gegeben hatte, wieder zum Leben erwecken konnte, dann konnte auch ich Großes vollbringen. Dieser Mann verlieh mir Flügel.

Es wurde später und später, und ich lief bereits Gefahr, auch den letzten Zug zu verpassen. Ich warf einen Blick auf die Uhr. Wir hatten tatsächlich acht Stunden miteinander verbracht. Das war einfach unfassbar. Ich musste mich endlich von ihm verabschieden! Er schlug vor, mich zum Bahnhof zu begleiten. Es hatte wieder zu schneien begonnen. Die dicken Schneeflocken glitzerten im gelben Licht der Straßenlaternen. Die Straße war menschenleer. Kurz vor dem Bahnhof, an der Ecke einer kleinen Straße, blieb Simon Offenbach stehen. Er sagte, abfahrende Züge riefen in ihm immer tiefe Traurigkeit hervor. Daher ziehe er es vor, sich hier zu verabschieden. Er wirkte auch tatsächlich sehr traurig. Ich gab ihm meine Karte und versprach, dass wir uns wiedersehen würden. Er schaute mir in die Augen und strich mir mit der Hand über die Wange. Diese Geste erschütterte mich zutiefst.

Meine Wange, die bisher niemand außer ein paar Frauen berührt hatte, die Wange eines verheirateten Mannes. Ich war nämlich verheiratet. Habe ich Ihnen das schon erzählt? Wie konnte dieser Mensch meine Männlichkeit infrage stellen und unsere unschuldige Freundschaft durch solch abartige Hintergedanken in den Schmutz ziehen? Seine zärtliche Geste brannte wie ein Schandmal in mir, und ich verpasste ihm eine so schallende Ohrfeige, dass er beinahe ins Stolpern geriet. Ich dankte Gott, dass die Straße menschenleer war und es für diese unwürdige Szene keine Zeugen gab.«

Ernest verstummte kurz.

»Natürlich hätte ich es dabei bewenden lassen müssen. Ich hätte, ohne mich auch nur ein einziges Mal umzudrehen, in meinen Zug steigen und Simon Offenbach vergessen müssen. Doch in meinem Inneren brannte die Schmach weiter, die er mir angetan hatte. Die Straße war menschenleer, und mein Kopf ... mein Kopf. Ich hatte den Kopf verloren. Ich stürzte mich voll Wut auf ihn und ...

... und küsste ihn.«

43

Jetzt sah er die Erscheinung auf der anderen Seite des kleinen Teiches stehen. Die herabhängenden Zweige der Trauerweide wiegten sich leise im Wind, und ab und zu erhaschte Frédéric einen Blick auf die große schlanke Gestalt in dem dunklen Anzug. Sie verharrte reglos.

»Sie sind es, nicht wahr?«, schrie er in den kalten Wind. »Fabrice Nile? Der Junge mit dem Tattoo, der Kapitän mit den Anglerstiefeln, das waren Sie, hab ich recht? Antworten Sie!« Die Gestalt bewegte sich nicht.

»Und Jamel? Gehört er auch zu dem Komplott? Was wollen Sie von mir? Mich in den Wahnsinn treiben? Wie können Sie es wagen, mich zum Narren zu halten?«, stieß Frédéric keuchend hervor. Ihm rann Speichel aus dem Mund, und seine Wangen waren purpurrot angelaufen.

»Ich habe genug von dieser Scharade, von diesen sinnlosen Sätzen, von diesen Binsenweisheiten! Was wollen Sie von mir? Geld? Ich habe kein Geld mehr. Ich bin ruiniert. Und Sie sind schuld daran, dass ich alles verloren habe. ANTWORTEN SIE MIR!!!«

Frédéric lief zu der kleinen Brücke, um ans andere Ufer zu gelangen. In seinem Inneren tobte ein Orkan. Mitten auf der Brücke hielt er inne. Der Wind hatte die

Zweige vom Gesicht der Gestalt hinter den Trauerweiden geweht.

Es war eine Vogelscheuche.

In diesem Augenblick setzte der Schneefall wieder ein, und es war, als zeigte der Garten den Menschen an jenem Wintermorgen noch eine andere Seite seiner Pracht. Doch Frédéric hatte kein Auge dafür. Wenn er sich hätte sehen können, allein, mitten in Claude Monets größtem Werk, in dieser Winterlandschaft, die er so sehr liebte! Er hätte Teil eines berühmten Gemäldes oder eines Kalenderblattes für den Monat Dezember sein können, so sehr verschmolzen er und seine Spuren im Schnee mit der Schönheit, die im kalten Licht dieses traumhaften Wintertages glitzerte.

Doch er sah gar nichts, sondern spürte nur seine Wut, die rote Kreuze in den weißen Garten malte, und trat mit dem Fuß gegen die japanische Brücke. Von seinem eigenen Wagemut angespornt, begann er Iris und Rosensträucher herauszureißen. Mit beiden Händen wühlte er in der grauen Erde und schlug auf Trauerweiden und Bambussträucher ein.

Der Sicherheitsdienst der Monet-Stiftung brauchte nicht lange, um diesen Verrückten zu ergreifen, der den Garten zerstörte. Er ergab sich, ohne Widerstand zu leisten. Als die Sicherheitskräfte ihn nach seinem Namen fragten, sagte er völlig ernst: »Fabrice Nile.«

44

»Als ich an jenem Abend nach Hause zurückkehrte, belog ich meine Frau zum ersten Mal. Ich sah Simon wieder
und belog sie erneut. Und so ging es weiter. Die Liebe zwischen Simon und mir wuchs, und sein Optimismus brachte mich so weit, den anderen Teil meines Lebens praktisch
auszublenden. Fast zwei Wochen lang lebten wir unsere
heimliche Liebe aus, und, ja, ich glaube, ich war trunken
vor Glück. Mein Glaube an die Zukunft war ebenso blind
wie mitreißend. Alles war neu. Fortan hatte mein Leben
nur noch in Simons Gesellschaft einen Sinn. Wir trafen
uns in Giverny oder in seinem Haus in Vétheuil. Ich weiß
nicht mehr, wie ich damals glauben konnte, dieses Dop-
pelleben sei von Dauer. Wahrscheinlich verschwendete ich
überhaupt keinen Gedanken daran. Ich lebte in den Tag
hinein, und das intensiver als jemals zuvor. Ich lebte zwei,
drei, tausend herrliche Leben. Zum ersten Mal in meinem
Leben war ich ganz ich selbst, und es war für mich wie eine Wiedergeburt.

Unsere angeblich widernatürliche Beziehung verstieß
zwar nicht gegen das Gesetz, doch sie war gesellschaftlich
geächtet. Zu jener Zeit war die sexuelle Revolution der
Siebzigerjahre noch nicht in den Kleinstädten der Nor-

mandie angekommen. Ich frage mich, ob das heute der Fall ist. Wir mussten uns verstecken. Simon war unverheiratet und hatte im Gegensatz zu mir nicht so schwer an der Last unserer Heimlichkeiten zu tragen. Seine Unbekümmertheit war in gleichem Maße ansteckend wie seine Freude. Nach einigen Tagen wurden wir nachlässig und unvorsichtig mit der Wahrung unseres Geheimnisses. Und es kam, wie es kommen musste. Am 19. Dezember überraschte uns meine Frau. Die zärtliche Liebe, die sie während unserer neun Ehejahre für mich empfunden hatte, schlug augenblicklich in glühenden Hass um. Sie forderte mich auf, die eheliche Wohnung auf der Stelle zu verlassen. Sie drohte mir, mich öffentlich bloßzustellen und mich zu vernichten, wenn ich nicht sofort und für immer aus ihrem Leben verschwand.

Es war der 19. Dezember 1979. Fünf Tage vor Weihnachten. Denn ich habe etwas ausgelassen, Pétronille ...«

In diesem Augenblick hörte Pétronille, die gebannt seinen Worten gelauscht hatte, eine fröhliche Stimme hinter der Tür, die gleich darauf geöffnet wurde. Ernests Gesicht erhellte sich, als Jamel das Zimmer betrat.

»Ah, Pétronille, darf ich vorstellen. Das ist mein Sohn«, sagte er.

Pétronille erstarrte und zupfte an ihrer Strickjacke herum. Für den Bruchteil einer Sekunde setzte ihr Herzschlag aus.

45

Jamel starrte Pétronille an, und Pétronille starrte Jamel an. Es schien, als seien sie damit vor vollendete Tatsachen gestellt. Natürlich konnte Jamel sie nicht mit den Worten begrüßen:

»Mademoiselle, ich finde Sie bildhübsch und spüre, dass ich Sie jetzt schon liebe, obwohl ich wirklich keine Ahnung habe, warum, weil ich Sie ja überhaupt nicht kenne, doch vertrauen wir den Schmetterlingen im Bauch und brechen gemeinsam auf, um die Welt zu retten.«

»Guten Tag«, stammelte er stattdessen.

Pétronille hätte am liebsten gesagt: »Monsieur, Sie sehen genauso aus wie der Mann, den ich immer gesucht habe. Diese Augen, die mich so zärtlich anschauen. Bitte wenden Sie Ihren Blick nicht ab, denn ich mag wirklich sehr, wie Sie mich ansehen ...«

»Möchten Sie auch einen Windbeutel?«, fragte sie ihn stattdessen und hielt ihm die Frischhaltedose hin.

Jamel gewann seine Fassung zurück, antwortete »nein danke« und wandte sich Ernest zu.

»Ich wollte nur etwas holen ... hm ... ach, was wollte ich noch gleich hier holen ...?«

»Du solltest die Windbeutel von Pétronille wirklich

probieren, dann fällt dir auch wieder ein, was du hier wolltest.«

Ernest drückte Jamel die Hand und stellte die beiden einander vor: »Pétronille ... Jamel.«

Kaum war er verstummt, da klopfte es, und Maurice erschien im Türrahmen.

»Ernest, wie geht es dir? Mademoiselle, ich freue mich, Sie wiederzusehen. Jamel, hast du mal zwei Minuten für mich?«

Gilles' Kopf tauchte unter dem von Maurice auf.

»Hi, Ernie«, sagte der Jugendliche.

»Hallo, Gilles, alles in Ordnung, mein Junge?«, erwiderte Ernest.

»Alles super.«

Anschließend tauchte Bertrand auf, der Maurice überragte und zur Begrüßung nur kurz seinen Piratenhut zog.

Jamel begann zu lachen, als er die drei zusammen sah.

»Pétronille, darf ich Ihnen Caspar, Melchior und Balthasar vorstellen. Die drei Weisen aus dem Morgenland sind dem Stern von Bethlehem bis hierher gefolgt ...«, sagte er.

»Hör mal zu, die drei Weisen aus dem Morgenland müssen mit dir sprechen. Wenn du nicht in die Bredouille geraten willst, musst du sofort kommen«, warnte ihn Bertrand.

»Wir müssen reden«, ergänzte Maurice.

»Krisengipfel«, fügte Gilles hinzu.

»Okay, ich komme.«

Ehe Jamel hinausging, sagte er zu Pétronille:

»Ich komme wieder. Lassen Sie mir einen Windbeutel übrig.«

46

Pétronille rang um Fassung. Sie nahm die Windbeutel, ihre Handtasche und stammelte, Ernest sei sicherlich müde und sie müsse nun auch nach Hause fahren. Das war eine Dummheit, wenn man bedachte, welchen Eindruck Jamel auf sie gemacht hatte.

»Danke, Pétronille, dass Sie mir zugehört haben. Wissen Sie, wenn man wie ich am Ende seines Lebens angekommen ist, tauchen so viele Erinnerungen auf, und man weiß nicht, was man damit anfangen soll, weil es niemanden gibt, dem man davon erzählen kann. Also bleiben diese Erinnerungen und verdrängen die Gegenwart. Und dann ist man erledigt.«

Pétronille stand auf und ging auf die Tür zu.

»Ich komme wieder, Ernest. Bewahren Sie Ihre Erinnerungen im Herzen und erzählen Sie sie mir ... nach Weihnachten.«

Sie drehte sich um.

»Ach ja, ich muss Ihnen schon jetzt frohe Weihnachten wünschen. Das ist ja schon in zwei Tagen ...«

Pétronille kehrte noch einmal um und umarmte den alten Mann.

»Frohe Weihnachten, Ernest.«

Er sah zu ihr auf.

»Ich wünsche Ihnen auch frohe Weihnachten. Wissen Sie was, meine liebe Pétronille: Von dem vielen Reden habe ich Hunger bekommen. Ihre Windbeutel schmecken wirklich nach mehr.«

Pétronille stellte ihre Handtasche ab und öffnete die Frischhaltedose mit den Windbeuteln wieder. Sie durchschaute, was hinter Ernests plötzlichem Hunger steckte. Er bat sie höflich, noch ein Weilchen zu bleiben. War ihm etwa aufgefallen, dass es zwischen ihr und Jamel gefunkt hatte? Wollte er sie verkuppeln?

»Okay, weil Sie es sind. Damit Sie nicht verhungern«, sagte Pétronille.

»Wissen Sie, Jamel ist nicht mein richtiger Sohn.«

Vermutlich würde Ernest ihr nun erzählen, was er bislang noch ausgespart hatte. Pétronille wollte außerdem unbedingt wissen, wer Jamel war und wie die beiden sich kennengelernt hatten. Daher nahm sie wieder auf dem Stuhl neben dem Bett Platz.

»Ich habe Jamel in diesem Krankenhaus kennengelernt. Das ist über 20 Jahre her. Jamel und ich waren Zimmergenossen. Ich wurde hier nach einem Herzinfarkt behandelt. Jamel war 18 Jahre alt, und sein Leben war vollkommen aus dem Ruder geraten. Drogen und Alkohol hatten seine Gesundheit schwer beeinträchtigt, und er hatte sich das rechte Bein bei einem Autounfall so schlimm verletzt, dass er humpelte. Ich bekam oft Besuch von Simon, aber Jamel war ganz allein. Wir wurden Freunde. Simon und ich haben ihn sozusagen adoptiert. Oder vielmehr war er es, der uns adoptiert hat. Man sagt, dass Familie nichts mit dem

Blut in unseren Adern zu tun hat, sondern mit der Hand, die uns jemand reicht. Und vielleicht habe ich dem jungen Jamel die Hand gereicht, weil ... weil ich sie meinem richtigen Sohn nicht reichen konnte.«

Pétronille beugte sich über das Bett, denn Ernests Hand zitterte. Jetzt nahm sie die Hand des kranken Mannes in ihre und nicht die seines Sohnes, wie sie es ursprünglich geplant hatte.

»Meine Frau und ich, wir hatten einen Sohn. Frédéric. Den besten Jungen der Welt. Wir waren ein Herz und eine Seele. Er war ... ach, Pétronille, wie soll ich ihn beschreiben! Er war mein Kind, mein kleiner Junge. Und ich liebte ihn über alles. In jenem Winter war er sieben Jahre alt. Als die Wahrheit ans Licht kam, verbot die Familie meiner Frau mir, ihn zu sehen. Ich konnte mich nicht einmal von ihm verabschieden, doch ich dachte immer, ich würde ihn schon wiedersehen, wenn sich die Gemüter erst einmal beruhigt hätten. Ich hoffte, meine Frau würde mir eines Tages verzeihen und verstehen, dass meine Beziehung zu Simon weder abartig noch eine ansteckende Krankheit war. Tag und Nacht dachte ich an meinen kleinen Jungen, an meinen Sohn, der älter wurde und mir sicher ähnelte. Doch ich durfte ihn nicht sehen.

Zu jedem Geburtstag schickte ich ihm ein kleines Geschenk. Und an Weihnachten stöberte ich wie alle Eltern stundenlang in den Spielwarenabteilungen der großen Warenhäuser, um ihm eine besondere Freude zu machen. Ich stellte mir vor, wie er in seinem kleinen Pyjama vor dem Christbaum spielte, den ich nicht mehr schmücken durfte. Ich verpackte das Geschenk in hübsches Papier und band eine Schleife um das Paket. Auf den Anhänger schrieb ich jedes Mal: ›Für Frédéric von deinem Papa, der dich sehr lieb hat‹. Zehn Jahre lang hoffte ich an den Tagen nach Weihnachten inständig, dass der Briefträger nicht kommen würde. Doch er brachte mir mein Paket jedes Mal zurück. Es war ungeöffnet, und mein Junge hatte meine Grüße nicht gelesen.

Hätte ich Simon verlassen, wenn ich an jenem Dezembertag im Jahre 1979 gewusst hätte, dass ich meinen Sohn niemals wiedersehen würde? Denn, Pétronille, mit diesem Mann war ich 20 Jahre lang glücklich. Wir lebten in seinem Haus in Vétheuil in der Nähe von Monets Haus oder in einer Wohnung in Giverny. Simon wurde die Leitung der Neugestaltung des Gartens in Giverny übertragen, und ich habe noch einige Kalender entworfen und mich ansonsten um seine Kunstgalerie gekümmert, bis sie vor einigen Jahren geschlossen wurde. Verstehen Sie, Pétronille, vor welche Entscheidung das Schicksal mich gestellt hatte? Ich musste die Wahl treffen zwischen meiner großen Liebe und meinem über alles geliebten Sohn.«

Erinnere dich an die große Liebe, die den Winter tief in ihrem Inneren verbarg, dachte Pétronille. Ehe sie überlegen konnte, wo sie diesen Satz schon einmal gehört hatte, fuhr Ernest fort.

»Kurz vor dem 20. Geburtstag meines Sohnes verlor ich seine Spur, doch dank eines Zeitungsartikels fand ich sie ein paar Jahre später wieder. In dem Artikel stand, dass er zum Studium an einer großen amerikanischen Universität zugelassen worden war. Jamel bestand darauf, dass ich ihm schreibe. Allein hätte ich niemals den Mut aufgebracht. Ich schrieb ihm einen langen Brief, erklärte ihm, wie ich lebte, und bat ihn, mir zu verzeihen. Auch dieser Brief kam zurück. Ich hatte Jamels Adresse angegeben, denn dort wohnten Simon und ich, wenn wir in Paris waren. Ich konnte mich nicht von ihm verabschieden, und damit habe ich mich niemals abgefunden.

Nun hat das Leben mir befohlen, mich von allem loszusagen, was mir etwas bedeutet. Doch ich kann mich auch jetzt nicht von meinem Sohn verabschieden, weil er nicht da ist. Ich weiß, dass Jamel, der gute Jamel, der immer vor Ideen sprüht, hinter meinem Rücken etwas ausheckt, um unser Wiedersehen herbeizuführen. Ich lasse ihn gewähren. Ich lasse ihn gewähren, aber ...«

Er lächelte, und Pétronille wusste, dass es nun tatsächlich Zeit für sie war, sich zu verabschieden.

47

Mit Trauerrändern unter den Fingernägeln und in einem schmutzigen Hemd lag Frédéric ausgestreckt auf dem Parkettboden. Der Sessel war ebenso verschwunden wie die Konsole. An der Wand standen Umzugskartons, in die die Sachen aus den wertvollen antiken Möbeln wahllos hineingeworfen worden waren. Dutzende von Büchern über die Impressionisten lagen rings um Frédéric verstreut auf dem Boden.

Als die Dämmerung hereinbrach, war er aus Giverny zurückgekehrt. Mittlerweile hatte er aufgehört zu zittern. Sie hatten ihn mehrere Stunden in der Gendarmerie in Giverny festgehalten und seine richtige Identität binnen weniger Minuten festgestellt. Monets Garten gehörte zum Weltkulturerbe der UNESCO, und Vandalismus an diesem ehrwürdigen Ort wurde streng bestraft. Frédéric konnte zwar einer sofortigen Inhaftierung entgehen, doch er würde sich auf jeden Fall vor Gericht verantworten und eine saftige Geldbuße bezahlen müssen. Die Polizisten hatten ihm erlaubt, am Nachmittag nach Hause zu gehen. Der Rechtsanwalt Frédéric Solis war straffällig geworden.

Als Frédéric die Gendarmerie verlassen hatte, schneite es weiter wie schon fast den ganzen Tag. Er hatte keine

Lust, nach Hause zurückzukehren, wusste aber nicht, wohin er sonst gehen sollte. Er roch nach Schweiß und fror. Als er reglos auf dem Bürgersteig stand, dachte er an die Seerosen. Diese Seerosen, die vor Monets Augen wuchsen wie in Tausenden Gärten unbekannter Leute auch. Welches war dieser göttliche Moment gewesen, als der Blick des Künstlers sich wandelte und er im Gewöhnlichen das Besondere sah? Ein anderes Licht vielleicht? Die Anregung eines Freundes? Eine Freude, die ihn veranlasste, alles zu zelebrieren, oder eine große Einsamkeit, die ihn dazu drängte, sich an eine Seerose zu klammern?

Während die Schneeflocken auf sein Haar fielen, nahm er das Handy aus der Tasche und rief, ohne lange zu überlegen, Marcia an. Sie meldete sich nicht.

Frédéric lag noch immer auf dem Boden seiner unordentlichen Wohnung und starrte auf den Sisley. Sein Magen verkrampfte sich, und er wandte den Blick ab. Ihm fehlten 30.000 Euro, um das Gemälde vor den Händen des Gerichtsvollziehers zu retten. Das waren lediglich 20 Prozent seines Wertes, aber dennoch sah er sich außerstande, das Geld aufzutreiben. Frédéric starrte auf die nackte Glühbirne, die an der Decke hing, wo noch vor Kurzem der Kristalllüster geprangt hatte. Die Zeit bis übermorgen verging langsam. Übermorgen ... der Besuch im Musée d'Orsay.

Plötzlich klopfte es an der Tür. Frédéric erhob sich in seiner zerknitterten Kleidung und spähte beunruhigt auf die Wohnungstür. Wer könnte ihn zu dieser nächtlichen Stunde besuchen? Er schaute auf die Uhr. Es war erst 18:00 Uhr. Frédéric hatte jedes Zeitgefühl verloren. Er öffnete die Tür. Der Mann aus Witherspoons Adressbuch stand vor ihm.

Michael S. war Immobilienmakler und kaufte und verkaufte überwiegend Prestigeobjekte für reiche Leute. Die meisten Transaktionen gingen schnell über die Bühne, oft wurden sie in bar abgewickelt und hinterließen kaum Spuren. Frédéric hatte ihn vor der Katastrophe mit Witherspoon kontaktiert, und da es ungewohnt für ihn war, keine Assistentin mehr zu haben, hatte er den Termin vergessen.

Frédéric entschuldigte sich für die Unordnung, doch der Immobilienmakler hörte ihm gar nicht zu. Er ging sofort auf das Fenster zu, um sich die Aussicht anzusehen. Dann durchquerte er die ganze Wohnung.

»Wie viele Schlafzimmer haben Sie?«, fragte er.

»Eins und ein kleines Arbeitszimmer.«

»Die Grundfläche der Wohnung bietet genügend Platz für mindestens zwei schöne Schlafzimmer. Haben Sie in der Wohnung bauliche Veränderungen durchgeführt?«

»Ja«, gab Frédéric zu.

»Ich verstehe. Mit einem zusätzlichen Schlafzimmer könnte ich die Wohnung zu einem besseren Preis verkaufen.«

»Ich möchte sie so verkaufen, wie sie ist«, unterbrach Frédéric ihn.

Der Immobilienmakler wusste, dass es keinen Zweck hatte, darauf zu bestehen. Sie unterschrieben die Papiere. Als der Makler an dem Sisley vorbeikam, sagte er »hübsches Bild« und verschwand.

Frédéric trat ans Fenster. Er nahm sein Handy und versuchte erneut, Marcia zu erreichen. Doch sie meldete sich nicht. Er schaute hinaus auf die Stadt und hatte das Gefühl, das Herz von Paris würde nun ohne ihn schlagen. Bald würde er diese Aussicht nicht mehr genießen können. Merkwürdigerweise empfand er keine Trauer. Eigentlich spürte er gar nichts. Keine Freude und keinen Kummer. Nur die Zeit, die verging und ihn in eine unbekannte Welt hineinzog. Frédéric war davon überzeugt, dass nach dem 24. Dezember nichts mehr so sein würde, wie es war. Er begab sich genau in das Auge des Orkans, und dieses Auge, das ihn ansah, war das Auge Kains. Frédéric zog die Vorhänge zu und setzte sich vor dem verschneiten Weg des Sisley-Gemäldes auf den Boden. Er wollte den Anblick noch ein letztes Mal genießen.

Um Mitternacht saß Frédéric noch immer dort. Auf seinem Wecker im Schlafzimmer ging der 22. in den 23. Dezember über. Am nächsten Tag würde er das Musée d'Orsay besuchen.

48

Pétronille steuerte auf den Aufzug in der dritten Etage zu. Ernests Lebensbeichte hatte sie erschüttert. Sollte sie Frédéric die ganze Geschichte erzählen? Es war alles zu viel für sie. All diese Menschen, deren Leben am seidenen Faden hing. So viel Leid, so unendlich viel Leid. Jetzt wusste sie, was es mit diesen ganzen Rätseln auf sich hatte: Jamel hatte tatsächlich seine Finger im Spiel. Er hatte die geheimnisvollen Ausflüge für Frédéric arrangiert, um eine Begegnung zwischen Vater und Sohn herbeizuführen. Sie musste mit Dorothée darüber sprechen. Ihre Schwester würde wissen, was zu tun war. Und dann war da noch Jamel mit seinem Lächeln, das sie so sehr berührt hatte. Pétronille atmete tief durch, und als sie den Aufzug betrat, hörte sie jemanden ihren Namen rufen. »Pétronille!«

Sie blockierte die Lichtschranke der sich gerade schließenden Lifttür, woraufhin Jamel hastig in den Aufzug trat. Pétronille schaute ihn an wie ein verängstigtes Kätzchen.

»Und was ist mit meinen Windbeuteln?«, fragte er lächelnd.

»Ach ja, Ihre Windbeutel«, sagte sie erleichtert.

»Hören Sie, Pétronille, es ist nicht etwa so, dass ich an Ihren guten Absichten zweifle, aber wer sind Sie?«

Pétronille starrte ihn mit großen Augen an.

»Sie haben sich nach Fabrice Nile erkundigt, und jetzt sind Sie Ernests Vertraute. Gibt es etwas, was Sie mir sagen möchten?«

»Die Schatzkarte von Fabrice Nile und die geheimnisvollen Fahrscheine und Eintrittskarten wurden Frédéric Solis vererbt, der keine Ahnung hat, woher das alles stammt. Gibt es etwas, was Sie mir sagen möchten?«, erwiderte Pétronille nach einem kurzen Moment des Schweigens, ohne den Blick von Jamel abzuwenden.

Jamel lächelte verschmitzt.

»Ich habe gleich gewusst, dass wir beide uns etwas zu sagen haben. Darf ich Sie zu einem Kaffee in der Kantine einladen?«

»Ich nehme einen grünen Jasmintee ohne Zucker. Und ich habe auch nur eine halbe Stunde Zeit, denn zu Hause wartet ein ganzer Berg Windbeutel auf mich.«

»Sie wissen genau, was Sie wollen. Einverstanden. Nach Ihnen«, sagte Jamel, als sich die Tür im Erdgeschoss öffnete.

Sie saßen in der großen Kantine des Krankenhauses an einem Tisch, und natürlich gab es hier keinen grünen Jasmintee. Jamel brachte Pétronille auf einem feuchten Tablett eine Tasse, in der ein Teebeutel aus dem Supermarkt hing.

»Da ich meinen Jasmintee nicht bekommen habe und Sie also Ihren Part der Abmachung nicht exakt eingehalten haben, ist es nun im Gegenzug an Ihnen zu beginnen.«

Jamel lächelte.

»Einverstanden.« Er seufzte und fuhr ernst fort. »Ernest wird bald sterben. Sehr bald. Sein ganzes Leben hatte er den Wunsch, seinen Sohn wiederzusehen, aber Frédéric wollte nichts von seinem Vater wissen. Und das aus völlig irrigen Gründen. Ich verdanke Ernest viel. Nun habe ich eine Möglichkeit gefunden, Vater und Sohn vielleicht zu versöhnen, ehe es zu spät dafür ist. Das ist alles.«

»Und was spielt dieser Fabrice Nile dabei für eine Rolle?«, fragte Pétronille.

Jamel schwieg und betrachtete sie lächelnd. Pétronille verstand. Jetzt war sie an der Reihe.

»Ich habe als persönliche Assistentin für Frédéric Solis gearbeitet, als er mich bat, umfassende Informationen über Fabrice Nile zu beschaffen. Er wollte auch wissen, ob es irgendeine Verbindung zwischen Fabrice und Ernest Villiers gab.«

»Haben Sie ihm von dem Krankenhaus erzählt?«, fragte Jamel, der mit einem Mal blass geworden war. »Sagen Sie mir, was Sie herausgefunden haben.«

»Über Fabrice Nile fast nichts. Nein, das stimmt nicht ganz. Im Grunde das Wesentliche, wenn man sich seine Schatzkarte genau ansieht ...« Pétronille verstummte kurz und sah Jamel in die Augen. »Sie sind es, der diese Kurse hier gibt, nicht wahr?«

Jamel nickte.

»Was haben Sie über Ernest erfahren?«, fragte er.

»Alles, glaube ich ... Simon. Giverny. Die Weihnachtsgeschenke, die immer zurückkamen. Der Brief, den Frédéric nicht gelesen hat. Sie ...«

Jamel senkte den Kopf.

»Und das steht jetzt alles in Ihrem Bericht«, sagte Jamel voll Bitterkeit.

»Und was, wenn es so wäre?«, fragte Pétronille.

»Ich weiß nicht ... Ein wenig von dem Zauber würde verloren gehen. Das ist alles. Und Frédéric würde niemals sein Gemälde bekommen.«

»Offenbar hat die göttliche Vorsehung zu Ihren Gunsten eingegriffen.«

Jamel hob den Blick und schaute ihr in die Augen.

»Frédéric Solis hat mir gekündigt, ehe ich ihm einen Bericht geben konnte. Er hat nichts von all dem erfahren.«

Jamels Miene erhellte sich wieder.

»Und jetzt zu Fabrice Nile ...«, forderte Pétronille ihn auf.

»Fabrice Nile war mein Freund. Ich habe ihn im Krankenhaus kennengelernt, er war häufig hier. Er war jemand, der andere mit vollen Händen beschenkte, obwohl er nicht viel besaß. Das Leben hat es nicht immer gut mit ihm gemeint. Als ich sah, wie er seine Schatzkarte malte mit all den kleinen Dingen, von denen er träumte, zerriss es mir fast das Herz. Eine Zeit lang hat er bei mir gewohnt. Als er starb, waren wir die Einzigen, die um ihn geweint haben. Wenigstens hatte er uns, verstehen Sie? Gilles, Maurice, Bertrand, Ernest und mich. Wir waren seine Familie und haben hier im Krankenhaus eine recht fröhliche Trauerfeier für ihn ausgerichtet. Ich hatte das Gefühl, ich könnte Fabrice da oben lachen hören. Es hätte ihn gefreut, uns alle zusammen zu sehen. Ernest hielt wie immer eine schöne Rede, und ich dachte wieder einmal, was für ein Glückspilz ich doch bin, einen Ersatzvater wie ihn zu haben. Ich musste an Ernests Sohn Frédéric denken, der alles besaß, wovon Fabrice nur träumen konnte. Doch er hatte nicht das Glück, Ernests schöne Rede zu hören und eine so nette Familie zu haben wie ich. Es gibt keine Gerechtigkeit. Zugleich war da dieser Sohn, auf den sein Vater sozusagen keinerlei Anspruch hatte, der kleine unschuldige Junge, der mit dieser Leerstelle leben musste. Sie wurde ein Teil von ihm, und schließlich wollte er nicht mehr, dass sich daran etwas änderte. Und an jenem Tag beschloss ich, alles zu tun, was in meiner Macht stand, um den Lauf der Dinge zu ändern, weil Fabrice gestorben war und Ernest auch bald sterben und es dann zu spät sein würde. Ich sprach mit Gilles, Maurice und Bertrand darüber. Sie waren es, die die Idee mit der Schatzkarte hatten.

Fabrice hinterließ kein Testament, weil er glaubte, nichts zu besitzen. Doch er hatte diese Schatzkarte, auf der alles zu finden ist. Die Suche nach seiner persönlichen Wahrheit, sein Hass auf die Intoleranz und sein Leitspruch ›den Augenblick einfangen‹. *Carpe diem* bedeutete für ihn, die schönen Dinge zu genießen, ehe sie verschwinden. Ich fand, das sei das Beste, was ein Mensch einem anderen hinterlassen kann. Dann die Fahrscheine für den Zug und für die Bootstour und die Eintrittskarte für den Garten ... Wissen Sie, manchmal können wir uns besser in Fremde hineinfühlen als in die, die uns nahestehen. Flüchtige Begegnungen mit Fremden verändern vielleicht nicht unbedingt unser Leben, aber sie können Einfluss auf unsere Sicht der Dinge nehmen. Denn man lernt das Leben auch durch die Begegnung mit anderen Menschen kennen. Also haben wir für Frédéric diese Treffen eingefädelt ...«

Pétronille fragte sich, was während dieser Treffen passiert war. Jamel sprach von Seerosen, die man im rechten Augenblick pflücken müsse. Von der persönlichen Wahrheit, dem Besuch des Friedhofs in Vétheuil und der Intoleranz einiger unangenehmer Zeitgenossen.

»Und sie haben alle wie Schauspieler ihre Rolle gespielt?«, fragte Pétronille.

»Eine Rolle? Keiner von ihnen hat gelogen, Pétronille. Maurice hatte die Idee mit Giverny. Er ist es, der die Gärten so sehr liebt und dem es dennoch niemals gelang, den Zauber seines Teiches einzufangen. Er glaubte so fest an das Morgen, dass er das Heute vergaß. Er ließ die Liebe seines Lebens gehen, denn er schaffte es einfach nicht, dieser Frau zu sagen, dass er sie liebt. Und Bertrand bewunderte Simon grenzenlos. Bertrand ist ein Freund von mir aus Kindertagen, und er hat lange Zeit bei mir gewohnt. Simon und Ernest kamen oft zu mir. Simon hatte das Talent, große Dinge allein um ihrer selbst willen zu erschaffen. Er lebte sein Leben wie ein Künstler, und das war ansteckend. Wenn Bertrand sich für das weite Meer als Ausdruck seiner Freiheit entschieden hat, dann dank Simon, der ihn dazu ermutigte. Ich fahre oft mit Bertrand nach Vétheuil, seitdem Ernest krank ist. Bertrand leidet besonders unter dem Verlust, glaube ich. Es ist schwer, mit ansehen zu müssen, wie diese Männer sterben. Plötzlich büßt das Leben etwas von seinem Glanz ein. Und Gilles ... Gilles, der vermutlich nicht einmal seinen 20. Geburtstag erleben wird, glauben Sie mir, er weiß genau, wie sinnlos Lügen sind und dass das Leben keinerlei Aufschub duldet.«

»Und Sie?«

»Ich? Frédéric kennt mich. Ich habe ihm alles erzählt. Zumindest fast alles.«

»Das Wichtigste ist das, was man verschweigt.«

»Ich weiß nicht, ob es das Wichtigste ist. Und ich weiß nicht, warum ich es Frédéric verschwiegen habe. Vielleicht weil ich der Einzige in ganz Paris bin, der weiß, dass sich hinter seiner eleganten Kaschmirmantel-Fassade eine trostlose Kindheit verbirgt. Es ist besser, wenn er mich auch so sieht – wie einen Bruder.«

»Und sind Sie das nicht, ein Bruder?«

»Meine Eltern sind bei einem Hubschrauberabsturz ums Leben gekommen. Warum gerade ein Hubschrauber? Mein Vater war einer der reichsten Männer Frankreichs, und meine Eltern wollten an der Riviera Urlaub machen. Nach ihrem Tod habe ich mehr Geld geerbt, als ich in meinem ganzen Leben ausgeben kann. All die Träume der anderen, Fabrice' Corvette, Frédérics Meisterwerke, die Strände der Seychellen der Patienten in meinen Kursen – ich brauche nur mit dem Finger zu schnippen, und schon habe ich alles. Ich kann von mir behaupten, dass ich eine Menge über Schatzkarten weiß. Eines der Dinge, die ich geerbt habe, ist ein herrschaftliches Stadthaus im 7. Arrondissement, eines der schönsten Häuser von Paris. Zwölf Zimmer, überall Marmor und vergoldeter Stuck. Für mich sind es jedoch nur zwölf leere Zimmer. Als meine Eltern bei dem Unfall starben, habe ich viel Geld geerbt – und eine große Leere, die ich füllen musste. Das Schicksal hat es zum Glück so eingefädelt, dass ich Ernest, Simon, Bertrand, Gilles, Maurice und

Fabrice begegnet bin. Nun sind Fabrice und Simon tot; Ernest wird es auch bald sein und Gilles möglicherweise auch. Und Maurice wird langsam alt. Die Menschen, die man liebt, trifft man nur auf der Durchreise.«

»Vielleicht liegt darin der Schatz verborgen. In den Tagen, die noch bleiben«, sagte Pétronille in sanftem Ton, ohne genau zu wissen, warum. Es war ihr einfach so herausgerutscht.

Jamel betrachtete sie, wie man eine Schwester betrachtete, eine Freundin, einen Menschen, dem plötzlich eine große Bedeutung zukam. Es wurde Abend, und sie saßen noch immer in der Kantine des Krankenhauses. Die Stunden enthielten jetzt einen Sinn. Zwischen den beiden hatte es gefunkt, und ein Knistern lag in der Luft, so leise wie das Rieseln des Schnees. Es hatte fast den Anschein, als würde alles ringsherum aus Ehrfurcht vor ihrer aufkeimenden Liebe verstummen.

»Wissen Sie, dass Ernest Bescheid weiß?«, fragte Pétronille ihn. »Offenbar ahnt er, dass etwas im Gange ist, natürlich ohne irgendwelche Details zu kennen.«

»Nein, das wusste ich nicht.« Jamel seufzte. »Ich wollte es ihm nicht sagen, um keine falschen Hoffnungen in ihm zu wecken. Aber vielleicht ist es gerade diese Hoffnung, die ihn noch am Leben hält.«

Ein Mitarbeiter der Kantine nahm die leere Teetasse vom Tisch und wischte ihn ab. Pétronille dachte nach.

»Sie haben gesagt, dass Frédéric *sein Gemälde* dann nicht bekommen würde. Welches Gemälde meinten Sie?«

»Ach, das Gemälde«, sagte Jamel mit einem verschmitzten Lächeln.

Er sprach weiter, und Pétronille hörte ihm gebannt zu. Immer wieder schoben sie ihren Aufbruch hinaus. Es war spät geworden, als Jamel seine Telefonnummer auf das Etikett des Teebeutels schrieb und sie sich trennten.

An diesem Abend rief Pétronille Dorothée nicht an. Sie setzte sich an den Küchentisch und schaute auf ihre Schatzkarte. Mit verträumter Miene legte sie das Etikett des Teebeutels auf die Collage – und klebte es fest.

49

Frédéric ging am Parc Montsouris entlang. Es war Nacht geworden. Er starrte auf eines der erleuchteten Fenster, hinter dem er eine Silhouette erkennen konnte. Seit fast einer halben Stunde hielt er sich hier auf und hatte das Fenster schon zweimal hinter sich gelassen. Jedes Mal kehrte er wieder um und stellte sich in seinem zerknitterten Kaschmirmantel und in den schmutzigen Schuhen vor die Eingangstür des Wohnhauses. Frédéric drückte auf die Klingel. Er wusste, dass Marcia zu Hause war und ihn auf dem Monitor sehen konnte. Auf seine fünf Anrufe seit gestern hatte sie nicht reagiert. Er wartete und sagte: »Marcia, bitte ...«

Nichts geschah. Er wartete noch immer. Schließlich stieg er mit gesenktem Kopf die wenigen Stufen zur Straße hinunter. Wohin sollte er jetzt gehen, nachdem Marcia ihn aus ihrem Leben gestrichen hatte? Frédéric wusste es nicht. Als er ein paar Schritte in Richtung Park ging, hörte er das Summen der Tür. Marcia ließ ihn ins Haus. Er lief in die Eingangshalle und stieg in den Aufzug.

Endlich stand Frédéric vor ihr. Marcia hatte ihm die Wohnungstür geöffnet, mit ihrem schönen langen Haar, die kleine Brille mit der goldenen Fassung auf der Nase und ohne jeden Hauch von Make-up. Genau so hatte er sie immer am meisten geliebt. Doch nun hatte sie auch einen beeindruckend runden Bauch unter ihrer dicken Strickjacke und einen harten Blick, der ihn wehrlos machte. Wusste er überhaupt noch, was er ihr sagen wollte?

»Ich möchte mit dir sprechen.«

»Ich muss morgen früh raus. Du kannst nicht lange bleiben.« Er trat ein. Marcia hatte Veränderungen in der Wohnung vorgenommen. Sie war noch immer gemütlich und feminin, aber in die Farben hatten sich sanfte Töne gemischt. Eine Tür führte in ein nun zartblaues Zimmer mit einem Holzbettchen und einem großen Eisbären aus Plüsch, der dort Wache hielt. Das Zimmer des Babys. Frédéric wandte den Blick gleich wieder ab.

»Möchtest du eine heiße Schokolade?«, fragte sie. »Ich habe gerade welche gemacht.«

Frédéric nahm das Angebot an. Er beobachtete Marcia, wie sie in der offenen Küche hinter der Theke hin und her lief. Ja, das hier war ihr Zuhause. Von ihm gab es keine Spuren mehr. Er hätte nicht herkommen sollen. Sie reichte ihm eine Tasse heiße Schokolade. Er roch einen angenehmen, exotischen Duft.

»Ich habe etwas Zimt hineingetan«, sagte sie.

Er lächelte und trank einen Schluck. Die Schokolade schmeckte köstlich.

»Es wird ein Junge«, sagte Frédéric dann, während er auf seine Tasse starrte.

»Ja.«

»Ich wollte dir sagen, dass ... in den letzten Wochen sonderbare Dinge in meinem Leben passiert sind und ...«

»Hast du meinen Brief bekommen?«, unterbrach Marcia ihn.

Frédéric hob den Blick. »Nein ... nein, welchen Brief?«

»Du hättest ihn um den 10. herum bekommen müssen.«

Jener Brief, der an dem Tag, als Pétronille den Sisley entgegengenommen hatte, unbemerkt von der Konsole gefallen und im Müllbeutel gelandet war.

»Nein. Warum hast du mir einen Brief geschrieben?«

»Um dir mitzuteilen, dass das Kind von dir ist und ...«

»Marcia«, unterbrach er sie. »Ich habe nachgedacht, und ich würde mir wünschen, wenn wir beide es noch einmal versuchen könnten. Ich war auf dem Pont des Arts und habe unser Schloss gesehen. Erinnerst du dich? Vielleicht haben wir beide doch noch eine Chance. Ich weiß nicht, ob ich ein guter Vater sein werde, aber ich werde es mit deiner Hilfe versuchen. Marcia ...«

»Lass mich ausreden ...«

»In letzter Zeit sind viele Dinge passiert. Es ist zu kompliziert, dir das alles zu erklären. Jedenfalls wollte ich dir sagen, dass du und ich ...«

»Lass mich ausreden!«, forderte Marcia ihn nun mit erhobener Stimme auf.

Frédéric verstummte und starrte sie an. In ihren Gesten lag eine neue Kraft, eine innere Reife, die er nicht kannte.

»Ich habe in dem Brief geschrieben, dass das Kind von dir ist und dass ich es alleine großziehen werde. Ich möchte nur, dass dein Name auf der Geburtsurkunde steht. Anschließend wirst du nichts mehr von uns hören. Ich verlange nichts von dir.«

Frédéric war erschüttert.

»Marcia, ich habe doch gesagt, dass ich es gerne noch einmal versuchen würde ...«

»Versuchen?«, erwiderte Marcia ärgerlich. »Wie lange sollen wir es denn versuchen? Du und ich, Frédéric, wir können alles versuchen, was wir wollen, uns nächtelang lieben und uns am Tag wieder trennen, immer wieder aufs Neue. Und das wäre auch nicht weiter tragisch. Aber er hier will keinen Typen, der es versucht. Er will einen Vater. Und das nicht nur an den Tagen, an denen es gerade passt. Er will einen Vater für immer. Und dieser Vater, Frédéric, wirst nicht du sein. Es wird ein anderer sein, der Geduld hat, ein anderer, der uns den Platz in seinem Leben einräumt, den wir brauchen. Ein anderer, der nicht nur für einen, nicht nur für zwei, sondern für drei und noch mehr genug Liebe hat.«

»Und wie lange wird dieser andere da sein, Marcia? Ein Jahr, zwei Jahre? Er beteuert, es sei für immer, und dann verlässt er euch doch, weil das Leben nun mal so ist, oder nicht? Ich verspreche dir, dass ich es ehrlich versuchen werde, dass ich es mit aller Kraft versuchen werde, weil du es bist. Ich verspreche dir, dass ich euch alles geben werde, was ich habe, aber ich will dir nichts versprechen, was es nicht gibt! Und ›für immer‹ gibt es nicht!«, entgegnete Frédéric, und ihm wurde bewusst, dass er laut geworden war.

»Ich möchte aber daran glauben«, sagte sie sanft. »Und mein Baby möchte es auch.«

Frédéric wollte etwas entgegnen, doch Marcia hatte sich bereits umgedreht und ging in einen anderen Raum ihrer Wohnung. Verstört blieb er in dem großen Wohnzimmer zurück. Das Herz sank ihm bis auf seine ungeputzten Schuhe. Er fühlte sich erbärmlich. Frédéric warf einen flüchtigen Blick in das Kinderzimmer und dachte, dass dieses Baby geliebt werden würde von seiner Mama, von diesem Plüscheisbären und von einem anderen Papa. Warum war nicht er es? Er stellte sich vor, wie er abends von der Arbeit nach Hause kam, seine blank polierten Schuhe auszog und diese Frau küsste, die er von ganzem Herzen liebte. Dann würde er in Socken auf Zehenspitzen in das blaue Zimmer schleichen, seinen schlafenden Sohn auf die Wange küssen und dessen Namen murmeln. Innerlich wäre er vollkommen ruhig, und sein Leben hätte einen Sinn. Wie würde sein Sohn heißen? Würde jener andere Mann den Namen aussuchen? Würde jener andere Mann dieses Leben führen? Frédéric wünschte sich sehnlich, für immer zu bleiben. Dieses »für immer«, das es nicht gab, würde er für sie und für sich erfinden und alles vernichten, was sich zwischen sie und dieses »für immer« stellte. Der Zimtduft stieg ihm wieder in die Nase. Marcia stand vor ihm. Behutsam legte sie zwei kleine Schlüssel in seine Hände. Es waren die Schlüssel zu dem Schloss, das am Pont des Arts hing.

»Wenn du an der Brücke vorbeikommst, kannst du das Schloss abnehmen«, sagte sie leise.

Frédéric schaute sie an und sah in ihren Augen diese neue Entschlossenheit, doch dieses Mal war auch Traurigkeit in ihnen zu lesen. Er nahm die Schlüssel entgegen und spürte die Kälte des Metalls. Es war dieselbe Kälte wie die des schwarzen Asphalts auf der Straße, dieselbe Kälte wie die der Winternächte, dieselbe Kälte wie die der schmutzigen Bank, auf der er ein paar Stunden später mit geballten Fäusten saß.

50

Eine Minute nach 19 Uhr klingelte Jamel an Dorothées Tür. Er war nervös und hielt einen riesigen Strauß exotischer Blumen in der Hand. Vielleicht hätte er doch einen kleineren nehmen sollen. Er hatte sich wahnsinnig über die SMS von Pétronille gefreut, mit der sie ihn zu dem Fest einlud. Er beruhigte sich damit, dass seine unbändige Freude wie auch der übergroße Blumenstrauß womöglich niemandem auffallen würden. Hinter der Tür vernahm er laute Stimmen und fröhliches Gelächter.

Ein gut gelaunter Mann in den Dreißigern, der ein bisschen wie ein übrig gebliebener Hippie wirkte, riss die Tür auf. Er hatte ebenso lockiges Haar wie Pétronille und schnitt eine Grimasse.

»Hilfe! Ein gigantischer Blumenstrauß hat einen unserer Gäste verschlungen!«

Mit diesen Worten erhob er die Hände in einer komisch klagenden Gebärde und ging wieder davon. Ein kleines Mädchen, das am Ende des Korridors stand, begann zu lachen. »Pétronille, da ist jemand für dich«, rief der Hippie und nahm das kleine Mädchen auf den Arm.

»Nini ist noch mit der Torte beschäftigt. Juuules!«, schrie Dorothée.

Ein anderer Mann, der wiederum wie ein Yuppie aussah, eilte Jamel zu Hilfe und bat ihn herein. Er war größer und dünner und ebenfalls in den Dreißigern.

»Sie müssen Jamel sein. Verzeihen Sie, mein Bruder Ulysse spielt gerne mal den Clown ... Jules.« Er reichte Jamel die Hand.

»Ich freue mich, Sie kennenzulernen. Es tut mir leid, aber meine Floristin hat einen *Blumenstrauß* mit einem *Amazonasdschungel im Maßstab 1:1* verwechselt. Haben Sie vielleicht eine Badewanne für die Blumen?«

»Die Badewanne ist schon belegt. Sie dient als Garderobe.« Jules lächelte und führte ihn durch die Wohnung. »Kommen Sie ... Was halten Sie davon, wenn wir uns duzen?«

»Das wäre mir lieber. Außerdem spart man Silben. «

»Und heutzutage kann man gar nicht genug sparen«, erwiderte Jules.

Jamel verstand sich auf Anhieb gut mit Jules, doch die vielen fremden Menschen schüchterten ihn ein. Er hatte seinen Mantel in die Badewanne gelegt, in der schon ein ganzer Haufen anderer Kleidungsstücke lag. Jetzt musste er ins Wohnzimmer zurück, in dem fröhliches Chaos herrschte. So wie es aussah, hielten sich dort rund 15 Verwandte von Pétronille auf, die nur darauf warteten, ihn unter die Lupe zu nehmen. Und dabei hatte er Pétronille erst gestern kennengelernt.

»Ich habe gehört, es ist eine Überraschungsparty für eure Eltern?«

»Ihr 40. Hochzeitstag. Ein Teil der Familie ist schon zum Weihnachtsfest angereist, und da dachten wir uns ...

Na ja, *wir* stimmt nicht ganz. Größtenteils haben Pétronille und Dorothée das Fest organisiert. Wir Männer machen nur das, was man uns sagt, und gehen ansonsten in Deckung.«

»*Unter gar keinen Umständen* Eigeninitiative entwickeln«, fügte Ulysse hinzu. »Nicht einmal unter Drohungen.«

»Und wann kommen eure Eltern?«

»Um acht Uhr«, sagte Ulysse. »Mist, in einer knappen Stunde.«

Die beiden Brüder stellten ihm die Familie vor.

Als Erstes Dorothée, die den anderen Anweisungen erteilte und tausend Dinge auf einmal zu erledigen schien. Sie drückte Jamel schnell die Hand, ehe sie wieder in die Küche eilte.

»Falls sie nicht früher kommen! Falls sie nicht früher kommen!«, rief sie.

Das kleine Mädchen hieß Mimi. Sie war die Tochter aus erster Ehe von Silvia, der venezolanischen Verlobten von Ulysse. Silvia versuchte zu verstehen, was Mamie (die Großmutter mütterlicherseits) zu ihr sagte, die zwar kaum noch gehen, dafür aber wie ein Wasserfall reden konnte. Papy (der Großvater mütterlicherseits) war ebenfalls in einen Sessel gesetzt worden und erteilte Georges (Papas bestem Freund) Anweisungen. Dieser schob den Christbaum ein Stück zur Seite, um Platz für die Stühle zu schaffen, die Michel und Dominique (Bruder und Schwägerin ihrer Mutter) brachten. Romain (Dorothées Mann), der seine Frau ebenso inständig wie vergeblich gebeten hatte, sich nicht zu überanstrengen, zog sich schließlich unter dem

Vorwand, den Klang der musikalischen Untermalung an seinem Computer richtig einstellen zu müssen, resigniert ins Arbeitszimmer zurück. An einem Ende des großen, hübsch gedeckten Tisches, der sich über die ganze Länge des Wohnzimmers erstreckte, legte Nana (die verwitwete Großmutter väterlicherseits) bestickte Servietten neben die Gedecke. Ihre hohe Stimme hallte durch den Raum, als sie sich dabei mit Kathy (Mamas bester Freundin und Georges' Ehefrau) unterhielt. Diese wusste nicht, wohin sie die kleinen Schälchen mit den Snacks stellen sollte, die zum Aperitif gereicht wurden.

Die Küche war im Augenblick absolutes Sperrgebiet. Dorothée half Pétronille bei der Fertigstellung ihrer Hochzeitstorte aus 80 Windbeuteln mit dreierlei verschiedenen Füllungen, die mit Krokant zusammengeklebt wurden.

»Pétronille hat mir erzählt, dass du ... hm ... beruflich mit Schatzkarten zu tun hast«, sagte Jules zu Jamel. »Ein eher seltener Beruf.«

»Ja, stimmt, man könnte sagen, ich habe eine Marktlücke entdeckt«, entgegnete er lächelnd.

Die beiden Brüder bestanden darauf, mehr darüber zu erfahren. Jamel erzählte von seiner Ausbildung zum Krankenpfleger, von seinem Interesse an der persönlichen Entwicklung der Patienten und den Kursen, die er im Krankenhaus gab. Mamie spitzte die Ohren, denn mit Krankenhäusern kannte sie sich aus. Jamel erklärte, dass an seinen Kursen Jugendliche wie auch ältere Patienten teilnahmen und dass er in seiner jungen Karriere schon Hunderte von Schatzkarten gesehen habe. Es sei ein Privileg, wenn die Patienten ihn in ihre Träume vom großen

Glück einweihten. Er liebe seine Arbeit, weil er noch nie zwei Schatzkarten gesehen habe, die einander glichen.

»Und das funktioniert? Gibt es ein *Happy End* bei diesen Schatzkarten, oder ist das reiner Zeitvertreib?«, fragte Jules.

»Es funktioniert«, erwiderte Jamel.

»Und was ist das Geheimnis?«, fragte Silvia.

»Man muss daran glauben. Das ist alles«, erklärte Jamel ihr.

»Dorothée!«, brüllte Ulysse. »Jamel bekommt keine Snacks zum Aperitif, bevor er uns nicht die volle Wahrheit erzählt hat. Wir wollen das *wahre* Geheimnis erfahren.«

Jamel war sich darüber im Klaren, dass ihm der Großteil der Familie zuhörte.

»Okay, angesichts der Drohung, keine Snacks zu bekommen, verrate ich euch das Geheimnis ... Die wissenschaftliche Erklärung lautet, dass uns bei jeder Entscheidung, die wir bewusst oder unbewusst treffen, ungeachtet von Alter, Rasse oder Sozialversicherungsnummer, unsere Suche nach dem Glück leitet. Was Glück auf der untersten Ebene ausmacht, ist schnell erklärt: ein Dach über dem Kopf, genug zu essen für uns und unsere Familie und Schutz vor den Angriffen der Nachbarn. Nun gehören wir aber zu den Privilegierten der Welt und haben all das. Und da wird es schon schwieriger. Wir suchen noch immer nach dem Glück und wollen es um jeden Preis, aber letztendlich wissen wir gar nicht, wie Glück aussieht. Also machen wir es so, wie es alle machen. Wir suchen einen lukrativen Job, ein großes Haus und ein schönes Auto. Da das alle Leute anstreben, wird es schon richtig sein. Jeden

Monat begeben wir uns zurück auf Los, ziehen unsere 200 ein und drehen uns weiter im Kreis. So sind unsere Lebensumstände mit 45 Jahren zwar behaglich, aber unser Leben fühlt sich trotzdem irgendwie verkehrt und unpassend an.

Wenn man sich hingegen die Zeit nimmt, seine Schatzkarte anzufertigen ... Im Schutz der Kursgemeinschaft skizzieren alle ihr persönliches Glück. Nicht das Glück der Durands von nebenan, sondern ihr eigenes. Nach Maß geschneidert. Man geht mit einer schönen Collage nach Hause, die man in der Küche an den Kühlschrank hängen oder in der Schublade seines Nachttischs verstecken kann. Vielleicht vergisst man sie auch wieder, doch in unserem Kopf ist die Collage gespeichert. Und jedes Mal wenn wir eine Entscheidung treffen müssen, orientiert sich das Gehirn, das auf die Verfolgung des Glücks programmiert ist, an dem Bild, das am Kühlschrank hängt. Wenn uns die Motivation beflügelt, unser maßgeschneidertes Glück zu realisieren, wird auch der Wunsch verblassen, sich ein schöneres Auto als das der Durands leisten zu können. Die Schatzkarte gibt dem Gehirn eine Richtung vor, und nun ist es darauf programmiert, diese Richtung einzuschlagen. Und genau das geschieht auch. Eines Tages wacht man auf, und die Träume der Schatzkarte sind Wirklichkeit geworden. Das ist alles. Ich füge immer gerne hinzu, dass man daran glauben muss. Denn für meine Patienten ist der Glaube ... lebenswichtig.«

Alle waren verstummt, sogar Mamie, deren Mundwerk normalerweise niemals stillstand.

»Was würdest du auf deine Schatzkarte kleben, Mamie?«, fragte Ulysse sie.

»Ach, mein Lieber. Euch alle!«

»Okay«, rief Ulysse an die Runde. »Also machen wir ein Foto für Mamies Schatzkarte.«

Alle lachten und schrien durcheinander, als plötzlich jemand laut fluchte. Es war Pétronille, und keine Sekunde später tauchte Dorothée auf.

»Sie hat sich schon wieder an der Karamellmasse verbrannt!«, rief sie.

»Ein medizinischer Notfall. Lassen Sie bitte den Sanitäter durch!«, sagte Jamel und humpelte auf die Küche zu.

Pétronille errötete leicht, als sie Jamel erblickte, oder vielleicht war es auch die kochende Karamellmasse, die ihre Wangen erhitzte. Dorothée brachte ein Pflaster, und Jamel klebte es auf Pétronilles Hand. Er hörte das Tuscheln hinter seinem Rücken, aber das störte ihn nicht, denn er fühlte sich wohl in dieser Familie. Sie knipsten das Foto für Mamie, halfen Pétronille, die Hochzeitstorte zu vollenden, und sprachen über Schatzkarten. Schließlich klingelte es. Ein unglaubliches Chaos brach aus, als sich alle versteckten und *pst, pst* flüsterten. Sie hörten, wie Dorothée die Tür öffnete und sich bemühte, ihre Eltern möglichst unbekümmert zu begrüßen. Küsschen im Flur. »Der Verkehr auf der Ringautobahn wird immer schlimmer. Dein Vater hat natürlich wieder darauf bestanden, die Ausfahrt Porte des Lilas zu nehmen. Was soll man dazu sagen!« Ein paar Schritte Richtung Wohnzimmer, dann »ÜBERRASCHUNG!« und ein unglaublicher Ausbruch von Freude und Lärm.

Jamels Herz klopfte zum Zerspringen, als inmitten dieser ganz gewöhnlichen Familie sein Blick den von Pétronille traf. Mittlerweile hatte sie die Backschürze ausgezogen und die Spange aus dem Haar genommen, sodass es ihr nun bis auf die Schultern fiel. Sie trug ein blaues Kleid und sah beeindruckend aus.

51

Frédéric saß noch immer auf der Parkbank und schaute auf die Seine. Er fror, doch ihm fehlte der Mut, nach Hause zu gehen. Alles in seinem Leben schien für einen anderen bestimmt zu sein: die Frau, die er liebte; seine Karriere, sein Sisley, seine Wohnung. Morgen würde er ins Musée d'Orsay gehen, das den Schlusspunkt dieser seltsamen Reise markierte. Frédéric konnte an nichts anderes mehr denken. Geister flogen um ihn herum, Wörter aus fremden Sprachen dröhnten in seinen Ohren, und der Himmel über Paris war mit Zeichnungen von Fabrice Nile übersät. Gespenstische Wesen riefen ihn zu dem Treffen morgen, und als er an den Museumsbesuch dachte, spukten ihm die abenteuerlichsten Geschichten durch den Kopf.

Plötzlich stieg Frédéric ein seltsamer Geruch in die Nase. Ein Obdachloser hatte sich ans andere Ende der Bank gesetzt. Er war um die fünfzig, aber wer wusste das schon so genau bei diesen Männern, deren Gesichter hinter dicken Bärten versteckt waren. Er trug drei oder vier Jacken übereinander und schlürfte Suppe aus einem Styroporbecher. Frédéric wollte schon gehen, doch er konnte seinen Blick nicht von der Seine losreißen. Er würde die Gelegenheit nutzen und noch ein letztes Mal versuchen, etwas über

Fabrice Nile herauszubekommen. Er wandte sich dem Obdachlosen zu:

»Verzeihen Sie die Frage. Kennen Sie vielleicht einen gewissen Fabrice Nile?«

»Warum sollte ich den kennen?«

»Nun, wie soll ich sagen ... Er hat auch oft auf öffentlichen Bänken gesessen, und da dachte ich, dass Sie möglicherweise ...«

»Wie war der Name?«

»Fabrice Nile.«

»Nein, sagt mir nichts. Fabrice Nile. Kenn ich nicht. FabriceNileFabriceNileFabriceNile ... Aus Paris?«

»Das weiß ich nicht ... Ach, egal, ist nicht weiter schlimm. Verzeihen Sie die Störung. Schönen Abend noch.«

Frédéric stand auf, aber der andere wollte sich die Gelegenheit zu einem Schwätzchen nicht entgehen lassen, um sich von der Kälte abzulenken.

»Warten Sie, wir fragen Luigi, der kennt hier jeden.« Der Obdachlose stand ebenfalls auf, trat an den Rand der Uferpromenade und rief hinunter: »Luigi! Eh, Luigi!«

Kurz darauf hörten sie unter der Brücke ein Knurren.

»Eh, Luigi! Hast du schon mal was von einem Fabrice Nile gehört?«, brüllte der Obdachlose. Seine Stimme hallte am ganzen Ufer wider. Niemand antwortete ihm.

»Er ist stocktaub«, sagte der Obdachlose. »Wir müssen zu ihm runtergehen. Kommen Sie, Luigi wird Sie schon nicht fressen. Er kennt hier wirklich jeden.«

Zögernd folgte Frédéric dem Obdachlosen die Treppe zum Ufer hinunter. Er verspürte wenig Lust, sich unter einer Brücke herumzudrücken. Kaum waren sie unten angekommen, da streckte Luigi den Kopf aus einem kleinen Zelt.

»Was brüllst du denn so, Jean-Pierre?« Luigi, ein kleiner stämmiger Typ mit hellen Augen, hatte sein zerzaustes Haar im Nacken zusammengebunden. Eine lange Narbe zog sich von einem Ohr bis zum Kinn.

»Komm mal raus da, Luigi. Dieser Herr will mit dir sprechen. Nicht, dass er sich seinen schönen Mantel schmutzig macht. Also, du kennst doch jeden in Paris, stimmt's?«

»Klar doch«, sagte Luigi mit südeuropäischem Akzent. »Alle Kater, alle Ganoven und alle Streithähne, die sich draußen herumtreiben, kommen zu Luigi. Wie hieß der Mann, für den Sie sich interessieren?«

»Fabrice Nile«, sagte Frédéric.

»Fabrice Nile.« Luigi schaute zu den Sternen hoch. »Dieser Automechaniker, der sich für Picasso hielt? Der immer auf seinem Block herumgekritzelt hat?«

»Genau den meine ich«, sagte Frédéric, der wie gebannt zugehört hatte. Abgesehen von Jamel, den er verdächtigte, ihm nicht alles gesagt zu haben, was er wusste, traf er zum ersten Mal jemanden, der Fabrice Nile gekannt hatte. Und in diesem Fall konnte das wirklich nur Zufall sein. Niemand ahnte, dass er heute Abend auf dieser Bank sitzen würde.

»Würden Sie mir erzählen, was Sie über ihn wissen?«, bat Frédéric ihn.

»Kann ich machen. Wird ihn ja kaum stören, wenn ich über ihn spreche. Der arme Kerl ist nämlich vor einem Monat gestorben. Er war schwer in Ordnung. Und er hatte Glück, hat in Pontoise ein gemütliches Plätzchen gefunden. In dem Krankenhaus hat er wie im Urlaub gelebt und da jede Menge neuer Freunde kennengelernt. Aber er hat immer mal wieder hier vorbeigeschaut, um uns zu besuchen.«

»Erinnern Sie sich an seine Freunde?«

»Am besten erinnere ich mich an einen großen Schwarzen mit einem ziemlich kräftigen Organ. Und an einen Araber, der gehinkt hat. Dann war da noch ein etwas älterer Mann, der so hieß wie dieser Philosoph, der Komödiant geworden sein soll, wissen Sie, wen ich meine? Hippolyte ... nein ... Vergil ... nein ... Alkestis?«

»Ernest«, sagte Frédéric.

»Genau, Ernest hieß er. Aber auch ein ulkiger Name, oder?«

»Wie alt war dieser Ernest?«

»Ende sechzig. Ich erinnere mich an ihn. Er ...«

»Wissen Sie, ob diese Leute in krumme Geschäfte verwickelt waren?«, unterbrach Frédéric ihn barsch.

Luigi warf ihm einen raschen Seitenblick zu.

»Und wen interessiert das? Luigi ist kein Spitzel.«

»Ich bin nicht von der Polizei. Diese Freunde versuchen mir etwas unterzujubeln, und ich will wissen, ob die Sache sauber ist. Womit haben sie gehandelt?«

»Womit sollen sie schon gehandelt haben?«

»Mit Gemälden zum Beispiel.«

Luigi verzog das Gesicht.

»Schwarzhandel mit Gemälden großer Meister.«

»Nee, nee«, sagte der Obdachlose. »Fabrice war nicht der Typ für Schwarzhandel. Jedenfalls nicht mit so dicken

Dingern. Wenn ich es recht bedenke, eher mit leichteren Sachen. Nun ...«

Er begann zu lachen.

»Warum lachen Sie?«

»Jetzt wo wir darüber sprechen, fällt mir wieder etwas ein. Sie haben tatsächlich von Schwarzhandel gesprochen ... mit Keksen. Mit Pépitos. Der Schwarze und der Araber haben sich um die kranken Kinder in der Klinik in Pontoise gekümmert und dort Pépitos verteilt, weil sie fanden, die Kantine da wäre nicht gerade der Renner.«

»Für Schwarzhandel mit Pépitos wird man nicht eingebuchtet«, meinte Jean-Pierre.

»Eines steht fest: Von Niles Freunden hat keiner auch nur einen einzigen Tag gesessen. Das sind alles richtige Saubermänner. Schwarzhandel mit Gemälden großer Meister, das scheint mir für diese Truppe wirklich eine Nummer zu groß zu sein.«

Frédéric hatte genug gehört. »Danke«, sagte er und suchte einen Geldschein in seiner Tasche. »Für die Informationen.« Er reichte Luigi einen Zehneuroschein.

»Nee, nee, ich bin nicht käuflich. Damit das klar ist, Luigi ist kein Spitzel.«

»Ich nehme das Geld«, mischte Jean-Pierre sich ein. »Für die Miete meiner Bank. Im 7. Arrondissement kostet das was. Wenn wir Ihnen helfen konnten ... Ich habe Ihnen ja gesagt, wir hier auf der Straße sind alle eine große Familie, und Luigi ist unser Sprecher. Ah, da kommen die Rothäute ...«

Ehrenamtliche junge Mitarbeiter des Roten Kreuzes stiegen die Treppe hinunter. In kalten Nächten suchten sie die bekannten Schlafplätze der Obdachlosen auf, um sie zu überreden, ihnen in eine Unterkunft zu folgen. Jetzt hatten die beiden Männer neue Gesprächspartner. Frédéric verabschiedete sich von Jean-Pierre und Luigi und ging in Richtung des Pont des Arts davon.

»Frohe Weihnachten, Kumpel!«, riefen sie ihm hinterher. Frédéric wandte sich zu ihnen um und winkte.

Die Hände in den Taschen vergraben, lief Frédéric die Uferpromenade hinunter. Immer wieder strich er nervös über die Schlüssel des Vorhängeschlosses, die Marcia ihm gegeben hatte. Stärker als seine Schritte trieben ihn seine Gedanken dem Ziel entgegen. Das war also das Geheimnis. Natürlich war sein Vater auch in die Sache verwickelt. Und natürlich gab es gar kein Gemälde. Es war eine Falle, und er war ihnen auf den Leim gegangen. Frédéric hatte es von Anfang an vermutet, doch er hatte sich von den Gemälden blenden lassen. Monets Genie, Sisleys Gestalten und seine unerklärliche Begeisterung für Winterlandschaften. Das war seine Achillesferse, und diese Bande rund um Fabrice Nile wusste es. Dieser Vater, der so geschickt darin war, andere davon zu überzeugen, er hätte niemals im Gefängnis gesessen, hatte ihn hereingelegt. Natürlich hatte er im Gefängnis gesessen. Doch war er sich da ganz sicher? Frédéric spürte wieder Angst in sich aufsteigen, die Angst vor dem morgigen Tag, an dem seine Gewissheiten vielleicht keine Gültigkeit mehr hätten. Dieser Fabrice Nile, der so viel Unheil in seinem Leben angerichtet hatte. Wenn er nur daran dachte, was er noch alles verlieren würde. Frédéric war auf dem Pont des Arts angekommen.

Ohne lange suchen zu müssen, fand er das Vorhänge-schloss und nahm es ab. Dann warf er die Schlüssel und das Schloss mit aller Kraft und aus tiefster Seele in den ei-sigen Fluss, der unter der Brücke hindurchfloss.

Seine Wangen waren gerötet, und das Herz klopfte laut in seiner Brust. Frédéric hatte das Vorhängeschloss in der Seine untergehen sehen, und nun beruhigte eine wohlige Brise seine Gedanken. Er war frei. Er dachte wieder an den verschneiten Papierkorb im Jardin de Bagatelle. Wenn er die Schachtel in den Papierkorb geworfen hätte, wäre er der Alte geblieben und jetzt viel glücklicher. All die Fremden, die ihm zuflüsterten, er solle sein Leben ändern, wären ihm nicht begegnet. Es hätte keine Geisterbahnen und keine Gärten gegeben, in denen es spukte. Und plötzlich sah Frédéric die Lösung klar vor Augen: Er würde das Musée d'Orsay nicht besuchen. Er konnte frei über seine Zeit ver-fügen. 32 Jahre lang hatte er seinen Vater in einem fernen Winkel seiner Seele vergraben. Auch das lag in seinem ei-genen Ermessen. Er wollte ihn nicht kennenlernen und ge-nauso wenig die Leute, die ihn kannten. Frédéric strebte kein familiäres Verhältnis zu seinem Vater an und wollte auch sonst ungebunden sein. Er wollte nach seinen Vorstel-lungen leben, in sein Leben hineinschlüpfen wie in seine Anzüge aus feinem Tuch, die ihm so gut standen. Er wür-de wieder Frédéric Solis werden, der hervorragende Rechts-anwalt und begeisterte Kunstsammler, ohne Vater und oh-ne Sohn, Herausgeber seiner persönlichen Wahrheit und Architekt seines Lebens.

Eine Stunde später stand Frédéric in der eisigen Win-ternacht am Fenster seiner Wohnung und verbrannte in einem Metalleimer die Fahrscheine und Eintrittskarten von Fabrice Nile und den Brief des Notars. Während die Asche der Reise, zu der er widerwillig aufgebrochen war, über den Dächern von Paris durch die Luft wirbelte, erhielt Jamel eine SMS.

Ich gehe morgen nicht ins Musée d'Orsay. Bitte ruf mich nicht mehr an. Frédéric Solis.

52

Bereits um acht Uhr morgens saß Jamel an Ernests Bett.
Er hatte mit dem Arzt gesprochen, der allmählich mit
seinem Latein am Ende war. Ernest lebte schon viel länger mit seiner schweren Krebserkrankung, als die Ärzte
es prognostiziert hatten. Jetzt konnten sie nichts mehr
für ihn tun. Man musste abwarten. Beten, dass ein Wunder geschah. Wieder warten. So tun, als wäre alles in
Ordnung. Weiterleben wie bisher.

Jamel musterte Ernest. Er hatte eingefallene Wangen
und müde Augen, aber dennoch lächelte er. Jamel fragte
sich, ob er ihm von seinem gescheiterten Plan mit Frédéric
erzählen und ihm sagen sollte, dass es keine Chance mehr
gab. Doch wozu sollte das gut sein? Warum sollte er Ernest noch mehr Leid aufbürden? Die falschen Hoffnungen
hatten letzten Endes auch ihre guten Seiten. Letzten Endes. Ja, es ging dem Ende entgegen.

»Stimmt es, dass er Vater wird?«, fragte Ernest.

Jamel antwortete ihm nicht sofort. Es hatte keinen
Sinn so zu tun, als ob er nicht wüsste, wovon Ernest
sprach. Er nickte.

»Stell dir vor, Jamel, ich werde Großvater. Großvater,
ich ...«

Einen kurzen Moment herrschte Schweigen. Ernest schaute auf seinen violett verfärbten Arm.

»Du hast ihn gesehen, nicht wahr?«, murmelte er.

»Ja.«

»Geht es ihm gut? Ist er glücklich?«

»Ja, ich glaube schon.«

»Gut.«

»Ich werde ihn nicht wiedersehen«, sagte Jamel.

»Ah, verstehe.«

Ein Schatten huschte über Ernests Gesicht, und Jamel sah ihm an, wie aufgewühlt er war.

»Ich hätte mich so sehr gefreut, wenn du ihn getroffen hättest, aber ...«, hörte Jamel sich entgegen allen Vorsätzen sagen.

»Weißt du, Jamel«, entgegnete Ernest und ergriff die Hand des jungen Mannes, »das Leben ist ein zartes empfindliches Ding. Manchmal zieht man an einem Faden, und alles löst sich auf. Auch Frédéric musste schwere Entscheidungen treffen. Jeder geht seinen eigenen Weg.« Er senkte den Kopf, als wollte er sagen, dass sein Weg nun zu Ende war.

Jamel hätte ihm gerne gesagt, dass Frédéric unrecht mit seiner Entscheidung hatte, dass er ihn verabscheute, weil er sich der Realität verschloss, und dass es unfair war. Er hatte ihn auf jene ungewöhnliche Reise geschickt, um einen Bruder zu haben, aber auch, um Ernest seinen Sohn zurückzugeben. Er wollte ihm sagen, dass er furchtbare Angst vor der Einsamkeit hatte und sein ganzes Vermögen dafür geben würde, seinen Weg noch einmal zu kreuzen. Doch an diesem Morgen fiel es Jamel schwer auszusprechen, was er sagen wollte. Jedes Mal, wenn er Ernest anschaute, schnürte es ihm die Kehle zu.

Ernest gab Jamel einen Wink, ihm sein Fotoalbum zu reichen.

»Erinnerst du dich an Fabrice' Schatzkarte?«

Er nahm das Foto heraus, das auch in der Kantine an der Wand hing: Fabrice, der seine Zeichnung mit einem strahlenden Lächeln stolz in die Kamera hielt.

»Ja, ich habe sie Frédéric gegeben.«

»Ich weiß.«

»Woher weißt du das?«

Ernest winkte ab, als wollte er sagen, dass es nicht von Belang sei.

»Warum hast du sie ihm gegeben?«, fragte Ernest.

»Weil ... weil ich nicht wollte, dass Fabrice' Träume verloren gehen. Ich fand alles schön, was er sich wünschte. Es war nicht viel, aber auf der Schatzkarte sieht man auf einen Blick das Ganze. Das Wesentliche. Frédéric, der alles hat, hätte vielleicht Platz für diese Träume schaffen können. Und er hätte dich ...«

»Wo siehst du Träume, Jamel?«, unterbrach Ernest ihn.

Jamel verstand die Frage nicht. Er zeigte auf das Foto.

»Überall. Das war seine Schatzkarte.«

Ernest lächelte.

»Schau genau hin. Das Auto, das er gezeichnet hat. Das ist nicht der richtige Wagen, sondern das kleine Modellauto, das Maurice ihm geschenkt hat. Die Margeriten, die in der Kantine stehen. Die Frau in dem herzförmigen Bilderrahmen. Das ist der Rahmen, den Maurice immer bei sich trägt. Gilles' Wahrheit, die Toleranz, die unser Credo war, und der Garten am Beginn aller Geschichten. Diese Spielkarten, erinnerst du dich, dass Fabrice immer auslegen konnte, wenn wir Rommee gespielt haben? Oder vielleicht sind Bertrand, Gilles und Maurice letztendlich auch unsere Könige. Und der Joker, der größte Fantast und Träumer, das warst immer du. Das sind wir alle auf dieser Schatzkarte, Jamel. Das ist das Krankenhaus. Das auf der Schatzkarte ist seine Gegenwart. Fabrice hatte aufgehört, seine Träume zu zeichnen. Er hatte Frieden mit dem Leben geschlossen und Frieden mit seinen Sehnsüchten und auch mit seinen Träumen. Und auch ich habe Frieden geschlossen, Jamel.«

Die Blicke der beiden Männer trafen sich, und Jamel musste sich sehr zusammennehmen. Seine Augen wollten keine Tränen vergießen, und sein Herz wehrte sich gegen den Abschied. Nicht jetzt. Und nicht solange ein Sohn glaubte, sein Vater – das Beste, was einem passieren konnte – sei ein Taugenichts.

Während Ernest auf den Schnee draußen starrte, sah Jamel eine letzte Chance. Die allerletzte.

53

Pétronille war wieder zu Hause und saß im Schlafanzug vor dem Computer. Vor 20 Minuten hatte sie mit Jamel gesprochen und anschließend Dorothée um Rat gefragt. Sie hatte nach Jamels Diktat eine Mail an Frédéric geschrieben und musste jetzt nur noch auf »Senden« klicken, doch sie zögerte. Sollte sie es wirklich tun? War es richtig, Schicksal zu spielen? Jamel hatte sie nicht unter Druck gesetzt, sondern klar und deutlich gesagt, sie solle es nur tun, wenn sie überzeugt sei, dass sie es später nicht bereuen würde. Er versicherte ihr, in der Mail stünden keine Lügen. Sie glaubte ihm, aber ... Der Cursor huschte kurz über den Button, ohne dass sie ihn anklickte. Pétronille las die Mail zum 20. Mal durch.

Lieber Frédéric,

ich schreibe Ihnen, weil ich im Besitz von Informationen über Fabrice Nile bin. Sie kommen etwas spät, aber vielleicht sind sie Ihnen dennoch von Nutzen.

Obwohl Fabrice Nile bei der Sozialversicherung als Obdachloser geführt wurde, hat er offenbar zwischen 1995 und 2012 mit Unterbrechungen in der Villa de Saxe 25, Paris 75007, gewohnt. Interessant ist, dass auch ein gewisser Simon

Offenbach dort gewohnt hat. Monsieur Offenbach, ein Ame-
rikaner, erscheint auf vielen Webseiten als einer der ersten
Förderer der Monet-Stiftung in Giverny. Seine Familie in
New York besaß bis in die Vierzigerjahre mehrere Gemälde
des Malers. Es sieht so aus, als hätten Monsieur Nile und
Monsieur Offenbach von 1995 bis 2001 (Todesjahr von Mon-
sieur Offenbach) zusammengewohnt. Ich habe es überprüft.
Es handelt sich um eine einzige Wohnung in einem Stadtpa-
lais und nicht um zwei getrennte Wohnungen. Sie finden als
Anlage eine Rechnung auf den Namen Fabrice Nile und meh-
rere Artikel über Simon Offenbach.

Ich möchte mich noch einmal für das hervorragende Zeug-
nis bedanken, das Sie mir freundlicherweise ausgestellt haben,
und wünsche Ihnen alles Gute.
Herzliche Grüße
Pétronille

Pétronille wartete noch einen Moment. Sie lief durch die
Wohnung, schaute auf ihre Schatzkarte und klickte dann
auf »Senden«.

Auf der anderen Seite von Paris öffnete Frédéric seinen
E-Mail-Account. Die Adresse: Villa de Saxe 25, 75007 Paris, sprang ihm ins Auge. Das war die Adresse, an die er
den ungeöffneten Brief zurückgeschickt hatte, den sein Vater ihm vor 17 Jahren geschrieben hatte.

54

Jamel saß in seinem Wagen und war auf dem Weg zum
Musée d'Orsay. Er stand im Stau. Im Radio meldeten sie,
dass die Pariser Ringautobahn wegen des unaufhörlichen
Schneefalls verstopft war. Seit über hundert Jahren hatte es
nicht mehr so stark geschneit. Doch Jamel hörte gar nicht
hin. Er war mit seinen Gedanken bei Ernest. Ernest, den
die Schmerzen lähmten und der ihn ins Musée d'Orsay begleiten wollte, nachdem er erfahren hatte, dass Jamel trotz
des schlechten Wetters dorthin fahren würde. Natürlich
hatte er sich Ernests Wunsch widersetzt. Ernest war kaum
in der Lage, bis zu seiner Zimmertür zu gehen, und daher
stand ein Besuch des Musée d'Orsay nicht zur Diskussion.
Jamel fragte Gilles nach seiner Meinung, doch der fand, sie
sollten Ernest seinen Wunsch erfüllen. Es sei doch wohl
besser, im Musée d'Orsay zu sterben als in einem Kranken-
hausbett. Empört sprach Gilles über lebensverlängernde
Therapie um jeden Preis. Jamel biss die Zähne zusammen
und erklärte Gilles in aller Deutlichkeit, was er von seinem
Vorschlag hielt. In Wahrheit ging es ihm jedoch darum,
Ernest diese letzte Enttäuschung zu ersparen. Schließlich
wusste Jamel gar nicht, ob Frédéric überhaupt kommen
würde.

Besonders traurig stimmte ihn, was Ernest ihm an diesem Morgen gesagt hatte. Er hatte von Frieden gesprochen. Jamel spürte, dass es mit Ernest zu Ende ging. Heute war sein letzter Tag. Jamel versuchte mit aller Kraft, dieses Gefühl zu verdrängen. Doch es wollte ihm nicht gelingen.

55

Marcia Gärtener parkte ihr Coupé auf dem Parkplatz des Krankenhauses. Sie hatte Jamel versprochen, noch einmal über alles nachzudenken, und das hatte sie getan. Ernest Villiers war der Großvater ihres Kindes. Marcia erinnerte sich gut an ihre eigenen Großeltern und hielt ihr Andenken in Ehren. Heute würde sie Ernest mitteilen, dass er Großvater wurde. Das wollte sie umso mehr, nachdem sie von all dem Unrecht erfahren hatte, das der Mann in seinem Leben erleiden musste. Jamels Geschichte hatte sie tief berührt. Ihr Besuch würde dem todkranken Mann sicherlich Freude bereiten. Ja, es war richtig gewesen, nach Pontoise zu fahren. Wenn sie nur nicht seit dem Morgen diese Krämpfe im Unterleib gehabt hätte.

Kurz darauf stand Marcia an der Rezeption, und ein paar Minuten später klopfte sie an die Tür des Zimmers 312. Keine Reaktion. Sie klopfte noch einmal. Die Tür war einen Spalt geöffnet. Sie stieß sie auf und starrte auf das leere, ungemachte Bett. In dem Zimmer war niemand, aber die Sachen des Patienten lagen noch da. Jamel hatte gesagt, Ernest könne sein Bett nicht mehr verlassen und die Ärzte hätten die Therapien eingestellt. War Ernest Villiers ... gestorben?

Bei diesem Gedanken verkrampfte sich Marcias Magen. Ehe sie eine Krankenschwester nach Ernest fragen konnte, war es schon passiert. Sie schaute hinunter auf ihre Füße. Sie waren nass. Man hätte meinen können, jemand hätte einen Hahn geöffnet. Marcia verlor ihr Fruchtwasser.

56

Auf einem kleinen Abschnitt der Seine kann man, wenn man genau hinhört, sommers wie winters die heruntergeleierten Erklärungen der Reiseleiter der Touristenboote vernehmen. »... rechter Hand die Tuilerien, der größte und älteste Barockgarten von Paris. Und linker Hand, meine Damen und Herren ...« Hunderte Augenpaare wenden sich einem wunderschönen, imposanten, hellen Bauwerk zu, das mit bunten Fahnen geschmückt ist, die im Wind wehen. »... das Musée d'Orsay.«

Einige der Touristen auf den Ausflugsbooten legen hier einen Zwischenstopp ein. Sie steigen die Stufen am Ufer hinauf und gesellen sich zu den zahlreichen Neugierigen, die Schlange stehen, um sich die Kunstschätze anzusehen. Unter der riesigen Uhr, die die Fassade schmückt, sehen sie aus wie Ameisen.

Sobald die Besucher das Museum betreten haben, müssen ihre Augen sich zuerst an die ungeheuren Dimensionen gewöhnen. Die Haupthalle ist so gigantisch, dass sie den Gesetzen der Schwerkraft zu trotzen scheint. Ja, einst stieg man hier in Züge, und Schienen leiteten den Weg durch das Gebäude. Heutzutage leitet einen die Verzückung selbst, und man zehrt ein ganzes Leben von ihr. Man spaziert umher, wie es einem gefällt, und verirrt sich zwischen den Skulpturen, die die ganz Großen erschaffen haben. Und schließlich steigt man doch immer die Eisentreppe hinauf, um sich der großen Uhr zu nähern. Denn dort befindet sich das Gold von Orsay: die weltgrößte Sammlung impressionistischer Werke – ein magischer Ort.

Andere Museen der Welt besucht man, um etwas zu entdecken. Manchmal auch, um zu lernen. Das ist hier nicht der Fall. Hier findet man Bekanntes vor. Egal, woher man kommt, hier trifft man alte Freunde wieder. *Die kleine Ballerina* von Degas, das *Tanzvergnügen* von Renoir, das *Schlafzimmer in Arles* von Van Gogh. Es ist so, als hätten sie und wir gemeinsame Erinnerungen. Dieses Bild dort hing im Esszimmer von Onkel Paul, ehe er sein Haus verkauft hat. Das *Frühstück im Grünen* von Manet, die *Kathedralen* von Monet, der *Sommer* von Pissarro. Das Gemälde war im letzten Studienjahr auf meinem Terminkalender abgebildet. Der *Schnee in Louveciennes* von Sisley, die *Frauen aus Tahiti* von Gauguin, das *Stillleben mit Äpfeln und Orangen* von Cézanne. Dieses Bild mochte Mama besonders gern, erinnerst du dich? Man kann sie ruhig duzen, so gut kennt man sie und so froh ist man, sie hier als Originale wiederzusehen.

Wir spazieren umher, bahnen uns einen Weg durch die Menge der anderen Besucher hindurch und schauen uns die Bilder aus der Nähe an. Wir würden sie gerne berühren, als wollten wir dem Künstler die Hand schütteln. Da das aber verboten ist, machen wir ein Foto ohne Blitz.

Nicht selten lädt uns eines dieser bekannten Bilder ein, noch ein wenig zu verweilen. Ah, auch dieses Gemälde kennen wir. Wir haben es oft gesehen. Es ist ein kleines Bild, und es sieht so aus, als wollte es uns etwas zuflüstern. Wir verlangsamen unsere Schritte. Wir stellen uns vor das Bild und neigen ab und zu den Kopf zur Seite. Und mit einem Mal erfüllt uns innere Ruhe.

Einen kurzen Moment vergessen wir die Abfahrt des Touristenboots, die schmerzenden Füße und sogar die riesige Uhr, die über unseren Köpfen tickt. Aber alles geht vorüber, selbst diese herrlichen Augenblicke. Wir müssen aufbrechen, wenn wir den Rest von Paris noch sehen wollen. Und wenn wir wieder nach Hause zurückgekehrt sind, können wir sagen, dass das schönste Bild im Musée d'Orsay jenes kleine, blasse Gemälde mit den sanften Farben war. *Die Elster* von Claude Monet.

Die Elster von Monet sieht die Menschen vorübergehen. Sie bleiben stehen und gehen weiter. So ist es immer. Sie weiß wohl, dass alles vergeht.

An diesem Nachmittag war ein Mann da, der sie betrachtete und nicht weiterging. Auch er erinnerte sich an das Bild. Ja, er erinnerte sich sehr gut daran. Er ballte die Fäuste, und sein Herz klopfte zum Zerspringen. Dieser Mann war Frédéric Solis. Es war genau 14:00 Uhr, als er in dem Saal 29 auf der Ebene 5 ankam. Unter der *Elster* stand die Nummer: RF 1984 64.

57

Ein paar Schritte hinter dem Besucher, der das Gemälde so eingehend betrachtete, stand jemand, der im Schatten von Frédéric einen kleinen Jungen im Flanellpyjama erblickte. Jemand, den Freunde ins Museum begleitet hatten, weil es der einzige Ort auf der Welt war, an dem er jetzt sein wollte, ehe er seine Reise ohne Wiederkehr antrat. Er vergaß die starken Schmerzen seiner Krebserkrankung und ging auf den Mann zu, in dem er das Kind erkannte. Sein Kind.

58

Im Krankenhaus in Pontoise tasteten die Hebammen den
Bauch der schönen jungen Frau ab, die in dem Zimmer
des verschwundenen Patienten ihr Fruchtwasser verloren
hatte. Marcia hörte das Tuscheln hinter der Tür. Die meisten Begriffe verstand sie nicht, doch es war auch die Rede
von einem Unfall auf der Pariser Ringautobahn und von
starkem Schneefall. Schließlich kam ein Arzt ins Zimmer,
lächelte sie an und erklärte ihr, dass sie nicht nach Paris
zurückkehren könne. Bei dem unberechenbaren Wetter
und dem Verkehrschaos im Großraum Paris sei das zu gefährlich für sie. Die Ärzte in diesem Krankenhaus würden
sich hervorragend um sie kümmern. Wollte sie den Vater
verständigen, dass sie hier entbinden würde? Marcia geriet
in Panik und erhob Einwände. Für sie stand fest, dass sie
nur von ihrem Arzt, der sie von Beginn der Schwanger-
schaft an betreut hatte, entbunden werden wollte und von
niemandem sonst. Konnte sie nicht mit einem Krankenwagen in die Pariser Klinik gebracht werden, wo er prak-
tizierte? Die Miene des Arztes verdüsterte sich. Sie würden
ihren Arzt anrufen, aber sie durfte das Zimmer nicht verlassen. Das Baby lag nicht richtig.

59

Frédéric heftete den Blick auf das Bild. Er geriet innerlich in Aufruhr und erstarrte. Vor der *Elster* hatte sich eine Menschenmenge gebildet. Es war ein ständiges Kommen und Gehen. Die warme Woge der Fremden drängte sich an ihm vorbei und machte Platz für andere. Er hörte Fetzen eines Gesprächs, das in seiner unmittelbaren Nähe begann und gleich darauf wieder verstummte. Frédéric biss die Zähne zusammen und wagte es nicht, jemanden anzusehen.

Frédéric Solis hatte Angst.

Und plötzlich hörte er über den Lärm der Menge hinweg eine Stimme, die von weither zu kommen schien.

»Es ist so, als würde der Maler dir sagen, schnell, schnell, schau dir diese Farben an, die der Himmel uns schenkt. Schnell, schnell, ernte diese schönen Dinge und bewahre sie in deinem Herzen. Schnell, schnell, liebe diesen Tag, der vorübergeht. Schnell, schnell, ehe die Elster davonfliegt.«

Das war sein Vater! Es war seine Stimme! Jetzt erinnerte er sich ganz deutlich! Als sie sich gemeinsam den Kalender angesehen hatten, flüsterte sein in Vergessenheit geratener Vater ihm jene mysteriösen Botschaften zu, die die

Maler unter den Farben versteckt hatten. Frédéric, ein ganz normaler kleiner Junge, mit dem die großen Künstler sprachen, erinnerte sich auf einmal an die faszinierenden Geheimnisse, die sie ihm durch die Stimme seines Vaters verrieten. Nur ihm allein. Und in jenem Dezember, dem Unglücksmonat, war es *Die Elster*, die im Wohnzimmer neben dem Christbaum hing. Ja, es war die Stimme seines Vaters, und Frédéric drehte sich um, um Ausschau nach ihm zu halten, doch eine Gruppe chinesischer Touristen umringte ihn. Frédéric stellte sich auf die Zehenspitzen und suchte mit weit aufgerissenen Augen den Saal nach dem Mann ab, den er vor 32 Jahren zum letzten Mal gesehen hatte. Er sah einen Familienvater aus Indien, eine Gruppe Rentner, einen Museumswärter, der auf einem Stuhl eingeschlafen war, und Geschäftsleute mit Krawatten. Sein Vater war nicht unter ihnen. Hatte er sich wie damals kurz vor Weihnachten 1979 in Luft aufgelöst? Frédérics Blick fiel auf einen gebrechlichen Mann mit feuchten Augen, und er wollte ihn schon fragen: Haben Sie meinen Vater gesehen? Doch dann entdeckte er Jamel, der reglos inmitten der Menge stand. Er trug einen kleinen Lederkoffer in der Hand.

60

Jamel sah Frédéric nicht, der sich einen Weg in seine Richtung bahnte. Sein Blick war auf Ernest gerichtet, der hinter Frédéric stand und nun auf Krücken ein paar Schritte ging, um seinem Sohn zu folgen, der ihm erneut zu entwischen drohte. Jamel wusste, welche Kraftanstrengung diese wenigen Schritte für den Mann bedeuteten. Als Frédéric fast bei ihm angelangt war, brach Ernest langsam zusammen. Gilles und Bertrand, die sich hinter einer Wand versteckt hatten, eilten blitzschnell herbei, ehe er zu Boden sank. Ernest murmelte Bertrand etwas ins Ohr. Dieser zögerte und wechselte einen Blick mit Gilles. Dann gingen die drei Männer davon und tauchten in der Menge unter. Jamel schaute ihnen nach, doch er verlor sie schnell aus den Augen, und plötzlich stand Frédéric vor ihm. Er hatte nichts von all dem mitbekommen, was sich hinter seinem Rücken abgespielt hatte.

Jamel musterte ihn wortlos. Er hatte alles vergessen, was er sagen wollte. Schließlich reichte er ihm den kleinen Koffer.

»Der ist für dich«, sagte er.

»Was muss ich dafür tun?«, fragte Frédéric.

»Nichts. Gar nichts.«

Jamel schickte sich an zu gehen.

»Vielleicht hat all das in wenigen Stunden keine Bedeutung mehr. Warte also nicht«, sagte er noch, bevor er verschwand.

61

Frédéric stand allein inmitten der Menschenmenge im Museum. Jamel war irgendwohin verschwunden, und er war ihm nicht gefolgt. Er hielt den kleinen Koffer in seiner kalten Hand und ging weiter. Wohin sollte er gehen? Er musste sich ein ruhiges Plätzchen suchen, wo er den Koffer öffnen konnte. Jamel hatte gesagt, er solle nicht warten. Frédéric ging auf das Museumscafé zu. An den Tischen saßen Dutzende von Touristen. Ihre Silhouetten glichen einem Schattenspiel hinter der riesigen Uhr, deren Zifferblatt der Himmel von Paris ausfüllte. Frédéric verlor die Orientierung. Diese Uhr konnte nicht die Uhr sein, die hoch oben in der Halle der Skulpturen hing. Es musste eine andere sein, die ebenfalls riesengroß war.

Er kehrte um und verlief sich in den Gängen. Am Ende des Gebäudes blieb er vor einer provisorisch errichteten Stellwand stehen, die den Zugang zu einem dunklen Raum versperrte. Dort wurde vermutlich eine Sonderausstellung vorbereitet. Frédéric schlich hinter die Wand in einen Saal, in dem aufgestapelte Stühle und Gerüste standen. Er ging ein paar Schritte hinein und entdeckte hinter einer anderen provisorisch errichteten Wand eine weitere riesige durchsichtige Uhr, die dritte in dem Museum, und durch diese konnte man auf die Seine blicken. Hier würde ihn niemand vermuten. Die Uhr war wie ein Fenster. Er setzte sich auf den Rand.

Mit zitternden Händen öffnete Frédéric den kleinen Koffer.

Er hielt den Atem an und starrte eine ganze Weile reglos auf das Bild unten in dem Koffer. Das war *Die Elster* von Monet, auf einer Hälfte der Doppelseite des Kalenderblattes vom Dezember 1979. Auf der anderen Hälfte erkannte er seine Schrift und die seiner Eltern. Frédéric erinnerte sich an den letzten Tag, an dem sie alle zusammen waren. Der Termin seines Vaters in Giverny, die Termine seiner Mutter und das Wort »Weihnachtsmann«, das er unter den 25. geschrieben hatte. Obwohl das Kalenderblatt zerknickt und vergilbt war, erschien ihm die Erinnerung daran wie eine Zeitreise zurück in die Vergangenheit, als die Welt noch in Ordnung war. Frédéric strich über das Kalenderblatt, und vielleicht stellte er sich vor, dass die Uhr hinter ihm rückwärtsging und im Dezember 1979 stehen blieb. Dann sah er den Briefumschlag. Er erkannte ihn wieder. Das war der Brief, den er vor 17 Jahren nicht hatte lesen wollen. Frédéric blickte auf die Seine und auf den Schnee, der unaufhörlich vom Himmel fiel. Er erinnerte sich an Jamels Worte. »Warte nicht.« Er riss den Umschlag auf und begann zu lesen.

Alles stand darin. Auf fast zehn Seiten hatte sein Vater seine Lebensgeschichte erzählt. Die Begegnung mit Simon in Giverny; die schwere Entscheidung, die er treffen musste;

das Ultimatum seiner Frau; die Weihnachtsgeschenke, die stets zurückgeschickt wurden. Die vielen Jahre der großen Liebe und des großen Kummers. *Erinnere dich an die große Liebe, die den Winter tief in ihrem Inneren verbarg.* Sein ungeheurer Stolz auf seinen Sohn, der einen Studienplatz in Amerika bekommen hatte. Es war die Rede von einem Herzinfarkt und der Begegnung mit einem Jugendlichen namens Jamel, den er sozusagen adoptiert hatte. Die Entscheidung, ihm diesen Brief zu schreiben. Wie hypnotisiert las Frédéric weiter. Sein Vater schlug ein Treffen in den Weihnachtsferien im nächsten Winter im Musée d'Orsay vor.

Wie groß mochte seine Enttäuschung gewesen sein, als er den Brief ungeöffnet zurückbekam? Frédéric starrte in die Dunkelheit des verlassenen Museumssaals.

Warum hatte er den Brief nicht geöffnet an jenem Tag auf dem grünen Rasen auf dem Harvard-Campus? Warum war er der Wahrheit ausgewichen? Nur um traurige Illusionen weiter am Leben zu erhalten? Endlich begann er zu weinen. Unter der großen Uhr im Musée d'Orsay flossen ihm jetzt die Tränen des kleinen Jungen, die er an jenem Weihnachtsmorgen 1979 nicht geweint hatte, über die Wangen.

Plötzlich wurde ihm alles klar. Der kranke alte Mann, den er vorhin gesehen hatte, war sein Vater. Ja, er musste es gewesen sein. Wenn er nicht mehr vor *Der Elster* stand, musste er jetzt im Krankenhaus in Pontoise sein. Noch war Zeit.

In diesem Augenblick tauchte hinter der provisorischen Wand ein Museumswärter auf, der seine Runde drehte. Die Männer erschraken beide, und Frédéric sprang von dem Sitzplatz unter der Uhr herunter. Ein paar Minuten später hastete er durch die Straßen von Paris und trotzte dem Schnee, der ihm ins Gesicht peitschte.

62

ENGEL:
Oscar?

OSCAR:
Ja?

ENGEL:
Es ist so weit.

OSCAR:
Ich wusste, dass du das sagen würdest. *(Pause.)* Gut, wenn ich jetzt gehen muss ... Ach, du hast mir gar nicht gesagt, ob dir meine Geschichte gefallen hat.

ENGEL;
Ja, sie ist schön. Ein bisschen traurig vielleicht. Und sie ist noch nicht zu Ende.

OSCAR:
Ich weiß, dass sie noch nicht zu Ende ist. Ich werde aber nicht mehr da sein, um dir den Schluss zu erzählen.

ENGEL:

Das Ende der Geschichte ist der Beginn einer neuen Geschichte. Auf Wiedersehen, Oscar.

OSCAR:

Ciao, Engel.

*Der Engel näherte sich Oscar, und ein gleißendes Licht hüllte
ihn ein.*

63

24. Dezember, 17:07 Uhr

Frédéric rannte durch den Bahnhof. Auf seinem Gesicht glitzerten Schweißperlen. Das Blut pochte in seinen Schläfen, und er sah immer wieder dieselben Bilder vor Augen: eine riesige Uhr und ein Meer welker Blumen.

Ein Krankenwagen mit heulenden Sirenen hielt am Eingang des Krankenhauses in Pontoise an. Auf der Trage lag Ernest. Er war bewusstlos. Der Sanitäter, Bertrand, Maurice und Gilles drängten sich um ihn. Ein Arzt schrie Jamel etwas zu, der Ernests Hand hielt.

Im Kreißsaal ertönte der Alarm. Ein Arzt wurde gerufen, und eine zweite Hebamme eilte herbei. Marcia wusste nicht, was vor sich ging. Sie versuchte sich auf die furchtbaren Schmerzen zu konzentrieren, die sich in ihrem Körper ausbreiteten.

64

24. Dezember, 18:09 Uhr

Frédéric betrat die Eingangshalle des Krankenhauses in
Pontoise und fragte, in welchem Zimmer Ernest Villiers
lag. Die junge Frau an der Rezeption schaute ihn verlegen
an und drehte sich zu einer Kollegin um.

»Wo ist Monsieur Villiers jetzt ...?«

Ihre Kollegin murmelte etwas, was Frédéric nicht verstehen konnte.

»Zimmer 312 auf der dritten Etage«, sagte sie schließlich.

Frédéric stieg im Eilschritt die Treppe hinauf und lief
den Gang hinunter. Endlich fand er das Zimmer 312. Er
blieb stehen. Seit über einer Stunde war er ununterbrochen
gelaufen. Nachdem er den abgelegenen Saal im Musée
d'Orsay verlassen hatte, war er so schnell gerannt, als wollte er einen Wettlauf gewinnen. Jetzt stand er vor der Tür.
Es war die letzte Tür in diesem sonderbaren Adventska-
lender, die noch geöffnet werden musste. Doch er konnte
sich nicht entschließen, sie zu öffnen. Wie gelähmt stand
Frédéric vor dem Zimmer 312, als er eine Stimme hinter
sich hörte.

»Das schaffst du jetzt auch noch.«

Er drehte sich um. Es war Gilles. Der 17-Jährige mit seiner Mütze mit dem Totenkopfaufnäher und dem Tattoo auf dem Arm starrte ihn an.

Hinter ihm standen Bertrand, der schwieg, und Maurice, der ihm zunickte. Alle drei musterten ihn.

Frédéric starrte die Türklinke an. Ja, das würde er jetzt auch noch schaffen. Was war schlimmer, jenes Weihnachtsfest 1979, 32 Jahre ohne seinen Vater oder der Brief, den er vor einer Stunde gelesen hatte? Er legte die Hand auf die Türklinke und drückte sie hinunter.

Zuerst sah er Jamel. Und dann den alten Mann aus dem Musée d'Orsay. Er lag mit geschlossenen Augen im Bett und war von Maschinen, Schläuchen, Kabeln und Medikamenten umgeben. Jamel drehte sich zu Frédéric um. Mit einem Lächeln ging er auf ihn zu, klopfte ihm auf die Schulter und verließ das Zimmer.

Frédéric wusste nicht, ob sein Vater schlief oder bewusstlos war. Er wusste jedoch, dass er noch lebte, denn sein Brustkorb hob und senkte sich langsam. Ein paar Minuten verharrte Frédéric reglos, ehe er sich zu seinem Vater ans Bett setzte. Ernest hatte die Augen noch immer geschlossen. Um zu erfahren, ob er schlief, sprach Frédéric ihn leise an:

»Papa?«

Ernest regte sich nicht. Frédéric spürte tief in seiner Seele den Widerhall dieses Wortes, das er über 30 Jahre nicht mehr ausgesprochen hatte.

»Papa, kannst du mich hören?«

Ernest reagierte nicht. Frédéric senkte den Kopf. Vielleicht war es schon zu spät.

»Ich habe gerade deinen Brief gelesen. Wenn ich all das gewusst hätte ... Aber ich wollte es nicht wissen. Es ist meine Schuld. Als ich damals an Weihnachten gefragt habe, wo du bist, haben sie gesagt, du sitzt im Gefängnis und hättest etwas sehr Schlimmes verbrochen. Ich habe immer an dich gedacht. Als du weggegangen bist, war auch der Kalender verschwunden. Ich habe Mama eine Szene gemacht, weil der Kalender mit dem Vogel im Schnee nicht mehr dort hing. Oma und Opa haben mir dann eine Postkarte mit diesem Motiv gekauft. Die habe ich noch immer.« Es herrschte wieder Stille in dem Zimmer. Frédérics Blick glitt in die Ferne. Er hörte, dass er etwas sagte, und er hatte nicht die Kraft, die Worte zurückzuhalten.

»Weißt du, was mir an dem Bild am besten gefällt? Alle sehen den Vogel. Ich hingegen sehe die Schritte im Schnee, weißt du, die Schritte, die im Schatten der Elster beginnen und das Bild verlassen. Für den kleinen Jungen, der ich damals war, waren es deine Schritte. Nur im Schnee kann man die Spuren der Menschen sehen, die fortgegangen sind.«

Er verstummte und holte tief Luft. Ernest bewegte sich noch immer nicht. Frédéric redete weiter und sprach aus, was ihm auf der Seele brannte.

»Viele Leute werden sich gewundert haben, dass ich keine Fragen gestellt habe. Weil du in meiner Erinnerung der perfekte Vater für mich warst. Ich behielt dich in bester Erinnerung, und ich wollte nicht, dass jemand daran rührte, niemand, auch du nicht. So hatte ich zwar keinen Vater mehr, aber zumindest schöne Bilder, an die ich mich erinnern konnte. Jetzt weiß ich, dass das ein Fehler war.

Ich hatte nicht den Mut dazu. Das ist der Grund. Verzeih mir.«

In diesem Augenblick hörte Frédéric die krächzende Stimme seines Vaters, dem das Sprechen große Mühe bereitete.

»Du hattest den Mut, der zu werden, der du heute bist.«

Frédéric schaute Ernest in die Augen. Obwohl sich sein Brustkorb nun in rascher Folge hob und senkte, strahlte sein Körper eine Ruhe aus, die das ganze Zimmer zu beherrschen schien.

»Du hattest den Mut, meiner Abwesenheit nicht die Schuld für deine Schwächen zu geben. Den Mut, dem ungewöhnlichen Weg zu folgen, den Jamel vorgezeichnet hat. Den Mut, hier in dieses Zimmer zu kommen. Ich bin sehr stolz, dein Vater zu sein.«

Frédéric wollte ihm antworten, doch seine Kehle war wie zugeschnürt.

»Weißt du, Frédéric, für uns ist es zu spät«, fuhr Ernest fort. Als er sah, dass sein Sohn Einwände erheben wollte, schloss er kurz die Augen, damit er ihn nicht unterbrach.

»Es führt zu nichts, wenn wir uns streiten. Das Leben hat so entschieden. Es trifft viel mehr Entscheidungen, als man glaubt, weißt du. Zum Beispiel der Kleine, der in diesem Krankenhaus zur Welt kommen wird, glaubst du, das ist Zufall?«

»Welcher Kleine?«

»Dein Sohn.«

»Marcia ist hier?«, fragte Frédéric verwirrt.

»Ja, sie ist schon im Kreißsaal.«

Es schien fast so, als wollte Frédéric sofort aufspringen,

aber offenbar fehlte ihm die Kraft, und er schaute stattdessen auf seine Hände. Ernest hielt den Blick auf seinen Sohn gerichtet.

»Für dich und mich ist die Sache gelaufen«, sagte der alte Mann schließlich. »Wir beide müssen dankbar sein für das bisschen Zeit, das uns noch bleibt. Doch du musst heute eine Entscheidung treffen. Du kannst nach Hause fahren und zulassen, dass Marcia sich einen anderen Vater für ihr Kind sucht. Jamel hat mir erzählt, dass sie sich schon darauf eingestellt hat. Sie wird einen Ehemann und einen Vater für ihren Sohn finden, und ich bin sicher, dass sie glücklich sein werden. Du wirst frei und ungebunden sein, um dein Leben so zu leben, wie du es möchtest. Dein Sohn wird dich niemals kennenlernen, und du wirst deinen Sohn niemals kennenlernen, und niemand wird darunter leiden.«

Er verstummte kurz. Frédéric starrte zu Boden.

»Oder du gehst zwei Stationen weiter und triffst dort deinen Sohn. Sobald du ihn angesehen hast, wirst du die Angst kennen, ihn zu verlieren, und diese Angst wird dich niemals mehr loslassen. Dein Leben gehört dir von da an nie mehr ganz allein, und dieser Blick wird dich bis ans Ende deiner Tage gefangen halten. Wie das Leben es auch immer entscheiden mag, ob dein Sohn in deiner Nähe oder fern von dir ist oder ob er nicht mehr da sein wird, du wirst bis zu deinem letzten Atemzug Vater sein.«

Frédéric schaute seinem Vater in die Augen.

»Wenn wir unsere Geschichte noch einmal neu beginnen könnten, Frédéric ...«, murmelte Ernest, »wäre mir der Kummer über die 30 Jahre deiner Abwesenheit in meinem

Leben lieber als der Gedanke, dich niemals gekannt zu haben.«

Frédéric sprang auf und umarmte seinen Vater. Eine ganze Weile verharrten sie so. Frédéric stellte Tausende Uhren zurück, um die Wärme seines Vaters, dem er immer einen Platz in seinem Herzen bewahrt hatte, wie damals zu spüren. Ernest drückte seinen Sohn mit all der Kraft, die er gar nicht mehr hatte, an sich.

Ein paar Minuten später verließ Frédéric das Krankenzimmer und lief zur Entbindungsstation.

65

9:05 Uhr

Das Baby hatte das Licht der Welt erblickt. Es war ein gesunder Junge. Nachdem Marcia stundenlang in den Wehen gelegen hatte, musste dringend ein Kaiserschnitt durchgeführt werden. Sie war soeben aus der Vollnarkose erwacht. Ihr Baby war schon ein paar Stunden alt.

Sie spürte, dass ihr jemand das Baby auf die Brust legte. Ein paar Minuten lang sah sie nur das Kind. Ihren Kleinen. Den Jungen, den sie schon seit neun Monaten kannte und den sie in diesem Augenblick, dem glücklichsten ihres Lebens, liebevoll betrachtete. Sie schauten einander an und gaben sich, ohne dass ein einziges Wort fiel, das Versprechen, einander ein Leben lang zu lieben.

Dann schien das Baby seine dunklen Augen auf eine andere Person im Zimmer zu richten, und Marcia folgte automatisch seinem Blick. Sie entdeckte Frédéric, der sie anlächelte. Er hatte dunkle Ringe unter den Augen. Ah, jetzt wusste sie auch, dass er es gewesen war, der ihr das Baby auf die Brust gelegt hatte.

Marcia erinnerte sich später kaum noch daran, was er genau gesagt hatte. Ihr kurzes Gespräch verlor sich in der Benommenheit der Narkose, deren Nachwirkungen sie noch spürte. Doch auch in diesem Fall waren Worte überflüssig. Sie hatte verstanden. Frédéric und sein Sohn hatten schon miteinander gesprochen und sich ebenfalls das Versprechen gegeben, einander ein Leben lang zu lieben.

66

Frédéric ging auf das Zimmer 312 zu. Er war Vater eines Jungen geworden und wollte es seinem Vater sagen. Er würde stolz sein auf seine Entscheidung, dachte Frédéric. Im Grunde war jedoch nicht er es gewesen, der die Entscheidung getroffen hatte, sondern sein Sohn, der sie für sie beide traf. Dieses erstaunliche Kind, das bereits die ganze Welt verstand. Ernest würde wahnsinnig glücklich sein. Jetzt war er Großvater. Als Frédéric die Tür des Zimmers 312 öffnete, fiel sein Blick sofort auf Jamel und das leere Bett. Mit Tränen in den Augen packte Jamel die Sachen zusammen. Er sah mitgenommen aus und hatte dunkle Ringe unter den Augen.

Ernest war gestorben.

»Wann ...?«

»Heute Nacht.«

Jamel nahm Ernests Fotoalbum in die Hand, doch Frédéric winkte ab, er wollte es sich jetzt nicht ansehen. Er setzte sich aufs Bett, nahm das Handy aus der Tasche und reichte es Jamel.

Jamel betrachtete das ein wenig unscharfe Bild eines zerknitterten Babys.

»Mein Sohn ...«, murmelte Frédéric.

»Herzlichen Glückwunsch, Frédéric. Und wie heißt er?«

»Oscar.«

»Weißt du, dass das Monets erster Vorname war?«

Frédéric lächelte.

Natürlich wusste er das. Sein Vater hatte es ihm erzählt, als er ein kleiner Junge war.

Sieben Jahre später
Der Abend des 24. Dezember

»Unglaublich, Oscar, je größer du wirst, desto mehr ähnelst du deinem Vater. Gib deinem Patenonkel einen Kuss.«

»Hallo, Jamel«, sagte der siebenjährige Oscar, der schon seinen Flanellpyjama trug. Jamel verwuschelte ihm die Haare. Oscar warf der fünfjährigen Kika einen Blick zu, die sich hinter ihrer Mutter Pétronille versteckte.

Marcia eilte herbei, um die Gäste hereinzubitten. Sie war mit ihrem zweiten Kind schwanger und mit ihren mütterlichen Rundungen bezaubernder denn je. Sie küssten sich alle, und Pétronille, Jamel und Kika traten auf der Fußmatte den Schnee von ihren Stiefeln. Jamel stellte fest, dass es in dem Moment, als sie vor der Tür ankamen, zu schneien aufhörte und dass es an Weihnachten seit Jahren nicht mehr so stark geschneit hatte. Seit vielen Jahren.

»Seit Oscars Geburt«, sagte Frédéric, der auf die Freunde zuging, um sie zu begrüßen. Frédéric war wie alle anderen auch älter geworden, doch er war noch immer der gut aussehende Mann, dem das Glück zu lachen schien. Und heute Abend sah er in seinem schwarzen Anzug und dem weißen Hemd aus wie Ken. Pétronille errötete kaum merklich, als sie ihm eine große Pappschachtel reichte.

»Das Dessert!«

»Als Bausatz natürlich ...«, fügte Jamel hinzu. »Wir müssen es noch zusammensetzen ...«

Hinter Frédéric erklang ein lautes »Ah«. In der weihnachtlich geschmückten Wohnung tauchten die vertrauten Gesichter auf. Gilles' Haare waren nachgewachsen, Maurice hatte eine neue Freundin, die 67-jährige Paulette, und Bertrand ein Boot, von dem er Fotos zeigte. Davon abgesehen waren sie dieselben geblieben. Auch Marcias Eltern waren aus Berlin angereist, um Weihnachten in Paris zu feiern. Sie bewunderten die neue Wohnung in einer ruhigen Sackgasse in Montmartre. Marcias Mutter schaute auf einen Holzbilderrahmen auf dem Kaminsims, in dem zwei Fotos steckten. Die Frau hatte Frédérics Augen und der Mann seine Gesichtszüge. Marcias Vater betrachtete den Sisley, der im Wohnzimmer an der Wand hing. Er kannte dessen Geschichte. Jamel hatte Frédéric Geld geliehen und das Gemälde vor dem Gerichtsvollzieher gerettet.

Während des Aperitifs kümmerte Oscars Großmutter sich um das Abendessen der Kinder. Zum Nachtisch durften sie ein paar Windbeutel essen. Die Erwachsenen redeten alle gleichzeitig und erzählten von ihren Erlebnissen. Jamel hatte ein kleines Buch über Schatzkarten geschrieben. Es wurde kein Bestseller, verkaufte sich aber einigermaßen solide, und der Erlös kam den Kindern im Krankenhaus zugute, denen er alle seine Autorenrechte übertragen hatte. Pétronilles Konditorei konnte sich nach anfänglichen Schwierigkeiten vor Kunden kaum retten, nachdem ihre Schwester Dorothée, die Mutter des siebenjährigen Malo, einem Spielkameraden von Oscar, das Marketing in die Hand genommen hatte. Marcia sprach über ihre Modekollektion für trendbewusste Kids, bis Frédéric mit dem Löffel gegen sein Champagnerglas klopfte. Er wollte ihnen etwas mitteilen.

»Nach vielen Jahren der Vorbereitung ... seid ihr alle zur Vernissage der Ausstellung am 6. Januar eingeladen!«

Alle klatschten und gratulierten ihm.

»Was für eine Ausstellung?«, fragte Marcias Vater. Marcia erklärte ihm auf Deutsch, was alle anderen schon wussten.

Frédéric hatte seine Kunstgalerie vor sechs Jahren eröffnet. Mit einer großen Portion Entschlossenheit, vielen endlos langen Arbeitstagen und vielen Nächten ohne Oscar war es ihm gelungen, das Projekt zu realisieren. Und jetzt präsentierte er in seiner Galerie Winterlandschaften der größten Künstler. Darunter befanden sich unter anderem ein Monet und Gemälde von Pissarro und Sisley. Von dieser Ausstellung sprach Frédéric aber nicht. Es war eine andere, bei der Zeichnungen eines unbekannten Künstlers gezeigt wurden, eines gewissen Fabrice Nile.

Mit seinem geschulten Auge hatte Frédéric in der Schatzkarte von Fabrice Nile ein Kunstwerk erkannt. Bei Jamel und bei anderen fand er noch um die 20 weitere Zeichnungen. Nachdem Frédéric sich den Ruf eines einflussreichen Galeristen erworben hatte, konnte er es sich erlauben, Fabrice Nile der Öffentlichkeit vorzustellen.

Auf diese Neuigkeit stießen sie mit Champagner an. Während sie an ihren Gläsern nippten, trat Stille ein. Einen Augenblick dachten sie vielleicht an Fabrice Nile, an Ernest und Simon, jene drei Männer, die ebenfalls hätten hier sein müssen, um den fröhlichen Abend mit ihnen zu teilen. Niemand sprach ein Wort, bis ein kleiner Junge schüchtern sagte: »Ein Engel geht durch den Raum!«

Kika begann zu lachen, und die Erwachsenen stimmten mit ein. Oscar freute sich, die Aufmerksamkeit der Familie auf sich gelenkt zu haben. Die Eltern entschieden, dass es für die Kinder langsam Zeit wurde, ins Bett zu gehen, sonst würden sie morgen früh zu müde sein, um ihre Geschenke auszupacken. Oscar und Kika verlangten eine Gutenachtgeschichte, und Bertrand bot sich freiwillig an. Maurice und Gilles gesellten sich zu ihnen. Im Kinderzimmer lauschten Oscar und Kika gebannt, als Bertrand ihnen eine sehr, sehr alte Geschichte erzählte.

»Wisst ihr, dass die Kinder, bevor sie geboren werden, die ganze Welt kennen?«

»Die ganze Welt?«, fragte Oscar.

»Alle Geheimnisse, alle Geschichten und alle Rätsel«, fügte Maurice hinzu.

»Die Kinder wissen mehr als mein Papa? Mein Papa weiß alles«, sagte Kika.

»Mehr als dein Papa.«

»Mehr als der Präsident?«

»Das ist doch klar«, sagte Gilles lachend.

»Viel mehr. Aber sobald sie geboren werden, vergessen sie alles«, sagte Maurice. »Ein Engel legt einen Finger auf die Lippen der Kinder. So.«

Er legte einen Finger auf Oscars Lippen, um es ihm zu zeigen.

»Siehst du diese kleine Rille zwischen der Nase und dem Mund? Diese Spur hat der Finger des Engels hinterlassen.«

Oscar und Kika waren fasziniert.

»Das ist nicht fair!«, rief Oscar, als er begriff, was das bedeutete. »Mir wäre es lieber, wenn ich alles wüsste.«

»Doch, Oscar, das ist fair«, sagte Bertrand leise. »Wenn du schon alles wüsstest, könnte kein großer Mann mehr aus dir werden.«

Jetzt wurde es Zeit für die Kinder zu schlafen. Die Eltern wurden gerufen, um ihnen einen Gutenachtkuss zu geben. Während die Kinder mit den Taschenlampen in der Hand einschliefen, die sie unter den Bettdecken versteckten, damit sie den Weihnachtsmann nicht verpassten, erklang an der festlich gedeckten Tafel das Lachen der Erwachsenen.

In der menschenleeren Sackgasse in Montmartre fiel erneut Schnee und bedeckte die Spuren dessen, was gewesen war. Während die Schneeflocken leise durch die Luft wirbelten, schien ganz Paris einen kurzen Augenblick lang von der erhabenen Ruhe der Dinge erfüllt zu sein.